KB083274

몸과 삶이
만나는 글,
누드 글쓰기

몸과 삶이 만나는 글, 누드 글쓰기

발행일 개정판 1쇄 2022년 11월 30일 | **지은이** 강보순, 고미숙, 김희진, 안도균, 오창희, 이경아, 이희경
펴낸곳 북드라망 | **펴낸이** 김현경 | **주소** 서울시 종로구 사직로8길 24 1221호(내수동, 경희궁의아침 2단지) |
전화 02-739-9918 | **팩스** 070-4850-8883 | **이메일** bookdramang@gmail.com

ISBN 979-11-92128-23-8 03800

책으로 여는 지혜의 인드라망, 북드라망 **www.bookdramang.com**

몸과 삶이
만나는 글,

누드 글쓰기

강보순, 고미숙, 김희진, 안도균, 오창희, 이경아, 이희경 지음

BookDramang
북드라망

차례

글쓰기의 존재론:
운명의 '지도-그리기'

고미숙

우리 모두는
자기 삶의 연구자가 되어야 한다네

내가 나 자신을 연구하지 않으면
다른 자들이 나를 연구한다네
시장의 전문가와 지식장사꾼들이
나를 소비자로 시청자로 유권자로
내 꿈과 심리까지 연구해 써먹는다네

우리 모두는
자기 삶의 연구자가 되어야 한다네

　　박노해 시인의 「자기 삶의 연구자」라는 시의 일부다. 삶
과 연구라는 말의 결합이 아주 참신하다. 보통, 삶은 연구의

대상이라는 생각을 하지 못한다. 그냥 사는 거지, 무슨 연구는? 맞는 말이다. 근데 우리의 삶이 '그냥 사는' 게 아니라면 사태는 좀 달라진다. 누군가에 의해, 뭔가에 의해 조종되고 있는 거라면? '나는 나야', '너만의 끼를 발휘해 봐' 같은 말들을 철석같이 믿고 열나게 쇼핑을 했는데, 막상 거리에 나오면 나와 똑같은 패션이 넘친다면? 나만의 고귀한 모성을 발휘하여 내 자식한테 최고의 분유를 먹이고 갖가지 조기교육을 다 시켰는데, 알고 보니 대한민국 모든 엄마들이 다 같은 코스를 밟고 있다면? 연애는 또 어떤가. 나만의 특별난 사랑이라고 믿어 의심치 않았는데, 거의 모든 커플들이 똑같은 '연애방정식'을 수행 중이라면? 그렇다! 우리는 이미 알고 있다. 개성도 모성도 에로스도 다 '시장의 전문가와 지식장사꾼들'의 연구결과라는 것을. 나는 다만 그 결과를 충실하게 따라가는 소비자에 불과하다는 것을.

그들은 나에 대해 연구하고 또 연구한다. 예전의 독재정권은 이념과 무력으로 나를 지배했지만 이들은 결코 그렇게 하지 않는다. 이들은 몹시 친절하다. 이념을 강요하지도 않는다. 꿈과 희망을 버리지 마세요, 모성은 고귀하답니다, 사랑, 내가 사는 이유랍니다⋯ 등등. 입만 열면 '천상의' 멘트를 쏟아 낸다. 나는 감동한다. 맞아, 저게 내가 진정으로 원했던 거야, 내 인생의 참된 가치는 바로 저거였어⋯. 하여, 저들의 연구와 '나의 꿈과 심리'는 완벽하게 오버랩된다. 그리고 그걸

글쓰기의 존재론: 운명의 '지도-그리기'

실현하기 위해 분투한다. 결과는? '잃은 것은 삶이요, 남은 것은 상품'이다. 아, 하나 더 있다. 그 상품에 중독된 '몸'!

자기 '몸'의 연구자

몸은 삶의 토대다. 생로병사와 희로애락이 펼쳐지는 현장이자 무대다. 성적 충동이 용솟음치는 심연이기도 하고, 고매한 지성의 산실이기도 하다. 각종 바이러스와 세균들의 숙주이자 격전지이기도 하고, 수소폭탄 30개에 해당하는 에너지의 집결지이기도 하다. 요컨대, 몸이 곧 우주다! 우주에 11차원이 있다면 몸 또한 그러하다. 어떻게 '절단, 배열'하느냐에 따라 전혀 다른 몸이 펼쳐진다. 모든 이데올로기와 권력 장치의 궁극적 표적이 몸인 이유가 여기에 있다. 굳이 푸코를 들먹이지 않더라도, 모든 권력 투쟁은 대중들의 신체를 둘러싸고 벌어진다. 권력이 활용할 수 있는 물적 자산 가운데 신체보다 더 구체적이고 확실한 건 없다.

그런데 참 이상하다. 사람들은 자기 몸에 대해 지독하게 무관심하다. 사회를 분석하고 역사를 탐구하고 혁명을 기획하면서 정작 자기 몸을 연구할 생각은 하지 않는다. '몸' 하면 그저 얼굴과 몸매, 그리고 병원에서 제공하는 각종 생리적 수치, 그걸로 땡! 이다. 당연히 그 모든 것은 스스로 연구한 결과가 아니다. 철저히 외부에서 '만들어진', 아니 '조작된' 것일 뿐이다. 사람들은 오직 밖으로부터 오는 시선, 외부의 거울을 통해서만 자신을 본다. 거울이 화려할수록, 시선이 압도적일수록 내 몸은 잊혀져 간다. 동시에 내 몸속의 우주, 내 몸에서 벌어지는 심연의 전투는 침묵·봉쇄된다. 시인은 말한다.

> 내 모든 행위가 CCTV에 찍히고
> 전자결제와 통신기록으로 체크되듯
> 내 가슴과 뇌에는 나를 연구하는
> 저들의 첨단 생체인식 센서가 박혀 있어
> 내가 삶에서 한눈팔고 따라가는 순간
> 삶은 창백하게 빠져나가고 만다네
> (박노해, 「자기 삶의 연구자」 중에서)

행위, 가슴과 뇌, 이 모든 과정에 첨단센서가 작동한다. 하여, 잠깐 정신줄 놓는 순간 삶은 통째로 빠져나간다. 삶이 빠져나간 몸? 그건 허깨비 아닌가. 그렇다. 삶이 증발되어 버리는 순간 가장 먼저 몸이 무너져 내린다. 존재의 축을 놓치고 휘청거리는 사람들. 동시에 몸과 마음 사이의 간극은 점차 벌어지기 시작한다. 마음은 몸을 잊어버리고, 몸은 마음을 떠나보내는 식으로. 이 간극을 틈타 온갖 망상들이 침투한다. 망상은 번뇌를 낳고 또 질병을 낳는다.

글쓰기의 존재론: 운명의 '지도-그리기'

그래서 사람들은 아프다. 아프고 또 괴롭다. 아픔과 괴로움, 둘은 아주 종종 겹쳐진다. 암은 감기만큼 흔한 돌림병이 되었고, 자폐증과 우울증, 각종 정신질환은 숫제 스펙이 될 지경이다. 몸이 아프니 마음이 괴롭고, 마음이 괴로우니 몸이 더욱 아프다. 이 기이한 악순환의 여정에는 계급, 세대, 성별 차이가 무색하다. 부자건 가난뱅이건 노인이건 청년이건 여성이건 남성이건 한결같다. 마치 모두가 기필코! 병을 앓기 위해, 마음이 괴로워지기 위해 최선을 다하는 것처럼 보인다.

병은 메시지다. 그렇게 살지 말라고, 좀 다르게 살아 보라고, 이젠 다르게 살 때가 되었다고. 하지만 사람들은 이 전령사를 완전 무시한다. 간단히 수술과 약에 의존한다. 취미활동처럼 수술을 하고, 밥보다 약을 더 많이 먹는 사람들이 수두룩하다. 최악은 성형수술의 일상화다. 쌍꺼풀과 가슴 수술은 기본이고 신체의 모든 부위를 수술대 위에서 '절차탁마'한다. 그래서 그렇게 아픔을 겪었는데도 몸과 나 사이엔 어떤 대화도 일어나지 않는다. 결국 병이 나지 않으면 몸을 돌아보지 않고, 병이 나도 역시 몸을 돌아보지 않는다. 마음의 괴로움 또한 마찬가지다. 사랑이 깨지고 가족이 무너지고 친구와 이웃이 사라져도, 그래서 고독과 불안에 떨고 있으면서도 스스로 "왜?"라는 질문을 던질 생각조차 하지 않는다. 법과 제도, 정신분석가 혹은 심리치료사에게 맡겨 버린다. 그럴수록 삶과 존재의 간극은 커져만 간다. 시인은 또다시 말한다. "우리 모두는 / 자기 삶의 최고 기술자가 되어야" 한다고.

삶의 '최고 기술'이란 무엇인가? 나를 빠져나간 삶을 다시 불러들이는 것. 어디로? 내 몸으로, 내 몸이 발딛고 서 있는 현장으로. 한마디로 삶과 몸의 일치를 위한 치열한 수련이 필요하다. 그 수련은 무엇보다 몸에 대한 질문을 던지는 것으로부터 출발해야 한다. 왜 나는 아픈가? 이 아픔은 어떻게 생겨나서 어떻게 소멸되는가? 마음은 어디에 있는가? 내 마음은 나의 것인가? 몸과 마음은 어떻게 마주치는가? 등등. 요컨대 지금과 다르게 살기 위해서, 질병과 번뇌로부터 자유로워지기 위해서 우리 모두는 '자기 몸의 연구자'가 되어야 한다.

몸 - 습관 - 운명

생각과 말과 행동, 이것이 몸에서 일어나는 대표적인 '사건들'이다. 물론 그전에 보고 듣고 숨쉬고 먹고 하는 기초적 행위들이 존재하긴 한다. 그것들이 어우러져서 생각과 말, 행동이 구성되고, 그것을 통해 타자들과 관계를 맺는다. 누군가와 사랑을 하고 가족이 되고, 밥벌이를 하고 사회에 참여한다. 뭔가를 배우고 터득한다. 그리고 이 과정들은 기억의 창고에 차곡차곡 저장된다. 기억은 다시 행동을 낳고 행동은 또다시 그 창고를 견고하게 구축한다. 기억이란 원래의 사건을 재현

하는 것이 아니라, 그것을 특정한 프레임에 맞춰 재편집하는 행위를 일컫는다. 그러면 그 '편집된 영상'들이 다시 생각과 행동과 말을 규정한다. 기억-생각-말-행동, 이 일련의 계열을 습관이라고 통칭한다. 이미 익숙해서 자연스럽게 몸에 밴리듬 혹은 관성이라는 뜻이다.

살다 보면 누구나 가끔씩은 '나는 누구인가?'라는 질문을 던지게 된다. 그 질문에 대한 가장 단순명쾌한 답변은 이것이다.―습관이 곧 너다! 더 구체적으로 말해 보자. 먼저, 내가 먹는 음식이 바로 나다. 인스턴트 음식이 주식이라면, 그 음식의 인드라망이 나의 삶을 규정한다. 사회적 활동이 회식과 노래방 활동으로 점철되어 있다면 그 기운들이 곧 나를 구성한다. 또 내가 하는 말이 곧 나다. 나는 어떤 종류의 말을 내뱉고 있는가? 하루종일 누군가를 욕하고 있는가? 아니면 아무도 알아들을 수 없는 독백만 읊조리고 있는가? 그 말들이자아내는 율려와 의미의 그물망이 곧 나다. 마찬가지로 내가하는 행동이 곧 나다. 쇼핑몰만 돌아다니는 나, 게임방에 죽치고 있는 나, 연애에만 탐닉하는 나, 작은 일에도 화를 버럭내는 나…. 나와 나의 행동은 구별되지 않는다. 내가 어쩔 수없어서 쇼핑을 하고 게임을 하고 화를 내는 게 아니다. 그 모든 행동과 사건들이 나의 '진면목'이다. 이 사건들의 총합이운명이다. 혹은 팔자라고도 한다. 팔자든 운명이든 그것은 외부에서 오지 않는다. 그 어딘가에서 결정된 것도 아니다. 설령 신이나 초월자가 있다손 쳐도 사정은 다르지 않다. 초월적 존재들이 일방적으로 결정했건 아니면 나라는 개별주체와 타협을 했건 그것은 오직 나의 몸을 통해서만 강림한다. 그리고 그것은 몸에 새겨진 습관을 통해서만 그 지고한 뜻을 드러낸다. 이것을 떠나 순수한 나, 본질적인 나 같은 건 없다. 설령 있다고 한들 그게 뭐 대수란 말인가? 지금 내 인생의 현장에 아무런 영향도 미칠 수 없는데…. 사람들은 궁지에 몰리면 종종 이렇게 말한다. 원래 내 모습은 이렇지 않아, 알고 보면 나도 순수하다구, 니가 내 진짜 속내를 알아? 등등. 이런 언표에는 '지금, 여기'의 현장에서 도주하려는 비겁함과 지금의 습관을 계속 고수하려는 집착이 맞물려 있다. 본래 그런 존재라면 '지금 당장'(right now!) 그런 존재로 살아가면 되지 않는가? 본래 그러하다면, 지금 당장 그에 걸맞은 생각과 말과 행동을 연출하면 될 일이다. 그게 아니라면 그건 어쨌거나 지금의 '너'는 아닌 것이다.

요컨대 습관이란 몸이 지닌 리듬과 탄성, 혹은 강밀도다. 거꾸로 말하면 과거부터 이어져 온 욕망과 훈련의 결정체, 그것이 곧 나의 몸이다. 전생이 궁금한가? 지금 내 몸의 동선을 살펴라. 미래 혹은 내세가 알고 싶은가? 지금 내 몸의 벡터를 파악하라. 조금 더 구체적으로 말해 보자. 예컨대, 연애를 할 때면 모든 관계를 다 끊고 오직 상대에게만 올인하는 여성이 있다. 24시간 내내 그에게 골몰한다. 운이 좋게도 상대도 그

　　　　　　　　　　글쓰기의 존재론: 운명의 '지도-그리기'

녀를 원한다. 그다음엔 모텔과 원룸을 전전하며 오직 서로의 육체만을 탐닉한다. 그 순간에는 이보다 더 큰 열락은 없을 듯하지만 당연히 그 열락에도 끝이 있다. 그러고 나면 상대 남성은 이 여성을 돌아보지도 않고 떠난다. 버려진 여성은 슬픔과 분노로 먹지도, 자지도 못한 채 앙상하게 말라 간다. 그런데 문제는 그다음이다. 그런 '쓴맛'을 보고 나서도 또다시 같은 패턴을 반복한다. 누군가에 꽂히면 오직 일념으로 그를 유혹하고 모텔로 직행하고 이하 동문. 이게 바로 몸에 새겨진 관성이다. 어설픈 사업가들은 또 어떤가. 돈을 여기저기서 빌린다. 남의 돈으로 시작하는 사업이 어떤 인과를 낳을지 생각조차 하지 않는다. 그냥 대충대충 얼렁뚱땅 긁어모은다. 투자자들을 안심시키기 위해 자꾸자꾸 거짓말을 해야 한다. 거짓말이 커지는 만큼 돈의 기운도 산만해진다는 걸 알 리가 없다. 당연히 사업은 망하고 빚만 남는다. 그런데 참으로 놀랍게도 그다음에도 똑같은 스텝을 반복한다. 그래서 명색은 사업가지만, 실제는 남의 돈에 빌붙어 사는 거지팔자인 셈이다. 이런 예는 수도 없이 많다. 아니, 대부분의 사람들이 이런 식으로 살아간다. 인생이 잘 안 풀리면 원인은 늘 바깥에 있다. 그래서 그 원인들만 제거하면 모든 게 잘될 거라고 굳게 믿는다. 한 번, 아니 두 번까지는 그렇다 치자. 그다음엔 '뭔가 이상하다'는 느낌이 들어야 하지 않는가? 하지만 신기하게도 사람들은 그렇게 하지 않는다. 세상을 탓하고, 타인을 원망하는 강도만 커질 뿐, 같은 짓을 수도 없이 반복하는 자신의 몸을, 자신이 서 있는 발밑을 돌아보지는 않는다.

이것이 팔자요, 운명의 실체다. 운명이라고 하면 거창해 보이지만 시작은 어디까지나 몸이다. 몸은 습관을 낳고 습관이 운명을 낳는다. 몸-습관-운명의 트리아드! 고로, 자기 몸의 연구자가 된다는 건 바로 이 '트리아드'의 비밀을 파헤치는 일이기도 하다.

사주와 팔자, 운명의 지도

사람들은 누구나 자신의 운명에 대해 알고 싶어 한다. 자신이 어디로부터 왔는지 또 어디로 가는지, 더 구체적으로는 생로병사의 마디를 어떻게 넘어가는지, 부귀공명과 희로애락을 어떻게 겪어 갈 것인지를 알고 싶어 한다. 이건 지극히 자연스러운 '앎의 충동'이자 '의지'다. 생물학자들이 오랜 노고 끝에 약 30억의 DNA 염기쌍을 찾아낸 것도 그 때문이 아닌가. 물론 그것은 시작에 불과했다. 그것들이 어떻게 배합되느냐에 따라 전혀 다른 결과가 산출된다는 사실이 밝혀졌기 때문이다. 결국 그걸로 개별주체들의 운명의 지도를 그린다는 건 요원해진 셈이다.

근대 이전에는 우주와 사회의 미래를 예측하는 것과 개

인의 운명을 읽어 내는 것이 하나의 프레임하에 있었다. 동양에서는 음양오행론이 그것이다. 음양오행이라는 키워드로 개인과 공동체, 그리고 우주의 운행까지도 단번에 관통했던 것이다. 그것이 어떻게 가능한가? 몸의 이치와 우주의 원리가 다르지 않다고 보았기 때문이다. 우리 문화의 자랑이자 세계기록문화의 보고인 『동의보감』이 바로 이런 원리를 집대성한 고전이다.

하지만 근대 이후 이 둘 사이를 연결하는 교량은 끊어져버렸다. 과학은 오직 물리적·생물학적 이치만을 따질 뿐, 개인의 삶과 운명의 향방에는 어떤 단서도 주지 못한다. 유전자지도를 가지고 내 인생의 행로를 예측한다는 건 언감생심이다. 과학의 법칙, 기후의 변동, 천문학과 우주탐사는 개인의 인생과는 전혀 무관한 그저 화려한 정보에 불과하다. 아인슈타인의 상대성 원리, 막스 플랑크의 양자역학 등은 과학계의 혁명적 변화를 가져왔지만 그것을 통해 삶의 이치를 깨치는 경우는 거의 없다. 한마디로 "진리와 윤리의 연결고리가 깨어진"(나카자와 신이치) 것이다.

그 빈틈을 메우고자 저 고대로부터 내려온 운명론들이 나날이 번성하고 있다. 곳곳마다 거리마다 점집에 역술원, 사주카페가 즐비하다. 애니어그램의 지혜나 점성술에서 관상학, 손금에 이르기까지 '썰'들도 구구하다. 우리나라뿐 아니라 전 세계적으로 각양각색의 주술사들이 판을 치고 있다. 이미 언급했듯이, 운명을 알고자 하는 욕망은 원초적인 것이라 도저히 멈출 수가 없는 까닭이다. 과학이 발전함'에도 불구하고' 번성하는 것이 아니라, 과학이 발전함'에 따라 더더욱!' 번성할 수밖에 없는 것이 운명학이다.

사주명리학은 이런 패러다임 가운데 최고로 정교한 이론이다. 보통 명리학을 영적 직관으로 간주하곤 하는데, 그거야말로 편견과 오해의 소산이다. 음양오행론은 아주 정교한 물리학에 가깝다. 태극에서 음양으로, 음양이 다시 오행으로, 이 오행이 육십갑자로 분화되면서 거시세계와 미시세계를 하나로 꿰뚫는 앎의 체계가 탄생하는데, 그것이 곧 음양오행론이다. 사주명리학은 특히 그러한 이치를 사람의 일생과 결합한 일종의 해석학이다. 사주명리학에 대한 사람들의 태도는 다분히 이중적이다. 지식과 담론의 차원에선 배척하고 무시하는 한편, 실용적 차원에선 맹목적으로 의존한다. 거의 모든 커플이 궁합에 집착하는 것이나 산부인과 병원에서 아이의 사주팔자를 받아 오라고 하는 것 등이 좋은 예다. 원리는 안중에도 없고 오직 이익만 챙기겠다는 심산 아닌가. 사주명리학이 인생과 우주의 지혜로 활용되지 못하고 은밀한 루머가 되어 음지로 떠도는 이유가 거기에 있다.

엄마의 뱃속을 나와 처음 폐호흡을 시작할 때 우주의 기운이 내 몸에 바코드처럼 찍힌다. 존재와 우주의 마주침이 시작된 것이다. 이때 활용되는 역법은 태양력과 음력을 결합한

절기력이다. 절기력에선 태양이 지구와 어떤 각도를 이루고 있는가가 관건이다. 그때의 우주적 기운장이 사람의 운명에 깊이 개입한다고 보는 것이다. 연월일시의 간지(干支)를 사주(네 개의 기둥)라 하고 그걸 글자로 헤아렸을 때 여덟 글자, 그래서 사주팔자(四柱八字)다. 모든 사람은 태어나는 순간 여덟 개의 카드를 가지고 삶을 시작한다. 그 카드는 저 머나먼 별에서 주어진 것이 아니라, 내 몸이 처음 우주와 마주치면서 형성된 것이다. 그 마주침의 흔적은 얼굴과 오장육부, 칠정과 칠신까지 두루 관통하고 있다. 이 여덟 개의 카드에 담긴 몸과 인생의 리듬, 그것을 읽어 내는 것이 바로 사주명리학이다.

팔자는 먼저 오행이 펼치는 오장육부의 생리적 기전을 알려 준다. 간/담이 발달된 사람과 폐/대장이 발달된 사람은 동일한 리듬으로 살아가기 어렵다. 일단 얼굴 모양이나 동작의 선분이 다르다. 전자는 둥글넓적한 편이고, 후자는 각이 지고 예리해 보인다. 또 심장의 열이 과도하게 뜨거운 사람과 신장의 찬 기운이 왕성한 사람은 보고 듣고 해석하는 방식이 같을 수가 없다. 관계를 맺는 방식도, 돈을 버는 행태도 각기 다르다. 고로 명리학은 몸의 철학이다. 그러므로 이 매트릭스에선 의학이 곧 역학이다. ─ 의역학(醫易學)!

몸의 생리는 또 칠정(七精)과 칠신(七神)의 흐름을 만들어 낸다. 칠정은 희노우사비경공(喜怒憂思悲驚恐), 곧 일곱 가지의 감정이다. 칠신은 혼백의지신(魂魄意志神), 모려와 결단 등 의식활동과 의지적 작용을 아우르는 말이다. 포괄적으로 말하면 '마음의 행로'인 셈이다. 결국 생리와 심리가 긴밀하게 연동되어 있다는 뜻이다. 예컨대, 신장이 발달된 사람은 아이디어가 풍부하다. 간/담이 발달된 사람은 결단력과 카리스마가 넘친다. 폐/대장이 발달된 사람은 감수성이 발달되어 있다. 낭만주의 시인들이 주로 폐결핵을 많이 앓은 것도 이와 무관하지 않다. 비위가 발달된 사람은 넉살이 좋고 노래를 잘한다. 심/소장이 발달된 사람은 항상 낙천적이고 유쾌하다. 썰렁한 개그에도 잘 웃는다. 이런 리듬에 따라 사회적 장이 펼쳐진다. 가족관계, 직업, 취미, 친구관계 등이 만들어진다. 결국 팔자란 나에게 주어진 운명의 지도다.

운명의 지도가 있다고 하면 대개 두 개의 반응이 나온다. '운명에 정해진 것이 어디 있는가? 운명은 얼마든지 개척할 수 있는데'라는 시니컬한 반응이 그 하나고, '모든 것이 정해졌다면 이제 나는 아무것도 할 수 없구나!' 하는 탄식이 다른 하나다. 겉보기엔 반대지만 둘 다 편견의 소산이라는 점에선 공통적이다. 운명(運命)은 말 그대로 명을 운전하는 것이다. 명은 타고난다. 달리 말하면 '명을 타야' 태어날 수 있다. 시공간이 결정되고 구체적인 형질인 몸이 결정되어야 한다는 뜻이다. 명이 없는 사람이 어디 있단 말인가. 시작점이 있어야 길을 떠날 수 있는 법, 삶의 시작점이 곧 명이다. 명리학은 그 명을 음양오행이라는 개념적 체계로 풀이한 것일 뿐이다. 점성술은 별의 위치로 읽어 내고 손금은 손의 주름을 통해 읽는 것처럼. 여기에는 어떤 신비주의도, 영적 개입도 들어설 여지가 없다.

그럼, 이 명을 어떻게 움직일 것인가? 거기에는 많은 변수들이 개입한다. 부모, 가족관계, 사회적 조건 등등. 이것들과의 관계에서 명이 구체적으로 발현된다. 그 점은 유전자의 원리와 비슷하다.

> DNA는 운명이 아니라 지나간 역사를 보여 주는 것이다. 우리 삶은 유전암호에 따라 결정되는 것이 아니다. 물론 유전암호에 따라 삶의 모습이 표현되기는 하지만, 정확히 어떻게 표현되느냐는 각자의 부모님, 환경, 선택에 따라 좌우된다.(샤론 모알렘, 『아파야 산다』, 김소영 옮김, 김영사, 2010, 15~16쪽)

그 발현의 가장 중요한 지표가 바로 몸이고 습관이다. 그래서 운명을 알려면 몸을 알아야 한다고 말한 것이다. 명을 움직이려면 일단 주어진 코드를 읽어 낼 수 있어야 한다. 똑같이 골초라도 누구는 폐암에 걸리고 누구는 멀쩡하게 장수를 한다. 이것은 분명 타고난 명이 다르기 때문이다. 그렇다면 담배가 자신의 팔자에 치명적이라는 사실을 아는 것과 모르는 것은 엄청난 차이가 있다. 섹시하고 아름다운 여성들은 남자들의 구애를 많이 받는 대신 자식운에는 좀 문제가 있다.

반대로 자식운이 좋으면 상대적으로 남편복이 박하다. 여성의 운에서는 자식과 남편이 서로 상극이기 때문이다. 이 원리를 모르면 평생 동안 자신의 팔자를 원망하고 한탄하기 십상이다. 하지만 이런 이치를 안다면? 일단 자신에게 닥쳐오는 사건들을 '객관화'할 수 있고, 그와 동시에 그 사건들을 해석하는 기제를 바꿀 여지가 생긴다. 해석이 바뀌면 출구가 열린다. 어차피 같은 팔자 아니냐고? 절대 그렇지 않다. 명을 좇아가는 것과 명을 운전하는 것은 천지 차이다.

또한 명을 안다는 건 만물이 서로 이어져 있음을 아는 과정이기도 하다. 명의 배치를 읽으려면 시간의 흐름을 읽어야 한다. 어느 해인가, 어느 계절인가, 오늘의 간지(干支)가 무엇인가 등등. 운명이란 시간들이 '중중무진'으로 겹쳐진 세계다. 그래서 나의 운이 좋아지면 엄마의 건강이 나빠질 수 있고, 재물운이 과잉으로 들어오면 남편이 도화살에 걸려들 수 있다. 자식이 뛰어나면 부모의 운은 점차 쇠락한다. 이것을 얻으려면 저것을 잃어야 하고, 저것을 얻는 순간 이것이 사라져 간다. 처음에는 자신의 욕망을 중심으로 운명을 보게 되지만 그 과정에서 자연스럽게 '나'라고 하는 좁은 울타리를 벗어나게 된다. 나의 삶에 수많은 세계가 연결되어 있음을 실감하게 되는 것이다.

그러므로 이 흐름에는 선악, 시비, 호오가 들어설 자리가 없다. 그런 가치들은 앞에서 보았듯이 자본과 국가의 하수인들(지식장사꾼과 시장의 전문가)에 의해 '만들어진 표상'일 뿐이다. 그러니 그것을 멍하게 따라가다 보면 팔자는 더더욱 꼬일 수밖에 없다. 명을 운전하려면 그런 표상으로부터 벗어나전혀 다른 척도를 터득해야 한다. 태과(넘치는 것)/불급(모자라는 것)을 벗어나라! — 팔자의 원칙은 이것뿐이다. 태과와 불급을 벗어나야만 오행의 순환이 가능하다. 순환이란 차이의운동이다. 계절의 변화가 잘 보여 주듯이, '차이 속의 반복'이곧 순환이다. '생생불식'하는 자연의 섭리이자 인간이 생로병사의 마디를 넘어가는 이치이기도 하다. 습관이란 이 순환을가로막는 태과/불급의 상태를 뜻한다. 그것이 나를 태어나게도 했지만 그것이 나를 아프게 하고 괴롭게 한다. 그 아픔, 그괴로움에서 벗어나려면, 그래서 우주의 '활발발한' 순환에 동참하려면 구체적으로 차이를 만들어 내는 행(行)을 닦아야한다. 그것이 평생의 공부이자 명을 운전하는 길이다. 모든운명론이 종국에는 수행으로 이어지는 원리가 여기에 있다.

'용신'(用神)으로서의 글쓰기

사람들은 대개 자신의 팔자에 불만이 많다. '아이구 내 팔자야~'라는 말을 입에 달고 산다. 겉보기엔 멀쩡하게 잘 사는것처럼 보이는 사람들도 속내를 알아보면 다들 한심하기 그

지없다. 대체 이 세상에 좋은 팔자라는 게 있을까 싶을 정도다. 그럼 왜 그렇게 다들 기구한 팔자를 타고난 것일까? 결론부터 말하면 '자업자득'이다. '아파야 산다'는 말처럼, 그 기구함을 감내함으로써 비로소 살 수 있게 된 것이다. 우주와 생명 사이의 전략적 제휴라고나 할까. 일단 이 점을 받아들이는 게 중요하다. 내 팔자가 생명의 차원에선 최선이라는 것, 그러므로 아무리 험난할지언정 그 자체로 온전하다는 것을 인정해야 한다. 그런 다음에라야 비로소 내 운명에 개입할 수 있는 여지가 생긴다. 소위 '개운법'(開運法)이 바로 그것이다. 사주명리학에는 다양한 층위의 개운법이 존재하는데, 개운법이야말로 이 담론의 하이라이트다. 다른 운명학에는 이런 방면이 아주 희박하기 때문이다. 개운법이 '운을 여는' 포괄적인 개념이라면, 용신은 구체적인 방편을 지칭한다.

용신이란 팔자를 잘 순환시키기 위한 매개항에 해당한다. 만약 금(金)과 수(水)로 가득 차서 목(木)기가 결핍된 사주가 있다면, 목이 곧 용신이 된다. 그러면 일상의 전 과정에서 이 목의 오행적 속성을 적극 활용하면 된다. 푸른색, 나무, 살리는 기운, 봄의 역동성, 간담, 동쪽, (숫자) 3과 8, 신맛… 이것이 목의 계열에 속하는 항목들이다. 내 존재의 익숙한 리듬에 아주 낯선 타자를 끌어들여 팔자 전체를 '튜닝'하는 거라고 보면 된다. 그래야 습관의 중력이 해체되면서 새로운 리듬이 조성될 테니 말이다. 사람마다 용신은 다 다르다. 꼭 한 개만도 아니다. 두서너 개의 오행을 써야 하는 경우도 있다. 그런데 어떤 용신을, 어떻게 쓰건 간에 누구나 보편적으로 밟아야하는 기본초식이 있다.

첫째, 몸을 쓴다.

둘째, 재물과 재능을 베푼다.

셋째, 마음을 비운다.

한마디로 나의 존재성을 '탈영토화하는' 작업을 해야 한다. 현대인들은 특히 몸을 잘 쓰지 않는다. 당연히 몸의 기혈이 꽉 막혀 있다. 따라서 잘 살고 싶으면 일단은 몸을 써야 한다. 걷기, 자전거타기, 등산, 요가 등등…. 특히 자가용으로부터의 탈주가 절실하다. 차에 대한 집착이 몸과 마음, 그리고 관계의 장을 얼마나 막고 있는지는 상상을 뛰어넘는다. 일상의 모든 과정에서 부지런해야 하는 건 당연히 말할 나위도 없다. 재물과 재능 또한 나의 습속의 산물이다. 그래서 베풀어야 한다. 내가 소유하고 있으면 역시 집착이 생겨 팔자의 순환을 가로막는다. 재물은 물론이고 재능도 베풀지 않으면 교만심만 키우게 된다. 아무리 좋은 것도 가득 차면 막히고, 막히면 썩는다. 가장 어려운 것이 마음을 비우는 것이다. 구체적으로 자의식과 이기심 등, 나를 얽어매는 표상들을 해체해야 한다. 그래야 내가 기꺼이 다른 존재로 전이할 수 있다. 다르게-되기, 이것이 용신의 핵심이다. 이런 초식이 바탕에 있어야만 용신의 구체적 활용이 가능해진다. '자연의 잔칫상에는 거저가 없다.' 거저 얻는 건 졸지에 사라진다. 번뇌와 질병만을 남긴 채.

글쓰기가 모든 이들에게 최고의 용신이 되는 까닭도 거기에 있다. 엉? 여기까지 고개를 끄덕이다 갑자기 화들짝 놀랄지도 모르겠다. '비약이 너무 심하잖아'라면서. 그렇지 않다. 용신에서 핵심은 관찰이다. 자신이 서 있는 지점을 정확히 보는 것이 중요하다. 그러기 위해선 고도의 집중력이 요구된다. 이 집중력을 발휘할 수 있는 최고의 기술이 바로 글쓰기다. 생각해 보시라. 글쓰기보다 낯설고 이질적인 행위가 있는지. 춤을 추거나 그림을 그리거나 노래를 하는 일들은 대충 납득이 될 것이다. 이해가 된다는 건 그만큼 익숙하다는 뜻이다. 그런데 글쓰기는 영 난감하다. 그게 바로 포인트다. 글쓰기는 일단 지성과 신체를 동시적으로 쓰는 행위다. 한마디로 존재 전체를 투신해야만 가능하다. 가만히 앉아서 하는데 무슨 힘이 든담, 이렇게 생각하는 이가 있다면 그건 아직 한 번도 글을 써 보지 않았다는 뜻이다(참고로 우리 시대의 대표작가 김훈은 『칼의 노래』를 집필할 때 이가 무려 여덟 개나 빠졌다고 한다). 그건 마치 태극권 동작이 느리다고 힘이 안 들 거라고 생각하는 것과 마찬가지다. 농담 삼아 말하면, 글을 쓰는 건 태극권보다 약간 더! 힘이 든다. 그래서 '운을 열' 수가 있는 것이다.

용신이건 글쓰기건 그걸 하다 보면 팔자가 어그러진 원천이 '탐진치'에 있음을 자각하게 된다. 탐욕(貪)과 분노(瞋)

와 어리석음(癡). 이 삼독(三毒)은 모두 순환의 어그러짐을 의미한다. 탐은 차서를 밟지 않고 가지려 하는 것, 진은 상대보다 두 스텝 이상을 앞질러 가는 것, 치는 거꾸로 뒤에서 잡아당기는 것. 이 중에서 가장 무서운 건 '치'다. 치는 잘 드러나지도 않고 책임을 회피할 여지가 많다. 동아시아 정치의 이상적 롤모델은 요임금과 순임금이다. 요순임금이 위대했던 이유 중의 하나는 그들은 잘한 일이건 못한 일이건 만천하에 드러냈다는 점이다. 그래서 모든 백성들이 그들의 미덕과 허물을 동시에 보면서 배움을 닦아 가도록 했다는 것이다. 글쓰기도 비슷한 효과가 있다. 자신의 '운명의 지도'를 모든 사람들이 탐구의 자료로 삼을 수 있도록 기꺼이 내주는 것, 자신의 내면이나 기억 속에 꽁꽁 묶어 두는 것이 아니라 세상 속으로 흘려보내는 것, 이것이 글쓰기가 용신이 되는 진짜 이유다.

자, 그렇다면 이제 본격적으로 질문을 던져 보자. —대체 글쓰기란 무엇인가? 글쓰기의 담론적 좌표를 알아야 용신으로 적극 활용할 수 있을 테니 말이다.

글쓰기의 배치 : 나는 쓴다, 고로 존재한다 !

인간은 언어를 통해 사유를 하고 그 사유를 통해 길을 열어 가는 '로고스'(언어/이성)적 존재다. 동서고금을 망라하고 모든 교육이 기본적으로 책으로 이루어진 것도 이런 연유에서다. 책이 책이 되려면 정보와 지식 그 이상이어야 한다. 신체를 육박해 들어오는 근원적 질문을 야기하고 그래서 다른 삶을 살도록 추동하는 것, 책이란 무릇 그런 것이다.

새삼스러운 말이지만, 독서의 최종목표는 글쓰기다. 책을 읽는 건 삶의 길을 찾는 탐색이다. 그 '길찾기'는 반드시 자신의 언어로 표현되어야 한다. 그런 점에서 글쓰기란 존재의 가장 기본적인 표현형식에 속한다. 읽기와 쓰기가 하나로 이어져 있는 이 순환의 사이클이 바로 '책의 매트릭스'인 것. 그런데 언제부턴가 이 순환의 연결고리가 끊어져 버렸다. 글쓰기가 한낱 기예로 전락해 버린 것이다. 그와 동시에 독서의 강밀도 역시 현저하게 떨어지고 말았다. 글쓰기에 대한 비전이 없으니 독서가 치열하게 이루어져야 할 명분 또한 사라지게 된 것이다. 그러므로 독서의 의미가 고양되려면 무엇보다 글쓰기의 위상이 뚜렷하게 자리매김되어야 한다.

문명이 시작된 이후 모든 고등교육의 핵심은 글쓰기에 있었다. 언어를 통한 '사유의 지도'를 그리는 것, 그것이 곧 지성의 정점이자 귀결처였다. 책이 그토록 소중했던 것도 그 때문이다. 예전에는 소수의 사람만이 여기에 참여할 수 있었지만 근대 이후 거의 모든 사람들이 이 지성의 행위에 참여할 수 있게 되었다. 그런데 결과는 어떤가? 보다시피 참담하다. 한번 따져 보자. 우리가 받는 교육은 기본적으로 언어로

글쓰기의 존재론: 운명의 '지도-그리기'

이루어져 있다. 유치원부터 고등학교까지만 친다 해도 무려 10년 이상 주구장창 책을 읽어 왔다. 그런데도 글을 쓸 줄 모른다면, 참 이상한 노릇 아닌가. 수영학원을 10년 이상 다니고도 헤엄을 칠 줄 모른다면? 혹은 미술학교를 15년 이상 다니고도 그림을 그릴 줄 모른다면? 어불성설! 마찬가지로 10년 이상 책으로 교육을 받았다면 최소한 자신의 생각과 삶은 글로 표현할 줄 알아야 한다. 그런데 어찌된 영문인지 우리 시대는 대학생, 아니 대학원생조차 글쓰기엔 젬병이다. 글쓰기를 못하는 지성인이라니, 이건 실로 형용모순이다.

우리 시대의 핵심 이슈인 소통단절 역시 이와 무관하지 않다. 소통은 화해와 배려의 정신만으로 되는 것이 아니다. 그 이전에 자신의 뜻을 투명하게 전달할 수 있어야 한다. 뜻이 분명하지 않으면 왜곡에 왜곡이 더해져 대화를 하면 할수록 적대감만 쌓이게 된다. 그럼, 이런 악순환에 빠지지 않으려면 어떻게 해야 할까? 글쓰기가 가장 좋은 방법이다. 어떤 유형이건 일단 한 편의 글을 완성하려면 단어 하나, 문장 하나를 명료하게 가다듬지 않으면 안 된다. 하여, 그것은 자연스럽게 자신의 앎과 생각을 정련하는 자기성찰의 과정으로 이어진다. 창조력과 상상력이 발휘되는 지점도 바로 거기다. 물론 더 근원적인 의미도 있다.

책을 읽는 것이 기운을 발산시키는 것이라면 글쓰기는 기운을 수렴하는 과정이다. 자연은 봄 여름에 번성시키고 가을 겨울에는 거두어들인다. 꽃과 잎을 피우고 그다음엔 열매와 씨앗을 맺는 식으로. 자연의 산물인 인간 역시 이 리듬을 타야 한다. 책을 읽는 것이 봄 여름의 풍요로움이라면 글쓰기는 가을의 결실이다. 글쓰기를 통해 사유의 정밀함을 단련하고, 그 정밀한 씨앗을 농축시키는 시간이 바로 겨울이다. 이 변화의 마디를 정교하게 거치다 보면 생명의 정기가 몸에 충실하게 쌓이게 된다. 그리고 외부와 소통하는 감응력도 거기에서 발휘된다.

내 마음을 한 가지 경계에 깃들여 형상과 접촉하여 만약 느끼는 바가 있게 되면, 갑자기 눈동자가 돌아가고 팔뚝이 움직이며 손가락이 덩달아 붓을 잡는다. 벼루는 먹을 기다리고, 먹은 붓을 기다리며, 붓은 종이를 기다리니, 종이가 가로로 비스듬히 놓이고 좌우로 붓이 내달리게 되어, 잠깐 사이에 날고 뛰고 들고 나는 변화가 일어나 기운을 얻고 뜻이 가득 차게 되면 안 될 것이 없다. 마음은 눈을 잊고, 눈은 팔뚝을 잊고, 팔뚝은 종이를 잊고, 종이는 먹을 잊고, 먹은 벼루를 잊고, 벼루는 붓을 잊고, 붓은 종이를 잊게 되니, 이러한 때에는 팔뚝과 손가락을 마음과 눈이라고 불러도 괜찮고, 종이와 붓, 먹과 벼루를 마음과 눈, 팔뚝과 손가락이라고 불러도 괜찮을 것이며, 먹과 벼루를 붓과 종이라고 불러도 괜찮을 것이다. 고요히 마음을 거두고 맑게 눈을 안정시켜, 팔뚝과 손가락을 소매 속에 마주 쥐고, 먹을 닦고 벼루를 씻고, 붓을 거두어 종이를 말면, 잠깐 사이에 붓과 종이, 먹과 벼루, 마음과 눈, 팔뚝과 손가락은 서로를 도모하지 않고, 또 앞서 하던 일을 까맣게 잊게 된다.(이덕무, 『이목구심서』耳目口心書 중에서)

이덕무는 18세기 '연암그룹'의 일원이다. 책을 하도 좋아해서 간서치(看書痴, 책만 보는 바보)라는 별명이 붙었을 정도다. 소품문과 아포리즘의 대가이기도 한데, 인용문도 그중 하나다. 이 아포리즘의 핵심은 글쓰기가 주는 신체적 환희다. 마음을 한 가지 경계에 깃들인다 함은 하나의 테마에 온 마음을 모은다는 뜻이다. 그 경계에서 뭔가 꿈틀거리면 그 순간 언어의 길이 생성된다. 그러면 눈동자와 팔뚝, 손가락 등 신체가 한꺼번에 감응하여 절로 움직이게 된다. 어디 그뿐이랴. 벼루와 먹, 붓 등 도구들과도 감응이 일어난다. 그래서 기운과 뜻이 가득하게 되면 '먹은 벼루를 잊고 벼루는 붓을 잊고 붓은 종이를 잊게 된다'. 일종의 무아지경에 이르게 되는 것이다.

이처럼 글쓰기는 내적 충일감과 외부적 감응력을 동시에 확장해 준다. 그래서 근대 이전에는 글쓰기를 천지만물의 흐름에 접속하는 우주적 운동으로 간주하기도 했다. 연암 박지원이 말한바, "대체 이 천지간에 흩어져 있는 것 가운데 책의 정기가 아닌 것이 없다"(『소완정기』素玩亭記). 아울러 "문체는 얼굴이다"라는 유명한 경구 또한 같은 맥락이다. 문체를 보면 그 사람의 개성과 특징을 한눈에 알아볼 수 있다는 뜻이다.

실제로 그렇다. 짧건 길건 모든 글에는 글쓴이의 존재의 흔적과 리듬이 고스란히 담겨 있다.

요컨대, 글쓰기라는 것은 정보나 기능이 아니다. 특별한 수사학이나 문법적인 테크닉도 아니다. 요즘 유행하는 말로 하자면, '미친 존재감'을 표현하는 가장 보편적이고도 매혹적인 형식이다. ―"나는 쓴다, 고로 존재한다!"

번뇌의 '커밍아웃' ― 누드 글쓰기 서설

사주명리학의 십신(十神) 가운데 가장 중요한 항목이 정관(正官)이라고 한다(자세한 설명은 뒤에 이어지는 글 「사주명리학 개요」를 참고). 관은 나를 극(剋)하는 것인데, 이게 가장 소중하다니 무슨 뜻인가? 상극이란 나에게 어떤 한계를 부여하는 힘이다. 한계가 부여되면 그걸 뚫고 나가려는 의지도 함께 생성된다. 그때 비로소 나만의 현장을 확보하게 된다. 그걸 바탕으로 식상을 낳고 재성을 극하는 것이다. 시련이 삶을 고양시키는 것과 같은 이치다. 따지고 보면 관성만 그런 역할을 하는 건 아니다. 비겁이 강해도 다른 오행들을 제압하느라 갖은 시련을 겪게 되고 식상이 과도해도 끼를 주체하지 못해 사방에서 균열을 일으킨다. 재성이 많으면 평생 재물로 인한 번뇌가 그치지 않는다. 인성은 공부운을 의미하니까 무조건 좋을 것 같지만 이것도 과도하거나 고립되면 역시 오도 가도 못하는 형국이 된다. 결국 팔자의 동그라미는 곳곳에 장벽이요 도처에 번뇌투성이다. 하지만 그래서 하나하나가 다 소중하다. 그것들로 인한 한계상황이 나로 하여금 전혀 다른 길로 들어서도록 해주기 때문이다.

정말 중요한 건 그다음이다. 산전수전을 다 겪은 다음엔 반드시 그것을 삶의 지혜로 바꾸는 훈련이 이뤄져야 한다. 아무리 커다란 역경을 겪어도 그것을 배움의 과정으로 변환하지 못하면 모든 것은 그저 산산이 흩어질 뿐이다. 아니면 평생 원망과 분노를 안고 살아가거나. 고난과 역경을 '삶의 기술'로 변주하기 위한 최고의 과정이 바로 이 '누드 글쓰기'다.

먼저 자신이 무엇을, 어떻게 겪었는지 치밀하게 관찰한다. 그리고 그것이 내 몸의 습속과 욕망, 팔자와 어떻게 연결되는지를 하나씩 곰곰이 짚어 본다. 이 과정에서 발휘되는 고도의 집중력과 명징한 관찰력, 그것만으로도 훌륭한 용신(用神)이자 수행이 된다. 물론 이것은 글쓰기의 측면에서도 아주 색다른 장르에 해당한다. 어떤 인생이든 다 하나의 '서사시' 혹은 '드라마'가 될 수 있음을 보여 주는 표현형식이다.

이 '누드 글쓰기'라는 장르가 탄생하는 데는 두 가지 중요한 경험이 있었다. 하나는 임군. 출판사의 편집자이자 나의 절친한 후배다. 거죽은 이십대지만 칠십대보다 몸이 안 좋다. 그런데 어느 날 쇼핑중독에 빠졌다는 사실을 알게 되었다. 엄청난 충격이었다. 몸이 그렇게 약하고 가난한 처지에다, 누구보다 자본주의에 대해 치열한 비판정신으로 무장한 친구가 쇼핑에 중독되다니. 이건 뭐 미치지 않고서야. 그런데 더 놀라운 건 그게 문제라는 걸 전혀 몰랐다는 사실이다. 주변에 있던 친구들 역시 같은 처지였다. 그저 특별한 취미를 가진 것 정도로 취급했던 것이다. 나의 시선도 역시 갇혀 있기는 마찬가지였다. 특별히 숨긴 것도 아니건만 전혀 눈치조차 채지 못했다. 트렌드를 구별할 능력이 없어서이기도 했지만, 그 이전에 그저 내가 보고 싶은 대로만 보았던 것이다. 사람을 안다는 것, 친구가 된다는 것이 무엇인가를 절감하게 된 사건이었다. 사태를 수습하면서 가장 먼저 한 일이 글쓰기였다. 임군에게 자신의 중독된 상태를 낱낱이 정리해 오라고 했다. 중요한 건 반성이 아니라 관찰이다. 대체 왜 그런 욕망에 휩쓸리게 되었는지, 그것이 몸에 일으키는 효과는 무엇인지 등등. 자신의 생체리듬을 정확하게 관찰할 수 있어야 중독증이라는 사건과 정면으로 대면할 수 있는 법이다. 더 중요한 건 그걸 만천하에 공개하는 것이다. 참회란 남몰래 스스로를 괴롭히는 데 있지 않다. 세상에 투명하게 알림으로써 그 사건과 맺는 인연의 장을 바꾸는 것이다. 아무튼 그렇게 해서 2010년 '수유+너머 남산' 학술제 때 공개적으로 발표를 했는데, 엄청난 반향을 불러일으켰다. 자신도 같은 증상이라는 고백, 그게 그렇게 심각한 상태냐는 반문, 어떻게 저렇게 다 까발릴 수 있을까 하는 감탄 혹은 당혹감 등등. 그런 과정을 거쳐 지금은 한고비를 넘었고 그 이후로 몸도 몰라볼 정도로 좋아졌다. 농담으로 이젠 오십대 정도는 된 것 같다고 한다. 중독이 몸과 일상을 잠식한다는 걸 생생하게 보여 준 예다.

또 하나. 감이당의 주술사 장금이의 경우. 명리학의 기초를 한참 배우던 어느 날 아침, 장금이가 자신의 사주를 꺼내 놓더니 하나씩 짚어 가면서 설명을 하기 시작했다. 핵심은 관(官)이 공망(空亡)이라는 것. 그 덕분에(?) 아주 오래전에 짧은 결혼생활을 했고, 그걸 정리하는 과정에서 길고 긴 법정 싸움을 해야 했으며 그게 지금까지 가슴속에 앙금처럼 남아 있다는 이야기였다. 사실 난 장금이가 그때까지 노처녀라고 생각했고, 그런 사연이 있으리라곤 상상도 하지 못했다. 설령 알았다고 해도 이런 이야기를 자연스럽게 들으려면 10년을 사귀어도 쉽지 않았을 것이다. 친하고 안 친하고를 떠나 그런 이야기를 주고받을 담론의 공간 자체가 없기 때문이다. 그런데 별로 친하지도 않은 상태에서 담담하게 속내를 털어놓은 것이다. 장금이는 그것을 '번뇌의 커밍아웃'이라고 했다. 자신의 인생에 가장 큰 흔적을 남긴 상처를 세상에 드러내는 작업이라는 뜻이다. 그리고 지금까지는 오직 상대방을 탓하고 자신의 불운을 감추고 싶었을 뿐이다. 하지만 이젠 그렇게 하지 않는다. 대체 내 안에 있는 어떤 습속이, 어떤 욕망의 리듬이 그런 인연을 불러들인 것일까? ―질문의 방향이 완전히 바뀐 것이다. 그렇게 되자 불운이라고 생각했던 그 사건이 오히려 고맙게 느껴지기까지 했다. 존재의 심연과 삶의 비전을 사유할 수 있는 소중한 단서를 제공해 주었기 때문이다. 그녀는 지금 열심히 글쓰기 수련 중이다.

상처와 기억은 세상 밖으로 보내야 한다. 그래야 그것들도 세상 속으로 흘러가서 바람이 되고 물이 된다. 미생물이 되고 참치가 되고 나무가 된다. 몸과 우주가 음양오행의 원리로 이루어진다면, 내가 한 행위나 말, 그리고 기억들도 다 그렇게 이루어져 있을 것이다. 참회도, 후회도, 상처도 다 마찬가지다. 그런데 근대적 자의식은 이것들을 다 꽁꽁 묶어 두도록 만든다. 마치 개인의 고유한 내면이 따로 있는 것처럼. 그래서 평생을 짊어지고 가야 한다. 하여, 시간이 지날수록 존재는 더더욱 무거워져 간다.─'참을 수 없는 존재의 무거움!' 당연히 팔자가 바뀌려야 바뀔 도리가 없다. 불교에선 그것을 업, 카르마라고 한다. 그것이 몸을 만들고 습관을 만들고 다시금 동일한 팔자를 반복하게 한다. 윤회가 있다면 아마도 이런 것일 터. 하여, 팔자를 바꾸려면 무엇보다 나의 순환을 가로막고 있는 기억들을 꺼내 놓아야 한다. 병이 들면 동네방네 알리라고 했다. 소문이 나야 낫는다고. 마찬가지다. 나를 가로막는 번뇌를 세상에 커밍아웃하라! '자기 몸의 연구자'가 되는 첫걸음은 여기에서 시작된다. 그러니, 보라, 그리고 쓰라!

* * *

결국 살아 있는 모든 것은 생존과 번식이라는 두 가지 사명에 매진하려 한다. 기니충, 말라리아 원충, 콜레라균이 그렇고 물론 우리 인간도 마찬가지다. 한 가지 차이점이자 인간에게 크게 유리한 요소가 있으니, 인간은 그 사실을 알고 있다는 점이다.(샤론 모알렘, 『아파야 산다』, 157쪽)

존재는 단 하나의 명령을 받는다. 살아 있으라, 그리고 행복하라! 행복하게 살기가 존재의 유일한 명령이다. 그런데 그것을 수행하기 위해서는 연구를 해야 한다. 무엇이 행복인지, 어떻게 사는 것이 행복한 삶인지를. 우리 시대는 행복조차 이미지와 상품으로 주입되는 시대다. 아마 가장 큰 불행은 행복한 것 같긴 한데 그것이 누군가의 조종에 의한 것임을 눈치채게 될 때일 것이다. 노예의 행복—이 지독한 형용모순에 빠지지 않으려면 행복에 대해, 삶에 대해 배우고 익혀야 한다. 그래서 운명의 지도가 필요하다. 자신의 명과 그 명을 움직이는 길을 안다는 것, 그 명과 길이 어떻게 천지만물과 결합되어 있는지를 안다는 것, 그것만이 구원이자 출구다. 자기구원으로서의 앎, 자기수련으로서의 글쓰기—이것이 '누드 글쓰기'가 추구하는 두 개의 테제다.

사주명리학 개요:
운명의 열쇠를 찾아서

안도균

누구에 의한, 누구를 위한 사주명리인가?

엄마 뱃속에서 나온 아기가 울음을 터뜨리면서 폐호흡을 막 시작하면, 그때 천지의 시간성이 첫 숨과 함께 몸(오장육부)에 새겨진다. 사주명리학은 몸이 간직한 이 시간의 기운이 그 사람의 삶 전반에 작용한다는 전제에서 출발한 학문이다. 오장육부(五臟六腑)에 찍힌 시간적 기운은 그 사람만의 독특한 패턴으로 차별화된다. 그리고 이 몸의 개별 패턴은 감정과 행동양식 그리고 삶의 인연조건을 다채롭고 구체적으로 창조해낸다.

계절과 시간에 따라 몸과 마음의 컨디션이 달라지듯이, 태어날 때 몸에 새겨진 시간성은 무의식 차원에서 평생의 컨디션에 영향력을 행사하게 될 것이다. 예컨대, 겨울밤에 태어난 사람과 여름 한낮에 태어난 사람의 성향 차이는 두 시간의 온도와 분위기, 즉 겨울밤의 아늑하고 고요함과 여름 대낮의 양적인 열기의 차이만큼이나 다를 것이다. 이 시간적 차이들이 바로 삶의 차이가 된다. 따라서 사주명리를 통하면 사람들이 어떤 방식으로 기운을 쓰면서 사는지 그 각각의 차이들을 알 수 있다. 그리고 그 개별 기운으로 사람을 만나고 일을 하며 돈도 벌기 때문에, 사람마다의 대인관계와 재물, 배우자와 가족 등의 운을 살필 수 있는 것이다.

이렇게 타고난 기운은 늘 삶의 조건과 '상응'(相應)한다. 그런데 서로[相] 대응[應]하기 위해선 타고난 기운 안에 이미 모든 삶의 조건들이 내재되어 있어야 한다. 태어나기 전, 우리는 이미 우주의 기운이었다. 지나는 바람이기도 나무이기도 했고, 성인의 눈이기도, 악인의 심장이기도 했다. 그래서 우리는 모든 것을 잠재하고 있다. 사주팔자는 그중 일부가 표면으로 드러난 것이다. 드러나지 않은 많은 것들은 표면화된 것과 긴밀하게 상호작용한다. 마치 의식이 무의식과 서로 영향을 주고받듯이 말이다. 그래서일까, 운명은 늘 단일한 척도의 시야를 벗어난다.

예를 들어, 재물운이 들어온다고 하는 것은 실제적인 재물이 들어온다는 의미일 수도 있고, 재물욕이 많아진다는 뜻일 수도 있다. 혹은 재물과 관련된 사건이 벌어진다고 볼 수도, 또한 재물과 관련된 작업량이 늘어난다는 의미일 수도 있다. 물론 이러한 양상들이 결국 소득의 증가로 이어질 가능성이 높은 건 분명한 사실이다. 그러나 실질적인 소득 없이 일만 많아지거나, 소득이 생긴다 해도 지출이 더 많아져서 재물이 늘어났다고 보기 힘든 경우도 있을 것이다. 더 중요한 것은 재물운과 연계된 인과의 확장이다. 재물의 증가로 학업이 중단될 수 있고, 인간관계가 변할 수도 있다. 혹, 어떤 이에게 재물운이 온다는 것은 일이 늘면서 건강을 해치거나 심지어 목숨을 잃는 결과를 초래한다는 의미일 수도 있다.

이런 중층적 해석이 가능한 것은 사주명리가 '음양오행'(陰陽五行)이라는 역학적 베이스로부터 출발하기 때문이다. 음과 양, 그리고 다섯 기운은 고정된 요소가 아니다. 이들은 항상 동적인 관계 안에 존재한다. 그 동적 관계가 바로 '상응'인 것이며, 상응에 의한 존재방식이 '순환'(循環)이 된다. 그래서 역(易)은 끊임없이 순환한다는 명제를 가지고 역학의 분과학적 계보를 구성한다. 그리고 사주명리학은 한의학 등과 더불어 이 분과학을 형성한다. 순환논리 안에 들어온 모든 것은 고정된 실체로서의 지위를 잃는다. 머무를 현재가 없다는 것, 현재는 계속해서 과거로 흘러간다는 것. 이 전제가 순환의 핵심이다. 아무리 좋은 것이라도 흘러가는 것일 뿐, 부여잡고 실체로 가두려는 순간 순환은 멈춘다. 순환이 멈추는 것이 질병인 것이고, 팔자가 꽉 막힌 것이다.

그런 의미에서 볼 때, 길흉(吉凶)이란 애초에 존재하지 않을지도 모른다. 흔히 재물이나 명예, 소중한 사람을 소유하는 것을 길한 것으로, 그것을 잃거나 질병이나 죽음, 괴로운 상황이 오는 것을 흉한 것으로 해석하는 경향이 있다. 하지만 이것 역시 하나의 결과로만 존재할 수 없는 법이다. 길흉 역시 단일한 사건만으로 평가할 문제가 아니다. 이것은 재물운이 반드시 소득의 증가로 이어지는 것은 아니라는 주장을 고려해 보자는 말이 아니라, 설령 재물운이 소득이라는 결과를 낳는다 하더라도 그것이 길한 것인가에 대해 질문을 가져야 한다는 뜻이다. 역리(易理)적 관점이 아니더라도, 소유할수록 잃게 될 가능성은 높아지기 마련이다. 그런데 소유의 욕망 속엔 대개 손실에 대해 부정적인 감정이 자리하는 법이다. 때문에, 흔히 우리는 가지고 있을 땐 집착과 불안으로 노심초사하고, 잃었을 땐 분노와 공허로 갈팡질팡하게 된다. 유산으로 인해 형제들 간에 생기는 암투나 로또 당첨 후 망가져 가는 삶을 보면 쉽게 알 수 있을 것이다. 그렇다면 이 소유를 과연 길하다고 말할 수 있을까. '흉'이라 말하는 것도 마찬가지다. 예컨대, 자수성가한 사람들의 배경엔 반드시 시련과 좌절이 있었다. 많은 것을 잃고 난 후에야 제대로 채울 수 있었던 사람들. 심지어 자식을 잃고도, 나라를 잃고도 세상 사람들에게 희망과 용기를 채워 준 선각자들, 그리고 장애를 극복하고 스스로 일어나 새로운 삶의 비전을 찾아나선 많은 이들이 있다. 그러니 흔히 안 좋은 운이라고 하는 것들을 과연 흉하다고만 말할 수 있는가. 사건을 고정시켜 길흉을 따지는 것이야말로 얼마나 허망한 것인지.

결국, 기존에 가지고 있던 사주에 대한 전제들—재물이나 연애 등에 대한 길흉적 판단들—을 깨야 사주명리를 제대로 볼 수 있다. 사주명리의 힘은 오히려 길흉에 대한 끝없는 분별심을 넘어서는 데서부터 발휘된다. 단일한 척도의 선악, 시비, 호오 판단을 중지할 수 있다면 하나의 사건에 연결된 감정에 매몰되지 않고 전체 관계를 통찰할 수 있다. 이 통찰력이야말로 삶의 운영에 있어 가장 실제적이고 강한 무기다. 예컨대 실연을 겪었다고 하자. 당연히 슬픈 일이다. 심지어 목숨을 끊기도 한다. 그렇지만 슬픔 속에서도 상황을 객관화시킬 수 있다. 이 능력이 통찰력이다. 쉽게 말해, 시간이 흐르면 잊고 싶지 않아도 잊어버릴 거라는 것, 그리고 다른 인연이 기다리고 있다는 것, 혹은 이 사건이 새로운 비전을 발견하게 될 터닝포인트일 수 있다는 것을 아는 힘이다.

인생의 순환은 단선 레일 위를 유유히 달리는 것이 아니라, 주체와 조건이 만나는 틈새로 새로운 복수(複數)의 길을 여는 과정이다. 인생은 그렇게 주체와 조건이 중층으로 얽혀 있는 다차원의 세계다. 넓고 평평한 도로와 비포장도로가 섞여서 나타나기도 하고, 막다른 골목과 틈새의 길이 동시에 주어지기도 하며, 갈림길인가 하면 어느새 길이 모이기도 한다. 그렇기 때문에 삶이란 알다가도 모르고 잡힐 것 같으면서도 종잡을 수 없는 것. 그러므로 눈을 뜨면 역설이요, 감으면 모순인 인생의 길들은 그 자체로 지극히 정상적인 순환의 논리 안에 들어와 있는 셈이다. 따라서 자신의 삶을 보고자 한다면 뫼비우스의 띠 같은 이 모순과 역설의 논리를 익혀야 한다. 중요한 것은 그 힘을 스스로 터득하는 것. 즉, 사주명리를 혼자 힘으로 볼 줄 알아야 한다는 것이다. 그리고 그것은 오직 자신만이 할 수 있다. 자기 자신만이 그 복잡한 조건과 더불어 운명을 통찰할 수 있으며, 다양한 변수와 대면해서도 그 맥락과 서사를 엮어 낼 수 있다.

운명에 대한 해석은 과정 자체가 깨달음의 여정이다. 운명을 해석하는 일은 단편적인 삶의 서사를 종횡으로 엮는 과정이다. 그게 자기 것이건, 남의 것이건, 삶의 편린들을 연결하려는 사람은 누구나 그 틈새의 맥락을 찾아내면서 인생의 인과적 논리를 발견하게 된다. 비록 그들 간의 법칙성을 구성하는 데까지는 미치지 못한다 할지라도, 적어도 단순한 인과의 지혜를 감각적으로 터득할 수는 있다. 그런데 이것은 그 과정을 밟은 자만이 획득할 수 있는 혜택일 뿐, 그 단계를 거치지 않고는 얻을 수 없다. 때문에 자기 운명에 대한 타인의 해석이 아무리 고매한 논리와 예지력을 가졌다 하더라도, 서툴지만 스스로 고민해서 해석하는 자발적 과정보다 더 큰 가치를 갖지는 못한다.

흔히 자기 사주에 좋은 운이 얼마나 있는지 혹은 좋은 운은 언제 들어오는지 관심이 많다. 그리고 그 기대를 사주임상가의 말에 의존한다. 이것은 자기 운명을 대하는 좋은 태도가 아니다. 모든 과정이 생략된 채, 결과적으로 돈이 언제 들어오는지, 애인은 언제 생기고 건강은 어떤지를 묻는 것은 자기 운명에 대한 모독이나 다름없다. 이런 식으로는 자기 운명의 주인이 될 수 없다. 운명의 주인이 된다는 것은 결과로 이어지는 촘촘한 원인망을 살피고 주어진 결과를 몸으로 수용하는 일이다. 즉, 모든 인과에 책임을 지는 것이다. 결국 자기 스스로 풀어 낸 사주명리가 가장 자기 자신을 위한 사주해석일 터이다. 따라서 사주명리를 스스로 익히는 것은 자신의 삶과 운명을 해석하는 아주 괜찮은 방법론이 될 것이다.

그런 의미에서 사주명리 이론을 기초적으로 스케치해 보려 한다. 그것으로 사주명리에 대한 인식의 장(場)을 확대할 뿐만 아니라 실제 이론에 근접함으로써 사주가 실제로 자기 운명에 대한 구체적인 도구로 쓰일 수 있다는 것을 맛보기로나마 보여 주고 싶다.

사주명리의 기초 1. 음양오행

사주명리란, '연월일시'라는 네 개의 시간 단위를 숫자가 아닌 순환하는 60개의 간지(干支)로 표현해서, 그 간지에 담겨진 운명의 이치를 해석하는 학문이다. 예를 들어, 2011년 8월

10일 낮 4시에 한 아이가 태어났다고 하자. 그러면 그 아이의 생년월일시는 숫자가 아닌 간지로도 표현할 수 있는데, 바로 '신묘(辛卯)년, 병신(丙申)월, 정유(丁酉)일, 무신(戊申)시'이다. 이를 사주에서는 일반적으로 이렇게 쓴다.

시	일	월	연	
戊	丁	丙	辛	천간
申	酉	申	卯	지지

잘 보면 연월일시의 네 기둥이 오른쪽에서 왼쪽 방향으로 배열되어 있다. 그래서 이를 두고 사주(四柱, 네 개의 기둥)와 팔자(八字, 여덟 글자)라 한다(이 팔자를 쉽게 뽑아 보려면 사주 관련 사이트의 만세력에 생년월일시를 입력하면 된다).

이 여덟 글자는 각각의 특징을 지니고 시절마다 나름의 영향력을 발휘한다. 그중에서 주인이 되는 글자는 일간(日干) 즉, 일(日)에 해당하는 간지 중에서 천간에 해당하는 글자로, 위의 사주에서는 왼쪽 위에서 두 번째 글자인 정(丁)에 해당한다. 요컨대 일간이 중심이 되어 다른 일곱 글자와 관계하는 것이다.

일간을 이해하기 위해서는 천간(天干)과 지지(地支), 즉 간지(干支)를 알아야 한다. 천간은 하늘을 상징하는 열 개의

사주명리학 개요: 운명의 열쇠를 찾아서

글자(甲乙丙丁戊己庚辛壬癸)이고, 지지는 땅을 상징하는 열두 개의 글자(子丑寅卯辰巳午未申酉戌亥)다. 이들이 각각 서로 하나씩 맞물리면 마지막에 지지가 두 개 남는데, 여기에 다시 천간이 채워지면 갑자(甲子)에서 시작하여 다시 갑자가 돌아올 때까지 60번의 마디가 필요하다. 여분과 부족―이러한 천간과 지지의 어긋남에 의해 간지는 다시 만나게 된다. 어긋남이 만남이 되는 이 역설의 상황이야말로 음양오행의 본질적 순환인바, 이는 간지가 음양오행의 확장 혹은 변이라는 증거이기도 하다. 그래서 간지는 음양오행의 사주적 언어라 할 수 있다. 실제로 사주의 이론에서 간지의 각 글자는 특정 음양과 오행으로 분류된다.

음양

음양(陰陽)은 이원론적 세계관을 상징하면서도 모순율에 의해 완전히 분리되지 않는 경계의 모호성을 전제한다. 즉, 음양은 서로 다르면서도 같다고 하는 모순과, 이 모순된 논리가 명료한 다양성을 확보하는 역설의 세계다. 이 언술을 이해하기 위해서는 우선 음양의 이원론적 대립 상황을 이해해야 한다.

음과 양은 음지(陰地)와 양지(陽地)를 기원으로 한다(『설문해자』說文解字에서 처음 언급). 양지는 언덕에서 해가 비추는 곳, 음지는 그늘이 진 반대쪽이다. 즉, 음양은 빛의 명(明)과

천간(天干)의 음양오행

천간	음양	오행
甲	양	木
乙	음	
丙	양	火
丁	음	
戊	양	土
己	음	
庚	양	金
辛	음	
壬	양	水
癸	음	

지지(地支)의 음양오행

지지	음양	오행	띠	절기	시간
子	음	水	쥐	대설	23:30 ~1:29
丑	음	土	소	소한	1:30 ~3:29
寅	양	木	호랑이	입춘	3:30 ~5:29
卯	음	木	토끼	경칩	5:30 ~7:29
辰	양	土	용	청명	7:30 ~9:29
巳	양	火	뱀	입하	9:30 ~11:29
午	음	火	말	망종	11:30 ~13:29
未	음	土	양	소서	13:30 ~15:29
申	양	金	원숭이	입추	15:30 ~17:29
酉	음	金	닭	백로	17:30 ~19:29
戌	양	土	개	한로	19:30 ~21:29
亥	양	水	돼지	입동	21:30 ~23:29

음과 양의 대비

양陽	음陰
명明	암暗
열熱	한寒
상승上昇	하강下降
발산發散	수렴收斂
천天	지地
주晝	야夜
봄·여름	가을·겨울
남男	여女
동남東南	북서北西
목화木火	금수金水
강强	약弱
생장生長	소멸消滅
동動	정靜
대大	소小
일日	월月

암(暗)의 대비로 출발한 것이다. 이 양극의 대립은 차가움과 뜨거움, 하강과 상승, 수렴과 발산 등의 대쌍 구도로 확대되었다. 이는 우리가 통상적으로 공유하는 음양의 이미지, 즉 음은 어둡고 차가우며 하강하고 수렴하는 기운, 그리고 양은 밝고 따뜻하며 상승하고 발산하는 기운에 대한 느낌과 일치한다.

좀더 확장한 것을 표로 나타내 보면 왼쪽과 같다. 이런 식으로 어떤 대상이건 짝을 이루는 대립의 두 양상으로 나눌 수 있다. 음양의 눈으로 보면 이 세상은 대립적으로 양분된 것들의 집합체인 셈이다.

그런데 앞선 언술처럼, 음양이 항상 이러한 대립 구조로만 존재하는 것은 아니다. 오히려 음과 양은 태생적 경계의 모호성과 그 경계를 가로지르는 순환운동 때문에, 양극의 대립 상황이 단 한순간도 머물러 있을 수 없다. 그래서 조건과 기준에 따라 언제든 음이 양이 되고 양이 음이 될 수 있고, 양이 다시 음양으로, 음도 음양으로 나뉘기도 하며, 음인지 양인지 구분할 수 없게 뒤섞여 있기도 한다. 예를 들어, 산과 물을 '형태'를 기준으로 나눌 때는 높고 거친 산이 양이 되고, 낮고 부드러운 물이 음이 된다. 그런데 이 둘을 '동정'(動靜)으로 구분하자면, 동적인 물이 양이 되고, 정적인 산이 음이 된다. 해와 달의 경우는 어떨까. 해는 달에 비해 밝기 때문에 양이 된다. 그런데 조건을 '해'에 국한시키면 중천에 뜬 해는 양이 되고, 석양이나 아침 해는 음이 된다. 그리고 달이 보름달(양)과 초승달(음)로 나눠지는 것도 같은 이치다.

그리고 경계의 모호함이라는 맥락에서, 음양의 두 관계는 늘 이중적 가능태를 갖는다. 사랑과 증오, 만남과 이별이 다른 사건이 아닌 것이 바로 이러한 이중성을 서로 공유하기 때문이다. 사랑에는 증오가, 증오 속에는 사랑의 인과가 내재되어 있고, 만남과 이별 역시 차서가 다를 뿐, 같은 운명 안에 함께 던져져 있다. 또, 남자로 태어나기 위해서는 여성성이 전제되어 있어야 하며, 여자 역시 남성성이 그 안에 있어야 세상에 나올 수 있다. 그런즉, 음양은 서로에게 상보적이기도 상극이 되기도 하고, 의존적이면서 동시에 대립관계를 만들기도 한다. 현실에서는 순수한 양이나 순수한 음이란 없다. 언제나 경계의 모호성을 바탕으로 한 이중적 가능성이 현실을 구성한다. 어쩌면 모순율의 이분적 논리로 음양을 구분한다는 것 자체가 영원히 불가능할지도 모른다.

사주에서도 음적인 사주와 양적인 사주의 해석이 완연히

다르다. 천간 중에서는 '갑병무경임'이 양에 속하고, '을정기신계'가 음에 속한다. 지지에서는 '인진사신술해'가 양에 속하고, '자축묘오미유'가 음에 속한다. 여덟 글자 중에 양이 많으면 양적인 성향, 즉 동적이고 외향적이며, 음이 많으면 정적이고 내성적일 가능성이 많다('가능성'이라고 한 이유는 오행과 육친 등 사주의 다른 조건들에 의해서 달라질 수도 있기 때문이다).

그러나 음양은 고정되어 있지 않은 법. 음과 양 속에서 서로의 가능성이 잠재되어 드러나진 않더라도 끊임없이 서로 교류하고 있다. 그래서 아무리 사주의 여덟 글자가 모두 양(陽八)일지라도 내면에는 여덟 개의 양과 관계할 무의식 수준의 음적 기운 여덟 개가 계속 관계하고 있다. 물론 양적 성향이 음으로 바뀔 수는 없다. 하지만 드러나지 않는 내재적 욕망 속에는 음적인 세계와 접속하려는 방향성이 잠재되어 있다. 때문에 양적인 사주를 가진 사람의 양적 활동 뒤에는 늘 음적인 결과가 따르는 경우가 많다. 사회적으로 왕성한 활동을 하는 양적 성향의 사람이 속 모를 우울증이나 숨기고 싶은 사연을 가지고 있는 경우가 바로 여기에 해당한다. 이것은 양적인 기운에 대한 보상 차원에서 몸이 택한 음적 균형의 한 방식이다.

음이 많은 경우도 마찬가지다. 사주의 여덟 글자가 전부 음으로 되어 있다 하더라도 음적으로 드러난 성향과 연동하는 양적 동력이 심연에서 꿈틀대고 있는 것. 하여, 음적인 사주의 무의식적 방향성은 늘 양의 기운과 연계되어 있다. 그래서 의도하지 않더라도 불현듯 양적인 상황과 마주하여 적잖이 당황할 수 있지만, 그것도 다 자기가 만들어 낸 인연이다.

오행

음양이 양극점을 중심으로 변화의 양상을 설명했다면, 오행은 우주만물의 변화를 다섯 단계로 나누어 해석하는 체계다. 음양과는 기원도 이론도 다르지만 순환의 관점에서는 크게 다르지 않다. 오히려 음양과 오버랩해서 중층의 해석 틀을 갖는 것이 일반적이다. 음양에서 구분했듯이 봄과 여름이 양이고 가을과 겨울은 음이다. 이 계절적 순차를 오행으로 보면 봄은 목, 여름은 화에 배속되고, 가을은 금, 겨울은 수에 배속된다. 토는 계절을 매개하는 환절기에 속하거나 화와 금 사이에 독립적으로 존재하기도 한다.

이렇게 보면, 오행은 음양의 갈마듦 속에서 변화의 단계를 나누어 그 변환 속도를 완충하는 역할에 지나지 않는 것도 같다. 그러나 오행은 음양을 위한 종속적 설명체제가 아니다. 오행의 각기 다른 다섯 가지의 기운은 그 나름의 독특한 특이성을 가지고 있다. 목(木)은 봄에 새싹이 돋듯 혹은 나뭇가지가 자라듯 일직선으로 뻗는 기운이고, 화(火)는 여름에 숲이 무성해지듯이 혹은 화염이 번지듯이 산포되는 기운이다. 토(土)는 환절기처럼 사이와 마디에서 앞뒤, 좌우, 상하를

오행	木	火	土	金	水
계절	봄	여름	환절기	가을	겨울
방위	동東	남南	중앙	서西	북北
색	청靑	적赤	황黃	백白	흑黑
천간	甲乙	丙丁	戊己	庚辛	壬癸
지지	寅卯	巳午	辰戌丑未	申酉	亥子
오장	간肝	심心	비脾	폐肺	신腎
특성	곡직曲直 발생發生 생장生長 승발升發	염상炎上 성장成長 무성茂盛 추진推進	가색稼穡 조화 매개	종혁從革 수렴收斂 변혁 차가움 조절 정결	윤하潤下 자윤滋潤 하향下向 폐장閉藏 한랭寒涼 침정沈靜

매개하며 조화하는 역할을 한다. 또한 흙의 특성을 닮아서 씨앗을 간직하고 동시에 키워 내는 기운이다. 금(金)은 가을의 수렴력을 가졌다. 양적 성장을 멈추고 열매를 맺듯 안으로 기운을 거둬들여 단단해지는 바위나 무쇠의 기운이다. 또한 제련된 쇳덩이의 변혁의 기운도 동시에 가지고 있다. 수(水)는 겨울에 땅속에서 씨앗이 여무는 것과 같은 응축과 저장의 기운인 동시에 물의 유연성을 가지고 있다. '목화토금수'란 이 기운들의 상징일 뿐이다. 그래서 오행은 나무·불·흙·쇠·물 자체의 요소만을 가리키는 것이 아니고, 그 기운들과 관련된 만물과 사건으로 오행을 확장 배속할 수 있다.

간지에도 오행이 배속되어 있다. 간지표나 오행표를 참조하면 여덟 글자 중 각각의 오행이 어느 정도 분포되어 있는지 알 수 있는데, 이 분포의 정도를 보면 그 사람의 성향을 파악할 수 있다.

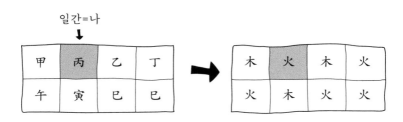

위와 같은 사주를 예로 들어 보자. 여덟 글자를 배속된 오행으로 바꾸면 바로 옆의 도식이 된다. 살펴보면 목과 화가 많이 분포되어 있음을 알 수 있다. 이런 사주는 목화의 양(陽) 적 기운이 치성하기 때문에 일을 잘 벌이고 활동적이지만 산만하고 정처가 없을 가능성이 많다. 더불어 금수의 기운이 부족한 것은 수렴과 응축의 기운이 약해 벌여 놓은 것을 잘 마무리하지 못하는 것을 의미한다. 또한 치성한 화기운은 몸의 생리를 음기가 부족하고 양기가 유여한 양(陽)적 불균형 상태, 즉 한의학 용어로 음허화동(陰虛火動)의 증세를 유발시킬 수 있다. 그래서 상체에 열감이 느껴지는 반면, 하체는 차갑고 힘이 없으며, 잘 때 땀을 흘리고, 꿈이 많고, 이명이 들리는 등의 증상이 나타날 수 있다. 이런 식으로 오행의 태과와 불급을 통해 그 사람의 전반적인 삶의 태도와 방향성 그리고 몸의 상태까지 파악할 수 있다. 그렇다면 오행은 각각 어떤 성격을 가지고 있는지, 오행에 따른 심리적 특성을 통해 간단하게 살펴보자.

목이 발달하면 봄에 땅을 뚫고 나오는 새싹의 기운처럼 자신감과 생동감이 잘 발휘된다. 이는 명예욕이나 집중력을 의미하기도 하는데, 봄의 기운이 따뜻한 기운인 만큼 이 욕망의 기저에는 냉철함보다는 유연함과 따뜻함이 깔려 있다. 목 기운이 태과하면 주변 의견을 무시한다거나 일만 벌이고 마무리가 안 되는 부조화를 초래하기도 한다. 반대로 목이 부족하면 쉽게 시작하지 못하고 망설이며 의지가 부족한 성향을 보인다.

화는 무성하게 성장하는 여름의 기운이다. 그래서 화가 발달하면 활동적이고 적극적인 면이 잘 드러난다. 또한 화려하고 예술적인 끼를 가지고 있으며 예의 바르고 겸손하다. 물론 이 기운이 지나치면 산포성이 극대화되어 분별력이 흐려져 쉽게 분노하거나 생각보다 행동이 앞서기도 한다. 화기운이 부족하면 일을 끌고 나가는 힘이 약하고 활동력이 저하되는 등 음적인 성향이 나타난다.

토는 중재와 매개의 기운이다. 토가 발달한 사람은 신용과 포용력이 있고 일을 침착하게 지속시키는 힘을 가지고 있다. 사람들을 매개하는 일에 익숙하고 말과 행동이 조심스럽다. 토의 기운이 지나치면 너무 고집스럽고 상대를 무시하는 경향으로 나타나기도 한다. 또한 토는 모든 것을 묻는 습성이 있어서 토가 태과하면 비밀이 많고 감정을 잘 드러내지 않는다. 토가 부족한 사람은 불안정한 성향과 여유가 부족한 모습을 보이는데 이는 땅의 안정감을 가지고 있지 않기 때문이다.

금은 가을의 서늘함과 단단하게 맺은 열매의 이미지, 그리고 쇠의 강인함과 연결된다. 그래서 금이 발달한 사람은 결단력이 강하고 현실감각이 뛰어나다. 또, 금은 곧잘 의로움에 비유되므로 의협심이나 정의감도 잘 발달되어 있다. 이 기운이 지나치면 매섭고 날카로운 성격을 드러내는데, 때로는 폭력적이기도 하다. 반대로 금기운이 부족하면 우유부단하고 현실감각이 떨어진다.

수는 겨울, 응축과 유연함, 저장, 휴식의 상징성을 가지고 있다. 따라서 수가 발달한 사람은 이해력과 융통성이 뛰어나고 처세에 능하다. 물의 유연함은 지혜로 연결되어 풍성한 아이디어를 가지고 침착하게 자기 분야의 일을 충실히 수행해낸다. 수기운이 지나치면 생각이 너무 많아지고 잔꾀를 부려 욕심을 채우려 하는 경향이 있다. 혼자 고립된 생활을 하는 것도 물이 고이는 습성에서 비롯된 수 태과의 특징이다. 반면, 수가 부족한 사람은 부드럽지 못하고 고지식한 면을 가지고 있으며 적응력이 떨어진다.

그런데 이 각각의 오행(五行)은 엠페도클레스가 내세웠던 '4원소설'처럼 고정된 다섯 가지의 요소가 아니다. '행'(行)이라는 말처럼 오행은 서로 관계하며 흐른다. 오행 중 어떤

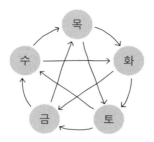

것 하나도 홀로 존재할 수 없다. 오행은 서로 생하고 극하는 관계 안에서만 가치가 있다. 이 관계를 생극제화(生剋制化)라 한다. 그림에서 바깥쪽 원은 '서로 생'하는 상생(相生)관계다. 말 그대로, 목은 화를 낳고(목생화), 화는 토를 낳고(화생토), 토는 금을 낳고(토생금), 금은 수를 낳고(금생수), 수는 다시 목을 낳는다(수생목). 그리고 안쪽의 별모양 화살표 방향은 '서로 극'하는 상극(相剋)관계다. 즉, 목은 토를 제어하고(목극토), 토는 수를 제어하고(토극수), 수는 화를 제어하고(수극화), 화는 금을 제어하며(화극금), 금은 목을 제어한다(금극목).

사주명리의 기초 2. 육친

육친(六親)론은 사주명리의 핵심이다. 육친이란 나를 포함해서 여섯의 친족 또는 인맥관계, 그리고 사회적 관계를 표현한 말이다. 여기서 '나'란 일간(日干)을 의미하는데, 육친은 이

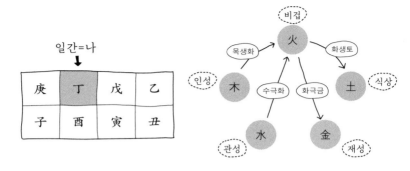

일간=나

庚	丁	戊	乙
子	酉	寅	丑

일간을 둘러싼 오행의 생극관계를 이용해서 만든 일정한 공식을 통해 삶의 여러 관계들을 해석한다. 인맥이란 흔히 알고 있는 그대로 혈족이나 동료, 연인과의 관계이고, 사회적 관계란 살면서 필연적으로 부딪힐 수밖에 없는 의식주 문제, 직업이나 재물, 학업 등과의 관계이다.

일간을 중심으로 한 오행의 생극관계란 예컨대 이런 것이다. 위의 사주에서 일간은 정(丁)이다. 이것을 오행으로 변환하면 화(火)가 된다. 그러면 화를 중심으로 생극관계가 배열되는데, 표의 오른쪽 그림이 바로 그것이다. 화가 낳는 오행은 토(화생토), 화가 극하는 오행은 금(화극금), 화를 극하는 오행은 수(수극화), 화를 생하는 오행은 목(목생화)이 된다.

그런데 일간이 어떤 오행이건 일간을 중심으로 한 생극관계에 있는 오행은 각각의 이름이 있다. 즉, 일간과 같은 오행을 비겁(比劫)이라 하고, 일간이 생하는 오행을 식상(食傷)이라 하며, 일간이 극하는 오행을 재성(財星)이라 하고, 일간을 극하는 오행을 관성(官星)이라 하며, 일간을 생하는 오행을 인성(印星)이라 한다. 위의 사주에서 보면, 화는 일간과 같은 오행이므로 비겁이 되고, 토는 일간이 생하므로 식상, 금은 일간이 극하므로 재성, 수는 일간을 극하므로 관성, 목은 일간을 생하므로 인성이 된다.

그리고 각각의 육친은 많고 적음, 혹은 위치에 따라 특정한 영향력을 행사한다. 예컨대, 재성은 재물운을 의미하는데, 이것이 얼마큼 또 어디에 위치해 있는지, 또한 어떤 글자로 가지고 있는지, 그리고 다른 글자와 어떻게 관계하고 있는지가 중요하다. 앞서 나온 사주의 경우에서는 금이 재성이다. 개수로는 두 개, 위치는 일(日)의 지지, 시(時)의 천간에 위치한다. 또한 글자로는 경(庚)과 유(酉)로 이루어져 있다. 그리고 경은 을(乙)과 합(合)이라는 관계를 이루고, 유(酉)는 축(丑)과 합을 이룬다. 이런 정보들로 재물운을 유추할 수 있는 것이다. 그런데 이런 모든 관계를 살피기 위해서는 많은 시간 공부를 해야 한다. 여기서는 이 육친들이 의미하는 것이 어떤 것이며 그 태과와 불급에 따른 간단한 의미 정도만 소개하고자 한다.

비겁

비겁은 나의 일간과 오행이 같은 육친을 말한다. 인간관계에서는 나와 같은 레벨에 있는 사람들, 즉 형제자매·친구·

선후배·동업자·경쟁자 등을 나타내고, 주체를 자각하려는 내면의 확장성을 의미하기도 하는데, 이를 테면 자신감이나 자존심, 고집스러움 등 자신을 드러내려는 기운을 말한다. 비겁은 자아(自我)의 영역권, 즉 사생활과 관련이 있기 때문에, 비겁이 적절하게 있으면 자기의 사생활을 터놓고 지내는 데 익숙하며 따라서 친구나 동료들과의 대인관계가 원활하다.

물론 비겁이 너무 많으면 고집이 세지고 승부욕과 질투심이 고조되어 오히려 대인관계가 복잡해지기 때문에 아주 친한 몇 사람 외에는 잘 어울리지 않으려 하는 속성이 있다. 또한 비겁은 재성을 극하기 때문에 친구나 동료, 형제로 인해 금전적 사건, 혹은 아내와의 갈등이 발생할 가능성이 높다. 재성은 재물과 아내(여자친구)를 뜻하기 때문이다. 한편, 비겁의 부족은 자기 영역의 축소를 의미하므로 비겁에 해당하는 사람들(형제자매·동료…)에 대한 장악력이 약화된다. 이에 억지스런 관계를 유지하려 하다 보면 갈등이 심화될 수 있다.

각 해당 육친은 음양에 따라 둘로 구분할 수도 있는데, 비겁의 경우 비견(比肩)과 겁재(劫財)로 나눌 수 있다. 일간과 오행이 같으면서 음양까지 같으면 비견이고, 오행만 같고 음양이 다르면 겁재다(부록 십신편 참조).

식상

식상은 여자에게는 자식, 남자에게는 처가 식구를 의미

한다. 어머니가 자식을 낳듯 여자 사주에서는 비겁이 낳은 식상을 자식으로 보는 것이다. 식상은 또한 의식주와 언어(말), 시작, 활동, 표현, 예술 등을 의미한다. 식상은 비겁에서 순환의 첫발을 내딛는 시작점이다. 삶이 시작되는 지점에서 가장 필요한 것은 의식주와 말이다. 잘 곳, 입을 거리, 그리고 음식이 있어야 삶이 시작된다. 그리고 말. 산다는 것은 사회적으로 관계를 한다는 것. 그 시작엔 언제나 말이 있다. 활동이나 표현, 혹은 예술도 자기의 영역으로부터 무언가를 내미는 기운과 연계해서 생각하면 된다.

식상이 발달하면 의식주, 특히 먹을 복이 풍족하다. 먹을 복과 활동력이 있는 사람에겐 언제나 행운이 따른다. 그래서 식상 발달과 행운을 연결하기도 한다. 필요할 때 도움을 주는 사람이나 재물을 잘 만날 수 있는 기운이 있는 것이다. 또 여성의 경우, 식상이 발달하면 자식과의 인연이 강하게 작용하기도 한다. 식상의 기운이 너무 세면 한 가지 일에 집중하지 못하고 말보다 행동이 앞서는 등 동력이 지나쳐서 오는 부조화가 생길 수 있다. 이는 식상이 비겁으로부터 출발하는 새로운 영역이 확대되었다는, 그래서 선택할 수 있는 길이 많아졌다는 의미로 이해해도 좋을 것 같다. 한편, 식상의 태과는 관성을 극하는 작용이 강하다는 뜻이기도 하다. 관성은 여자에게는 남편, 남자에게는 자식에 해당하고, 명예나 사회적 대인관계를 의미하기도 하므로 식상이 태과한 경우 사회적 대인

관계의 부조화나 직장의 불안정, 남편과의 불화 등 관성이 억압되는 작용이 따르기도 한다. 또한 구설수에 의한 명예 실추도 여기에 속한다.

식상이 부족하다는 것은 새로운 길을 개척해야 하는 역경에 처했다는 뜻이다. 길을 나섰으나 잘 닦여진 길이 없는 상황이기 때문이다. 식상이 부족한 사람의 경우 자신감이 부족하고 활동성이 떨어지는 것, 표현 능력이 부족한 것도 같은 맥락이다.

식상은 음양에 따라 식신(食神)과 상관(傷官)으로 구분된다. 일간이 생하는 오행 중에서 일간과 음양이 같으면 식신, 일간과 음양이 다르면 상관이 된다.

재성

재성은 일간의 오행이 극하는 육친이다. 재성의 육친관계는 남자에게는 부인(혹은 애인)과 아버지에 해당하고 여자에겐 아버지만 해당한다. 그리고 재성은 글자 그대로 재물운과 관련이 있고 또한 결과물, 일, 마무리와 관련된 육친이다. 재성은 일간이 극하는 관계이기도 하지만 식상이 생하는 관계에 있기도 하다. 즉, 일간 혹은 일간과 같은 오행인 비겁에서 시작된 식상이 그다음 스텝으로 나아가는 곳, 그 지점에 재성이 있다. 재물은 바로 이런 스텝에서 만들어진다. 벌인 일들(식상)이 더 진행되어 마무리되는 것. 이것이 일의 의미이고 재물 혹은 결과물이 되는 것이다.

그래서 재성이 발달하면 재물복과 일복이 많다. 일이 많다는 것은 결국 재물이 들어올 가능성이 높다는 의미일 것이다. 남자의 경우엔 여자와의 인연이 강하다는 뜻이기도 한데, 이는 여러 의미를 내포한다. 이성에게 인기가 많을 수도 있고, 순조로운 결혼을 의미하기도 하며, 여성을 대하는 직업을 갖게 될 수도, 혹은 또 다른 의미일 수도 있다.

재성과다는 조금 다른 방향성을 갖기도 한다. 이는 결과에 대한 과도한 욕망으로 표출되므로 재물이나 일, 때로는 도박성 일확천금에 대한 탐욕으로 나타날 수 있다. 그런 성향은 자연히 과정을 소홀히 하게 되기 때문에 결과가 제대로 나오지 않게 되고, 다만 재치나 농담으로 위기를 모면하려 할 수도 있으며 또한 이성과 관련한 구설수가 생길 수도 있다. 그리고 재성은 인성을 극하므로, 재성이 태과할 경우 인성에 해당하는 공부운이나 부동산 등 문서와 관련된 운 등에 문제가 생기기도 한다.

재성의 부족은 목적지가 부재한 것, 혹은 결과를 맺는 능력이 부족한 것이다. 그래서 일을 제대로 끌고 가는 능력이 약해지고, 그에 따라 결과가 제대로 나오지 않으면 오히려 큰돈에 집착하거나 이성에 집착할 가능성이 높아진다. 물론 남자의 경우 배우자와의 인연이 약해지는 것도 재성 부족의 특징이다.

재성은 음양에 따라 편재(偏財)와 정재(正財)로 구분되는
데, 일간이 극하는 오행 중에서 일간과 음양이 같으면 편재,
일간과 음양이 다르면 정재가 된다.

관성

관성은 일간을 극하는 육친이다. 여자에게는 남편(혹은 애
인), 남자에게는 자식에 해당한다. 그리고 관(官)이라는 글자
의 속성처럼 조직, 명예, 직장, 사회적 대인관계 등에 해당한
다. 식상과 재성이 나(일간)로부터 분출되는 기운의 장이었다
면 관성은 나를 향하는 기운장의 시작이다. 즉, 재성을 수렴
해서 평가하고 피드백하는 과정의 출발지인 셈이다. 자기를
평가하기 위해서는 객관적인 틀거리와 스스로를 압도하는
예리한 눈매가 필요할 터. 그래서 관성은 자기를 극하는 자리
에서 관의 조직적 속성을 가지고 있다. 때문에 관성이 발달한
사람은 리더십을 잘 발휘한다. 리더십이야말로 자기를 객관
화할 수 있는 조건에서 탄생하는 법이니까. 그리고 이것은 자
기통제력이나 명예욕과 연결되고, 그 욕망은 인내심과 성실
함으로 이어진다. 또한 여성에게는 이 능력이 남성과의 인연
을 강하게 하는 결과로 나타난다. 리더십이 발달한 여자는 흔
히 남성에게 이성으로서 잘 어필되지 못할 것 같지만, 사주에
서는 그 통념이 단번에 무너진다. 리더십은 자기의 아집보다
상대를 이해하고 포용하는 능력이 앞설 때, 사소한 감정에 매

몰되기보다는 개인감정을 넘어서는 책임감이 우선할 때 만들어진다. 이런 성향의 여자가 매력적으로 어필되지 않을 이유가 없다. 그래서 그 여자가 택한 남자는 남자복이 있는 여자의 남자, 즉, 괜찮은 남자가 된다. 별로 괜찮지 않아도 선택되는 순간 괜찮아진다.^^ 물론 속 좁고 잘 삐치는 여자에 목매는 남자도 많다. 하지만 사주에서는 그런 관계가 아무리 많아도 배우자복이 있다고 여기지 않는다. 그 관계 속에서는 언제나 공허하고 답답하다. 즉 그 상태로는 순환할 수 없다. 그런 것을 복이라고 말하기 곤란하지 않겠는가.

관성이 지나치면 추진력과 돌파력도 지나치게 된다. 자신감이 고조되면서 타인을 무시하고 강제하려는 행동을 하기도 한다. 물론 사교성이 더 강해져 대인관계가 넓어질 수 있으나 동시에 타인의 지배나 간섭을 받는 것을 아주 싫어하게 된다. 또한 관성은 비겁을 극하므로 관성이 지나치면 비겁에 해당하는 친구, 형제자매, 선후배 등을 자기의 의도대로 지배하려 들고 무시하는 경향도 생길 수 있다.

관성이 부족하면 나를 극하는 기운이 결핍돼서 자기 통제력과 인내심이 약해지고, 조직생활을 잘 견디지 못하며, 공적인 대인관계에서 심한 스트레스를 받게 된다.

관성은 음양에 따라 편관(偏官)과 정관(正官)으로 구분된다. 일간을 극하는 오행 중에서 일간과 음양이 같으면 편관, 일간과 음양이 다르면 정관이 된다.

인성

인성은 나(일간)를 생하는 육친이다. 나를 낳는 육친은 어머니, 그래서 남녀 모두 인성은 어머니에 해당한다. 그리고 공부, 문서, 부동산과 관련된 운이다. 인성은 관성으로부터 시작된 수렴 과정의 마지막 관문이다. 이 문턱을 넘어야 일간인 나로 이어지는 하나의 순환계가 완성된다. 이 마지막 순간에 나를 생하게 하는 존재가 바로 어머니와 공부. 어머니와 공부가 자리한 이 지점은 시작과 끝이 맞물린 곳이다. 순환의 마디는 언제나 이런 식으로 끝과 시작이 이어지는 지점이다. 이 마디를 넘는 힘이 인성에서 나온다. 인생의 시작은 어머니가 날 낳았기 때문. 그런데 어머니는 이제 더 이상 나를 낳을 수는 없고, 다시 새로운 나로 태어나기 위해서는 다른 생의 조건이 필요한데, 이것이 바로 공부다. 공부는 이렇게 순환의 모든 마디에서 관성에서 온 시련의 문턱을 넘어갈 수 있는 에너지를 제공한다. 공부야말로 에너지의 원천인 셈이다.

그래서 인성이 발달하면 실제적으로 자기를 돕는 세력이 많다. 그러다 보니 자신도 양심적이고 자비로운, 혹 모성본능일 수도 있는 마음을 가지게 된다. 한편, 공부는 모든 삶의 영역이 텍스트가 되겠지만 우선 글자로부터 시작되는바, 인성의 발달은 글 공부와 관련된 학업과 부동산 등 문서운의 발달로 연결된다. 또한 공부는 실질적인 에너지를 주는 아주 실용적인 분야이므로 인성 발달은 기술이나 재주, 끼와 관련된 능력을 의미하기도 한다.

　인성이 태과하면 나를 생하는 기운이 과다해져 자꾸 무언가에 의존하려는 습성이 나타나기도 한다. 또한 생각만 하고 실천하지 못하는 일이 자주 발생하기도 하는데, 이는 인성이 활동성을 의미하는 식상을 극하기 때문이다. 여성의 경우 자식과 인연이 약해지는 조건도 이 상극관계에서 발생한다. 인성이 부족하면 인성 특유의 부드러운 감정이 메말라 애정 결핍이 생기거나 감정에 쉽게 상처를 받기도 한다. 공부나 문서, 재산과의 인연도 약해져 학업이 중단되거나 부동산에 문제가 생기는 경우도 있다.

　인성은 음양에 따라 편인(偏印)과 정인(正印)으로 구분된다. 일간을 생하는 오행 중에서 일간과 음양이 같으면 편인, 일간과 음양이 다르면 정인이 된다.

운을 열어라

　인생에서 해결하지 못하고 건너뛴
　본질적인 것들은 결코 사라지지 않는다
　담요에 싸서 버리고 떠난 핏덩이처럼
　건너뛴 시간만큼 장성하여 돌아와
　어느 날 내 앞에 무서운 얼굴로 선다

누구나 달갑지 않은 운은 피하고 싶다. 그러나 달갑건 달갑지 않건, 시절에 따라 찾아오는 운은 어떤 식으로든 감당할 수밖에 없다. 안간힘을 써서 피했다면 '안간힘'만큼 감당한 것이고, 모자라면 더 감당해야 할 일이 나타날 것이다. 만일 요행수를 써서 벗어났다면 건너뛴 것만큼 한꺼번에 감당해야 할 것이고, 또 재물을 써서 틀어막았다면 재물을 써도 더 이상 해결할 수 없는 일이 올 것이며, 눈을 감고 있었다면 꿈에서라도 대가를 치를 것이다.

그래서 개운(開運)한다는 것은 글자 그대로 '운을 여는 것'이다. 운이 지나는 길목에서 마주하게 되는 운을 고스란히 감당하고 흘려보내는 것. 이것이 운이 트이게 하는 이른바 개운법이다. 결국, 사주명리 개운법의 핵심은 여러 층위의 시절 인연에서 찾아오는 기쁨과 슬픔, 희열과 통증, 합과 충을 온전히 몸으로 감당하고 매듭짓는 것이라 할 수 있다.

이 능동적 수용은 '될 대로 돼라'는 식의 냉소적이고 수동적인 염세주의와는 완전히 반대편에 있다. 수동적 염세주의는 항상 심약하다. 용기가 없어서 운명과 절대로 정면에서 눈을 마주치지 않고, 될 수 있으면 피하려 한다. 그러나 피하다 맞으면 더 아프다. 아픈 건 둘째 치고 잠도 오지 않을 만큼 두렵다. 대개의 냉소가 이런 식이다. 세상에도 자신에게도 별 관심 없어 하는 것 같지만, 그것은 상처받는 것에 대한 두려움에서 기인한 것인 만큼, 오히려 자기보호를 위한 극도의 집착일 수 있다. 반면, 운명에 대한 능동적 수용은 자기를 버리는 것으로부터 시작된다. 기존의 자아를 버리지 않으면 새로운 운명을 받아들일 수 없기 때문이다. 새로운 운에서 새로운 자아가 생성되고, 생성된 자아는 또다시 제거된다. 수많은 죽음과 탄생이 공존하는 셈이다.

이런 장(場)이라야 삶의 순환이 가능하다. 순환은 잦은 변주 정도로 이루어지는 것이 아니라, 수없이 많은 곡들의 완주(곡의 시작과 끝)들로 이루어진다. 몸의 순환이 세포들의 단순한 노화가 아니라, 시간차를 둔 세포들의 탄생과 소멸에 의한 것처럼 말이다.

그런 의미에서 능동적 수용으로서의 개운은 근본적으로 삶과 죽음에 대한 통찰을 전제할 수밖에 없다. 특히 죽음에 대한 통찰이 필요하다. 죽음을 소외시킨 채 삶을 바라본다면 죽음의 빈자리에는 늘 알 수 없는 불안과 공포가 채워지기 마련이다. 죽음이 두려운 이유는 죽음을 경험해 보지 못했기 때문일 것이다. 그렇다면 많이 겪어 보는 수밖에. 의식의 소멸이라는 점에서 사실 죽음과 잠은 동일하다. 다만 죽음은 다시 깨어나지 않는다는 것. 그래서 잠은 죽음을 간접 체험하기에 아주 좋은 사건이다. 이렇게 되면 우리는 매일 죽음을 맞이할 수 있다. 이런 식으로 죽음에 대한 사유를 열어 놓아야 삶에서 두려움을 극복할 수 있다. 늘 불경스러움과 공포로 채워져 있던 삶의 옆자리에 삶과 같은 비중의 죽음이 채워져야 한다. 그래야 삶에서 공허함과 헛헛함이 사라진다. 그렇게 삶과 죽음이 균형을 맞춰 가다 보면, 어느새 생사의 경계가 사라지고 온전한 삶의 현장만이 남게 될 것이다.

이 현장은 망상과 근심이 사라진 치열한 삶의 장이다. 주체와 조건은 끝없이 생성과 소멸을 반복하고 그 사이에 쉼 없는 순환의 길이 열린다. 계속 자아를 버려야 하는 까닭에 습(習)이 들어설 자리가 없어지고, 아집과 집착이 들러붙을 시간이 없어진다.

운명에 대한 능동적인 수용과 지속적인 생사의 체험. 이것이 바탕이 되어야 억압과 두려움을 벗어난 온전한 삶의 현장이 만들어진다. 그렇지 않으면 발심(發心)도 깨우침도 다 공허한 망상으로 흩어져 버리게 된다. 그러기 위해선 늘 깨어 있어야 하는 법. 그래서 삶은 수행의 장이 될 수밖에 없다. 수행이 담고 있는 자기극복의 의지만이 운을 열 수 있는 동력일 테니 말이다.

과다 5인방의
누드 글쓰기

비겁과다

빛나고 싶은 경주마

이경아

시	일	월	연
甲	丙	庚	甲
午	午	午	寅

내 안의 말 세 마리

감이당에서 처음 사주명리 수업을 들을 때 자기 사주팔자를 만세력에서 찾아서 컬러로 프린트해 오라고 했다. 나는 사주에 대해 전혀 몰랐기에 프린트를 보면서도 내가 어떤 기운을 가지고 있는지 몰랐다. 그저 빨강과 파랑이 많구나 정도만 확인하고 수업에 들어갔다. 조별 모임을 하면서 자기 사주팔자를 공개했는데 조원들이 내 사주를 보며 "헉!" 소리를 내길래 그 소리에 내가 더 놀랐다. 왜요? 곧 죽나요? 왜 놀라세요? 조원들은 나를 쳐다보면서 "굉장히 강하시네요"라는 말만 남겼다. 내가 강하다고? 나는 내가 강하다는 생각을 해본 적이 없이 살았고 남들도 다 나처럼 살고 있다고 생각했는데 내가 강하다니. 그랬다. 나는 '쎈' 사람이었다.

　나는 오행으로 보면 목이 3개, 화가 4개, 금이 1개다. 원국에는 목화가 많고 토와 수는 전혀 없다. 한마디로 목화 쪽으로 심하게 치우친 심플한 사주다. 십신으로 보면 나에게 화는 비겁이고, 목은 인성, 금은 재성이다. 비겁과 인성이 많고 식상과 관성은 없고 재성 하나다. 식상으로 이어지지 못한 내 강한 비겁은 고립(주변에 같은 오행 또는 생해 주는 오행이 없음)인 재성으로 몰린다. 그러니 어떤 것에 꽂히면 식상을 건너뛰고 무조건 성급하게 성과를 내려고 돌진한다. 말 그대로 돌진이다. 일단 꽂히면 주변이 보이질 않고 목표만 보인다. 비겁의 강한 불이 목표에 붙고 성과를 내고 나면 그제야 비로소 피곤함을 느끼거나 번아웃된다. 성과를 내고 나서도 관성이 없기에 주변을 보지 못하니 그 성과가 어떤 관계로 이어지질 않는다. 그냥 내 개인의 성취로 끝난다. 그리고 다시 목표를 향해 달린다.

상생으로 보면 나를 생해 주는 인성이 많다. 그래서 무슨 일이 생기면 주변에 도와주는 사람이 꼭 있기에 별 어려움 없이 사건을 해결한다. 상대적으로 고생을 덜 하는 팔자다. 상극으로 보면 나를 극하는 관성이 없으니 나를 힘들게 하는 것도 딱히 없다. 상극은 없고 상생만 많으니 좋을 것 같지만 그렇지도 않다. 관계 안에서 뭔가를 겪고 깨져야 다른 존재가 되려고 할 텐데 나는 고생을 통한 성찰이 없으니 계속 살던 대로 살면서 비겁만 세지는 그런 비겁과다의 팔자다.

내 일간은 양화(陽火)인 병화(丙火)다. 화(火)는 타오르는 불이다. 불이 주변을 태우면서 위로 솟구치듯이 화는 자기 영역을 확장하면서 현장을 지배하고자 한다. 또한, 타오르는 불인 화는 자기 안의 양기를 모두 밖으로 발산하기에 열정적이고 실천력이 좋다. 열정과 실천력은 자신감으로 드러나고, 실천력이 좋으니 그만큼 사회적으로 성취를 이루기도 쉽다. 하지만 이런 열정은 자신의 정기를 소모할 수밖에 없기에 기운을 지나치게 쓰게 되고 결국 에너지가 고갈된다. 발산하는 힘이 큰 만큼 수렴하는 힘은 약할 수밖에 없다. 한편 병화는 큰 불이고 태양이다. 태양이 만물을 비춘다는 마음 없이 비추고 성장시키는 것처럼 병화는 자신의 것을 남과 나누고 남에게 도움을 줄 때 기쁨을 느낀다. 하지만 자신이 빛난다는 마음 없이 저절로 빛나는 태양과는 달리 병화에게는 자신이 빛나고 싶은 마음이 공존한다. 또한 태양이 만물을 밝히듯이 병화는 사물에 대한 시비분별이 강하다. 남들이 못 보는 면을 보지만 시선이 밖으로 향해 있어서 정작 자신을 보는 데는 취약하다.

병화인 나에게 목 인성은 내 불을 더 크게 타오르게 하는 장작들이다. 이 불이 식상을 통해서 뭔가를 내놓고 재성과 관성으로 이어져야 하는데 나는 식상이 없기에 그냥 불이 계속 솟구치고 있다. 또한, 나를 극하는 관성도 없기에 나의 불길은 사그라들지 않는다. 거기에 내 세력인 화가 지지에 3개 더 있으니 나는 치솟으며 주변을 태우는 불처럼 나를 확장하고 싶고 주변을 다 내 것으로 만들려는 욕구가 강한 사람이다. 뭔가에 불이 붙어야 타는 것처럼, 나는 내가 관심이 가는 것에 불이 붙으면 그것이 무엇이든 일단 푹 빠져서 열정을 다한다. 그리고 불이 꺼지면 재만 남듯이 엄청난 관심을 쏟은 일이라 하더라도 한 번 불이 꺼지면 별 미련이 없다. 거기서 남들은 며칠을 머리 싸매고 누울 손해를 봤더라도 나는 최선을 다했다고, 어쩔 수 없었다고, 좋은 경험이었다고 어물쩍 넘어간다. 비겁과다에서 나오는 정신승리이지만 남들이 보기엔 실속이 없다. 하지만 나는 실속이 뭔지 모르니 좋았으면 된 거라고 생각한다. 오히려 주변에선 걱정하지만, 자신감에 취해 주변의 시선이 눈에 들어오지 않는다. 그리고 마주친 사건에 대한 성찰 없이 또다시 불이 붙을 곳을 찾는다.

지지의 화는 오화 세 개로 끝나지 않는다. 연지의 인목이 오화와 반합이 되어 또 화가 된다. 그러니 지지가 다 화인 셈이다. 거기다 오화와 인목의 지장간(支藏干: 지지 안에 숨겨져 있는 천간)에 병화가 다 뿌리를 내리고 있다. 병화가 지지 네 곳에 다 뿌리를 내리고 있고 화기라 시비분별이 강하기에 실행에 옮기는 속도가 매우 빠르다. 남들은 무슨 일인지 파악하고 있는데 나는 벌써 그 상황을 해결하려고 액션을 취하고 있다. 준비단계 없이 일을 빠르게 진행하다 보니 그 과정에서 장애물을 만나기도 한다. 하지만 내가 누군가? 오화 세 개, 말 세 마리의 소유자 아닌가? 나에게 장애물은 시련이 아니다. 달리기 위해 넘어야 하는 하나의 코스일 뿐이다. 그러니 거침없이

비겁과다: 빛나고 싶은 경주마

달려간다. 우회를 해서 좀 더 안전한 길을 택한다든가 하지 않고 늘 직진이다. 왜냐하면 우회는 시간이 더 걸리기 때문이다. 왜 달려야 하는지 충분히 생각하지 않는다. 몸이 벌써 알아서 달리고 있다. 쉬지 않고 빠르게 달려야 하는 것은 말 세 마리를 가진 자의 운명이기도 하다.

태어났더니 동네 유명인사

나는 지리산 자락의 시골 마을인 전남 구례군 토지면에서 태어났다(박경리의 소설 『토지』의 무대였던 그 '토지'는 아니다). 우리 동네는 금가락지가 떨어진 터인, 금환낙지(金環落地)라는 명당으로 알려져 있다. 뒤로는 지리산이 있기에 산나물이 많고, 앞으로는 섬진강이 흐르기에 조개나 다슬기, 은어 등등이 흔하다. 전형적인 배산임수로 먹을 게 풍족해서 먹고살 걱정은 안 해도 되는 인심이 후한 시골 동네다. 나는 오(午)월, 오(午)일, 오(午)시에 태어났기에 월, 일, 시지가 다 오화(午火)이니 불의 기운이 굉장히 강한 사주다. 오월은 망종과 하지 사이에 있는 시기다. 이때는 감자도 캐고, 보리도 수확하고 무엇보다 가장 중요한 모내기를 해야 하기에 농사일로 눈코 뜰 새 없이 바쁠 때다. 또한, 하지는 1년 중 태양이 가장 길고 양기가 가득한 시기다. 그러니 가만히 있기보다는 활발하게 움직이는 때다. 거기에다 내가 태어난 오시는 어떤가? 정오이니 해가 중천에 떠서 모든 것을 비추는 때인데 하지 무렵의 정오라면 얼마나 양기가 치성하겠는가? 몸이 불덩어리 자체다. 그래서인지 나는 아주 어렸을 때 경기를 자주 일으켰다고 한다. 경기는 몸에 열기가 치성할 때 오는 증상이다. 나는 몸이 뜨거우니 종종 잠을 못 자고 밤새 엄마 등에 업혀서 울었다고 한다. 아마 울면서 눈물 콧물로 내 화기를 빼내지 않았을까?

부모님은 학교 앞에서 슈퍼를 하셨는데 슈퍼 이름이 '만물슈퍼'였다(정말 없는 게 없었다). 우리 집은 슈퍼였지만 오가는 사람들의 어려움을 도와주는 휴식처 같은 곳이었다. 전화가 귀하던 시절이라 가게의 공중전화로 급하게 전화를 걸려고 오는 사람도 있었고, 읍내 나가는 버스 시간표 물어보는 사람, 버스가 끊겨서 못 가니 택시를 불러 달라고 요구하는 사람 등등 다양한 사람들이 드나들었다. 차비를 아끼느라 먼 길을 걸어 가다가 지친 어르신이 들어오시면 엄마는 종종 먹을 것을 그냥 대접하셨다. 그러면 그 어르신은 훗날 감사하다면서 농작물을 머리에 이고 오시기도 했다. 한편 물건의 가짓수만큼이나 많은 누가 아픈지, 누가 결혼하는지 등의 온 동네 소식을 다 꿰고 있었다. 지리산 자락에서 살았다고 하면 시골이니, 세상 물정에 어둡고 고립된 채로 살았을 것 같지만 전혀 아니다. 우리 집은 그 근처에서 모르는 사람들이 없을 정도의 핫 플레이스였다. 오화로 인해 나는 아무리 시골에 살아도 이런 핫 플레이스에 살게 되었다. 그리고 오화는 동네의 돌아가는 상황을 훤히 다 아는 조건으로 발휘되었다.

화는 비추기도 하지만 그 자체로 빛나기도 한다. 화가 하나만 있어도 빛날 텐데 나는 병화에 오화가 세 개인지라 어딜 가나 눈에 띄는 편이다(키가 커서 그렇기도 하지만). 이 오화들로 인해 나는 태어날 때부터 주변의 주목을 받았다. 말하기 민망하지만 어렸을 때는 너무 예뻤었다. 물론 지금의 나를 보면 상상이 안 되긴 한다. 심지어 내가 태어나고 예쁜 아기가 태어났다는 소문이 나서 나를 일부러 보러 오는 사람들도 있었다고 한다. 예쁜 아이가 태어난 것만으로도 시골 마을에서는 화젯거리였다. 게다가 부모님이 슈퍼를 하셨으니 사람들이 우리 집에 많이 드나들었고 예쁜 아기가 태어났다는 소문이 퍼지기도 쉬웠다. 엄마 등에 업혀서부터 나는 소문을 듣고 찾아온 사람들에게 예쁘다는 소리를 자주 들으며 자랄 수밖에 없었다. 오화로 인해 나는 갓난아이 시절부터 사람들의 이목을 끌며 우리 동네의 유명인사가 되었다.

부모님은 나누고 베푸는 것을 좋아하셨다. 부모님은 슈퍼가 잘되는 것은, 마을 사람들 덕분이니 그분들에게 감사해야 한다며 추석과 설에는 빠뜨리지 않고 거의 모든 집에 설탕이나 밀가루를 돌리셨다. 다른 형제들은 귀찮다고 안 하겠다며 놀러 나가 버렸지만 나는 선물 심부름을 도맡아 했다. 어린 나이였지만 부모님이 누군가에게 베푸는 것을 보는 것만으로도,

또는 내가 누군가에게 다가가고, 선물을 주고, 그들이 선물을 받고 기뻐하는 모습을 보는 것이 그저 좋았다. 발산하는 화 기운을 많이 쓰는 게 다른 형제들과는 달리 내게는 힘들지도 귀찮지도 않은 즐거운 일이었다.

조숙과 독립심

나는 화기가 많은 탓에 또래 아이들에 비해 성장이 빨랐고, 생리도 열두 살에 했다. 그런 만큼 생각이나 행동이 어른스러웠다. 이런 조숙함으로 인해 여섯 살에 초등학교에 입학했다. 내 생일은 7월이기에 생일이 빠른 편도 아니다. 그런데도 남들보다 두 살 먼저 초등학교에 갔다. 우리 동네에는 아직 유치원이 없던 시절이라 내가 먼저 부모님께 학교에 가고 싶다고, 보내달라고 했단다. 아마 심심했나 보다. 나는 어른들 말씀을 잘 들었고, 나이는 어리지만 배우고 익히는 데 별 문제가 없었기에 학교에 가더라도 무리는 없었다. 당시 아버지 친구 분이 초등학교 선생님이셨는데 그분 아들과 나는 둘 다 여섯 살에 정식 입학이 아닌 청강생으로 학교에 다니기 시작했다. 그때는 청강생 제도가 있었다고 한다. 빵점을 맞거나 수업을 못 따라가면 학교를 그만두기로 했는데 우리 둘은 다행히 빵점은 안 맞고 한 20점 정도씩 맞으며 학교생활에 잘 적응해 갔다. 이렇게 초등학교 조기입학을 시작으로 내 안에 있는 말들[午火]은 달리기 시작했다.

　조숙한 것은 외모로도 드러났다. 나는 이목구비가 크고, 키도 컸기에 얼굴도 나이가 더 들어 보였다. 자랄 때도 언니보다 내가 더 나이 들어 보여서, 남들은 내가 언니이고, 언니가 동생이라고 착각하기도 했다. 나는 이것을 대학에 가서 더 실감했다. 초등학교를 여섯 살에 가다 보니 열여덟 살에 대학에 가게 되었는데, 대학에 가서 만난 친구들이 공교롭게도 다 재수생들이었다. 그 친구들은 나보다 세 살이 많아서 심지어 언니와 동갑이었다. 친구들은 어떻게 이 나이에 그 얼굴이냐고 놀라면서, 자기들이 재수했기에 나도 당연히 재수한 줄 알았다고 했다. 얼굴이 나이가 들어 보여도 행동이 철이 없었으면 나이를 의심했을 텐데, 나는 행동이 얼굴에 맞게 의젓했기에 친구들은 나를 재수생으로 오해했다. 실제로 우리는 세 살 차이가 났지만, 평소에 생활하는 데는 아무 문제가 없었다. 오히려 친구들은 나를 든든하게 여겼고 심지어 내가 언니처럼 느껴진다고도 했다. 나 역시 동갑내기를 만나면 너무 어리고 철이 없어 보였기에 나이 많은 사람들과 어울리는 게 편했다.

　하지만 나는 어른스럽다는 이야기를 듣는 것을 별로 좋아하지 않았다. 그게 나이가 들어 보인다는 말로 들려서다. 그래서 사회생활을 하면서부터는 나이를 말하기보다는 학번을 말했다. 왜 내 나이가 또래보다 어린지를 말하는 것도 귀찮고, 그렇게 안 보인다고 말하는 것을 듣는 것도 별로 달갑지 않았기 때문이다.

우리 집의 분위기는 나의 조숙함을 더 드러나게 했다. 나는 2남 2녀 중 셋째다. 오빠는 첫째였고, 그 시절 많은 아버지들이 그렇듯이 우리 아버지도 첫째에 대한 기대가 크셨다. 하지만 오빠는 몸이 약했고, 공부에 별 관심이 없었기에 아버지의 기대를 충족시키지 못했고, 아버지와 늘 갈등을 겪었다. 또한, 언니는 소위 '거친' 친구들과 어울리며 사춘기를 심하게 보냈다. 부모님은 오빠와 언니로 인해 힘드셨고, 집에서는 큰 소리가 자주 났다. 나는 그 모습을 보고 자랐다. 그래서인지 나와 남동생에게는 어려서부터 올바르게 행동하고 자기 일은 스스로 잘 챙겨야 한다는 생각이 있었다. 그러잖아도 4남매 키우느라 고생하시는 부모님을 우리까지 힘들게 해선 안 될 것 같았다. 둘이 이런 이야기를 나눈 건 아니지만 집안 분위기가 그랬다. 그 덕분에 나와 동생은 또래에 비해 일찍 철이 들었다. 특히 나는 인성이 많아서 부모님 말씀을 더 잘 들었다. 내가 원하는 것을 포기하고 억지로 부모님 말씀을 들었다면 지금 뭔가 억울한 게 남아 있을 텐데 딱히 억울하거나 부모님에게 서운한 게 없다.

나는 조숙했던 만큼 독립도 빨랐다. 화 비겁과다는 나를 부모님으로부터 일찍 독립하게 했다. 아버지는 7남매 중 다섯째인데 형들에 밀려 교육을 제대로 받지 못하셨다. 그런 만큼 자식들이 아버지를 대신해서 성공해 주길 바라셨다. 아버지는 특히 내게 기대를 많이 하셨다. 그래서 고등학교도 명문여고인 순천여고에 진학하길 원하셨다. 그 당시에는 시험을 봐서 고등학교에 들어가야 했기에 나는 아버지의 기대가 버거웠지만, 다행히 합격했다. 서울대에 간 것도 아닌데 이것은 아버지에게 자랑거리였다. 아버지가 기뻐하시는 걸 보니 나도 기뻤다. 88올림픽이 열리던 해 나는 고등학교를 순천으로 가게 되면서 집에서 독립하게 되었다. 그때가 열다섯 살이다. 나에겐 인성인 인목(寅木)이 역마인 데다 그 당시 기사(己巳) 대운의 사화도 역마다. 내 비겁 기운과 역마인 인성으로 인해 학업을 위해 이른 나이에 집에서 나왔다.

집에서 순천까지는 50분 정도 걸리는데 거기를 매일 통학하는 것은 쉽지 않은 일이었다. 그래서 학교 앞에서 하숙을 하기로 했다. 시골에서 하숙비를 대면서까지 자식을 멀리 있는 고등학교에 보내기는 쉽지 않은 일이었다. 그것도 자식이 하나도 아니고 네 명이나 있는 집에서, 첫째도 아닌 셋째를 말이다. 이것은 초년운으로 보기도 하는 연주(年柱)가 갑인(甲寅)인 덕분이다. 갑인은 나에게 편인이니 초년의 인성운은 나에게 부모님의 특별대우로 나타났다. 한번은 중학교 때 아버지가 사 주신 시계를 잃어버렸는데 아버지는 혼도 내지 않으시고 시계를 기꺼이 다시 사 주셨다. 이 일로 나는 다른 형제들의 원망을 사기도 했다. 부모님 입장에서는 말 잘 듣고, 자기

할 일 스스로 하는 믿음직한 딸이었기에 내가 해달라는 건 다 해주셨다.

부모님의 특별대우에 비해, 비겁과다인 나는 부모님에 대한 애착이 덜했다. 그래서 떨어져 있으면서도 잘 지냈다. 부모님도 내 삶에 많이 관여하지 않으셨다. 그냥 내가 하는 것을 지켜봐 주셨고, 나도 일정한 틀 밖으로 벗어나지는 않았다. 나는 모범생이었다. 언니의 거친 사춘기를 지켜본 터라 내게는 사춘기도 딱히 없었다. 부모님과 일찍부터 떨어져서 지내는데, 내가 사춘기까지 심하게 겪는다면 내 생활이 엉망이 될 수도 있었다. 나는 부모님을 실망시키지 않아야 한다는 마음이 컸고, 내 삶을 스스로 꾸려 나가야 한다는 생각이 나의 행동을 더 조심시켰다.

하지만, 이런 독립심은 내 시비분별을 더 강하게 만들었다. 화는 밝게 비추는 만큼 무언가에 대한 시비분별이 강한데, 이 분별심으로 인해, 새로운 친구를 사귀고 친하게 지내다가도 친구에게서 어떤 단점이 보이면 마음을 닫아 버렸다. 그래서 마음을 터놓는 친한 친구가 딱히 없었다. 더욱이 식상을 극하는 인성이 많으니 친구에게 내 감정을 똑바르게 말을 하지 못했다. 친구에게 문제가 있거나, 나와 생각이 다르면 말을 해서 서로 풀어야 하는데 인성으로 참거나, 비겁으로 마음을 닫았다. 그리고 다시 내 마음에 맞는 친구를 사귀었다. 내 기준에 맞으면 엄청 친하다가 아니면 갑자기 식고, 또다시 새로운 친구를 사귀고 하면서 비겁을 강화하는 패턴을 반복했다. 비겁이 강해서 주위에 사람이 많았기에 이렇게 해도 되는 줄 알았고 사람 귀한 줄 몰랐다. 그리고 항상 잘못을 상대에게서 찾았고 내 판단에 대해선 의심을 하지 않았다.

어디서든 빛난다

시골에서 살다가 도시에 나왔으면 기가 죽을 만도 했다. 특히나 우리 학교는 오랜 전통을 자랑하는 명문이었기에 순천에서 유명한 부잣집 딸들이 많이 다녔다. 그런 친구들 틈에서 나는 어떤 결핍감도 느끼지 않았다. 친구가 잘산다고 해서 전혀 기가 죽지 않았다. 우리 집은 자동차도 없었는데 기사까지 딸려서 학교에 오는 친구들을 봐도 쫄지 않았다. 친구가 잘살면 맛있는 도시락과 간식을 얻어먹으면 되는 거였다. 우리 집은 왜 자동차가 없을까? 우리 집은 왜 시골일까? 등등 이런 생각이 들지 않았다. 이런 근거 없는 자신감은 대체 어디서 온 걸까? 사실 나는 공부도 별로고, 시골에서 왔기에 딱히 내세울 게 없었는데 주변에 늘 사람이 많았다. 오히려 부자에 공부도 잘하는 애들이 나와 친구가 되고 싶어 했다. 여기엔 어려서부터 예쁘다는 소리를 들어 오고 늘 주목받고 빛난 탓에 내 뼛속 깊이 새겨진 나의 자신감도 한몫했다.

이런 자신감은 우연히 나를 알게 되어 학교 앞으로 찾아오거나, 집에 가는 주말에 버스터미널에서 나를 기다리던 생면부지의 남학생들로 인해 더 강해졌다. 초·중학교 시절 남자친구들이 나를 쫓아다닐 때는 다 아는 동네 애들이라 신경이 안 쓰였는데, 도시에 와서는 모르는 남학생들이 쫓아오니 걱정이 되기도 했다. 나는 관성이 없어서 남자에게 별로 관심이 없었다. 거기에 비겁과다라 남이 나를 어떻게 생각하는지에 대해서도 관심이 없었기에 누군가 나에게 직접적으로 고백을 하기 전까지는 상대의 마음을 전혀 몰랐다. 그러니 쫓아오는 남학생을 만나면 당황을 했고, 한편으로는 빛나는 존재감을 몸에 새겨 갔다.

사실 나는 지금도 외모에 별 관심이 없는 편이다. 여고생이면 한창 피부와 외모에 신경 쓸 때지만 그런 쪽에는 관심이 없었다. 누군가에게 예쁘다는 소리를 들으려고 일부러 꾸민다거나, 내가 돋보이려고 하는 편이 아니다. 패션에 대한 감각도 없고, 잘 꾸밀 줄도 모른다. 옷도 언니가 입던 옷을 주로 물려받았기에 쇼핑에는 재주가 없다. 화기가 너무 많은 탓인지 오히려 꾸미고 치장하는 데 별 관심이 없었다. 오히려 주변에서 이렇게 입어라 저렇게 입어라 간섭이 많았다. 그런데도 늘 화기로 인해 빛이 났고, 비겁과다에서 오는 자신감으로 인해 당당했다.

나는 고등학교 3년 내내 같은 하숙집에서 지냈다. 하숙집에선 밥과 도시락은 챙겨 주지만, 빨래와 방 청소는 내 몫이었다. 다른 애들은 보통 하숙집에 길게 있어야 1년이었다. 반찬이 맛있거나, 빨래와 방 청소를 해주는 집을 찾아 옮겨 다니기 때문이다. 나도 하숙집을 옮기고 싶었다. 그래서 아버지께 하숙집을 옮기고 싶다고 했는데 아버지는 반대하셨다. 학교 앞 하숙집은 어딜 가나 비슷하다고, 다 자기들 이익을 위해 하숙을 치는 거지, 하숙생을 위해서 운영하지는 않는다는 게 이유였다. 나는 별 저항 없이 아버지 의견에 따랐다. 아버지 말씀이 옳은 것 같았고, 딱히 지금 있는 곳이 너무너무 싫은 건 아니었기 때문이다. 나중에 나는 그 하숙집의 자랑거리가 되었다. 하숙집 주인 아주머니는 누군가 하숙집을 구하러 오면 내가 이 집에서 3년째라는 사실을 자랑했다. 한 집에서 누군가가 3년씩 하숙한다는 것은 하숙집을 구하러 다니는 학생과 그 부모들에게 신뢰감을 주기 때문이었다. 나는 딱히 좋아서 오래 있었던 게 아니라, 말을 못하고 참으며 지냈고, 지내다 보니 익숙해진 거였다. 그런데 나의 의도와는 상관없이 나는 그 하숙집을 대표하며 빛나고 있었다.

나는 이 일로 인해 장기적으로 이익이 되는 일이면 참고 견디어야 하고, 그러다 보면 결국 내가 빛난다는 생각을 하게 된 것 같다. 그래서 내 기준에 좋은 일이고, 남들도 좋다고 하는 일이면 불평을 하지 않고 견디는 습관이 생겼다. 인성이 많았기에 참는 게 가능했다. 이것은 나를 빛나게도 했지만, 한편으로는 내가 느끼는 감정에 대해 부정하게 만들었다. 지금 당장에는 힘들더라도 참고 견디면 그만한 대가가 있었기에, 그때그때 내가 느끼는 감정에 대해 부정했다. 그래서 회사를 오래 다니면서도 힘들다는 말을 하지 않았고, 성당에서 봉사를 하더라도 힘들다는 불평을 하지 않았다. 참고 견디면 뭔가 대가가 있고, 빛이 날 거라는 마음이 현실에서 일어나는 문제들을 못 보게 만들었다. 이로 인해 성실하다, 신중하다는 주위의 평을 들었기에 이것들을 내려놓기가 더 힘들었다. 또한, 내가 이렇다 보니 매사에 불평불만인 사람들이 이해가 안 되었다. 지지의 인오(寅午) 반합으로 더욱 강해진 비겁은 참고 견디다 보면 내가 빛나는 패턴을 만들어 냈다.

나를 빛내 줄 타이틀이 필요해

그동안은 가만히 있어도 빛났다면 이제 나는 스스로 더 빛나고자 했다. 그래서 나를 빛나게 해줄 타이틀을 찾기 시작했다. 대학교 4학년 때 전공 교수님이 대학원에 가서 석·박사를 하고 오면 학교에 강사 자리를 준다고 하셨다. 나에게 원래 교수에 대한 꿈이 있었는지 아니면 이런 권유를 받고 나니 교수가 되고 싶었는지는 잘 모르겠다. 뭐가 먼저였는지는 모르지만 나는 대학원에 가서 교수가 되고 싶어졌다. 교수라니 얼마나 멋진가? 소위 지성의 전당(?)이라는 곳에서 학생들을 가르치고, 사회적으로 명성도 있고, 이미지도 좋고, 돈도 잘 벌고. 교수라는 직업이 남들 보기에 폼 나고 그럴싸한 점이 맘에 들었다. 내가 교수가 되면 사람들이 나를 '교수님~' 하면서 부르고, 부모님도 얼마나 좋아하실까? 이런 게 기준이었다. 나는 그냥 남들이 좋다고 하고, 교수님이 밀어준다고 하니까 무작정 대학원엘 가려고 했다.

　나는 지방에 있는 대학에 다녔는데 서울대 대학원에 원서를 넣었고 보기 좋게 떨어졌다. 떨어지고 나서 생각해 보니 나는 별로 아는 게 없었다. 대학원 기출문제를 풀어 보긴 했지만, 그 정도로는 어림도 없었다. 공부한다고 도서관에 매일 앉아 있긴 했는데 실력이 턱없이 부족했다. 그냥 서울대에 원서를 넣었을 뿐이지 내 실력은 한참 모자랐다. 나는 지방대에 다니면서 서울대 대학원에 원서를 넣었다는 것에 만족한 것 같다. 서울대 타이틀도 아니고 서울대에 원서를 넣었다는 타이틀을 원하다니 참 어이가 없다. 병화의 과시욕으로 인해 나에겐 남들보다 튀고 싶은 마음이 있다. 무언가를 해도 나는 너희들이랑 '클래스'가 달라, 나는 지금 상황에 만족하지 않고 큰 것을 향해 가는 사람이야 등등의 마음이 있었다. 남들은 허황된 거라고 생각해서 관심도 없는데 나 혼자 꿈을 꿨다. 근데 신기하게도 대학원에 떨어지고 나서 충격이 예상보다 크지 않았다. 그냥 대학교 졸업반으로서 앞으로 뭘 하고 살아야 하나가 막

막혔을 뿐 떨어진 것 자체가 충격은 아니었다. 아마 내 몸은 이미 알고 있었나 보다. 내가 허황된 것을 꿈꾸고 있다는 것을.

대학원에 떨어지자 뭘 해야 할지 몰랐다. 아버지는 나에게 경찰이나 군인이 되어 제복을 입으라고 하셨다. 웬 경찰? 웬 군인? 그때 나는 아버지가 왜 딸보고 힘든 일을 하라고 하는지 이해가 안 되었다. 알고 보니 내 일주인 병오는 양인살(羊刃煞)이다. 양인살은 날카로운 칼이니 내가 경찰이나 군인이 되어서 총을 드는 게 내 기운을 잘 쓰는 길이기도 했다. 하지만 나는 전혀 그런 직업이 끌리질 않았다. 결국 나는 제복을 입는 직업을 택하긴 했다. 집에 놀러 온 언니 친구의 제안으로 항공사 승무원 시험을 봤다. 비행기라면 제주도 갈 때 몇 번 타 본 게 전부였지만, 승무원이 왠지 나를 빛내 줄 것 같았다.

1995년 2월에 대학을 졸업하고, 그해 3월에 A항공사에 승무원으로 입사했다. 95년은 을해(乙亥)년으로서 나에겐 정인(正印)과 편관(偏官)이 들어오는 해였다. 이때 내 나이가 스물두 살이었다. 여섯 살에 초등학교를 들어갔기에 4년제 대학을 졸업해도 스물두 살이었다. 그런데 승무원이 되었다는 기쁨도 잠시 그냥 비행만 하고 사는 것으로는 만족이 안 되었다. 나는 더 빛나고 싶었다. 그래서 예전부터 가고 싶었던 대학원에 가기로 마음을 먹었다. 이번에도 역시 대학원이라는 타이틀이 중요했다. 대학원을 졸업한다고 해서 월급이 오르는 것도 아닌데 나는 더 나은 경쟁력을 위해선 석사 학위가 필요하다고 생각했다. 승무원은 스케줄에 따라 움직이니까 평일에 쉬는 날이 많았다. 그러니 조금 무리를 하고, 스케줄을 바꾸면 대학원에 다닐 수 있을 것 같았다. 입사 1년 차라 회사일 배우고 적응하기도 바쁜 시기인데 96년 가을 K대 대학원 관광경영 전공에 원서를 냈고 합격을 했다. 우리 회사 여승무원으로서는 최초로 대학원에 간 것이다. 이때는 병자(丙子)년으로 내게 비겁과 관성이다. 입사할 때처럼 관성이 들어올 때 새로운 관계에 접속했다.

비행으로 바쁘고 힘든데 대학원이라니 주변에선 그게 가능하냐며 많이 놀랐다. 내가 누군가? 비겁기운을 타고난 말 세 마리의 체력은 남들은 엄두도 못 내는 일들을 별 어려움 없이 해내게 했다. 전공이 관광경영이니만큼 대학원엔 주로 호텔이나 카지노 현장에서 일하는 사람들이 많았고, 승무원은 나 혼자였다. 평소 만나기 힘든 다양한 직업의 사람들과 업계 이야기를 하는 것도 재미있었고, 내가 승무원이라 더 주목받는 것도 좋았다. 이런 것들이 나를 더 빛나게 해준다고 생각했기에 힘든 줄도 몰랐다. 아버지는 내가 대학원에 간 것을 기뻐하셨다. 당신이 많이 배우지 못하셨기에 자식들이 공부하는 것을 누구보다 좋아하셨고, 자식 중에 교수가 나오기를 바라셨다. 그래서 내가 돈을 벌고 있었는데도 아버지는 흔쾌히 대학원 학비를 다 대 주셨다.

나는 비행하고 대학원에 다니는 와중에 결혼을 했다. 입사하고 6개월 정도 지났을 무렵, 나와 대학 선배 K는 승무원 친구들과 K가 다니는 대학원의 동기들 간에 3대 3 미팅을 주선하게 되었다. 남편을 그 미팅에서 처음 만났다. 그날 미팅은 딱히 커플로 연결되는 분위기가 아니었기에 주선자도 섞여서 다 같이 시간을 보냈다. 마침 남편과 나는 집 방향이 비슷해서 같은 버스를 탔고, 연락처를 주고받았다. 우린 3년 정도 미지근하게 만났다. 나는 비겁과다에 관성이 없기에 남자보다 내 앞날이 더 중요했던 만큼 연애에도 별 관심이 없었다. 그래서인지 남들에게 다 있는 가슴 시린 첫사랑도 없다. 식상과 관성이 없어 감정표현에 약하고, 앞만 보며 달리는 나와는 달리 남편은 식상과 관성이 발달해서 감정표현도 잘하고, 관계 안에서 이것저것 잘 챙기는 스타일이다. 나는 남편처럼 이렇게 꼼꼼하고 세심하게 챙겨 주는 사람은 처음 봤다. 주변에서 다들 이런 사람을 다시는 만나기 힘들 거라고 했기에 나는 25세, 무인(戊寅)년 계해(癸亥)월 식상과 관성이 들어올 때 결혼을 했다. 나는 남편과 친구처럼 잘 지내고 있다.

결혼을 하고 석사 논문을 쓰고 드디어 나는 대학교 때부터 원했던 교수라는 타이틀을 가지게 되었다. 비록 1년짜리 시간 강사였지만 교수도 원래 시간 강사부터 시작하는 게 아니던가? 나도 기뻤지만, 부모님은 내가 마치 교수가 된 것처럼 기뻐하셨다. 하지만 이 기쁨도 잠시였다. 교양과목을 맡아서 했는데, 마음만 앞서고 준비가 안 된 채 강의를 하다 보니 감당이 안 되었다. 강의 내용도 그렇고, 장학금을 받아야 하니 학점을 잘 달라고 사정하는 학생들의 전화도 부담스러웠다. 내 나이 스물일곱 살이었고 학생들과 몇 살 차이도 안 나는데 어떻게 해야 할지 몰랐다. 관성이 없다 보니 학생들의 마음을 헤아리는 일이 피곤했다. 거기에 나는 첫애를 임신 중이었다. 비겁의 의욕으로 일을 벌였는데, 배는 불러 오고, 처리해야 할 일은 많고 뒷수습이 안 되었다. 나는 겨우 기말고사 성적처리까지 무사히 끝내고 나서 12월에 첫애를 출산했다. 그리고 3월에 1학기 강의를 시작했다. 강의가 두번째라 처음보다는 좀 나았지만, 애 낳고 산후조리하기도 벅차서 강의 준비도 별로 못했다. 내가 준비를 많이 하고 그것을 학생들과 교감하는 과정이 있어야 재미가 있었을 텐데 그렇지 못하니 나 자신조차도 재미가 없었다.

나는 1년간의 강의 이후로 교수에 대한 마음을 접었다. 막상 강의를 해보니 내 한계를 알게 되었다. 실력이 모자란 것도 있지만, 교수라는 타이틀이 필요했던 것이지 진짜 교수가 될 마음이 없었다. 월급이 승무원보다 많은 것도 아니고 지방대 시간 강사에서 시작해서 언제 정교수가 될지도 모르고, 미래도 불확실했다. 중요한 것은 내가 생각했던 것보다 나를 빛나게 해주지도 않았다. 그래서 별 미련 없이 더 이상 강의를 안 하겠다고 학교에 말했다. 어렵게 스케줄을 바꿔 가며 공부했고, 드디어 교수가 될 수 있는 가능성도 열렸는데, 난 복직을 택했다. 그후로 나보다 늦게 학위를 딴 선배들은 항공 관련 과에 교수로 많이 갔다. 길은 내가 열었는데 나는 복직을 했고, 대학원을 졸업했다는 타이틀만 남았다. 나는 뭐가 문제인지 생각하지는 않고 나를 빛내 줄 거리만 다시 찾았다.

아이들이 잘 커야 내가 빛난다

그러다 나는 셋째를 임신하게 되었다. 나는 식상이 없어서 아이들에게 별 집착이 없는데 남편의 관성 발달로 셋째를 임신한 것 같다. 아마도 내 몸은 임신이 과도한 비겁을 덜어 내고 식상을 생할 수 있는 기회임을 알고 있었던 것이 아닐까? 나는 우리 회사 여승무원들 중 최초로 셋째아이 임신휴직에 들어갔다. 회사에선 처음 있는 일이라 사람들은 내가 복직을 할 것인지를 놓고 내기를 하기도 했다. 나는 비행에 대한 미련이 있었기에 복직을 했다. 나의 복직 이후로 셋을 낳는 승무원들이 많아졌다. 우연히 셋째를 가졌을 뿐인데, 나는 후배들이 애 셋을 낳고도 다시 복직하는 길을 열어 준 프런티어가 되어 있었다. 이 일로 나는 잡지사 인터뷰도 하고 회사에서 다시 한번 유명 인사가 되었다.

내 연주에 있는 갑인(甲寅)은 최초나 최고가 되어 저절로 빛나거나 아니면 빛내고자 하는 욕망으로 드러났다. 여섯 살에 학교에 들어가면서 붙은 최연소 학생이라는 이름표가 그렇고, 회사에서 여승무원 중 최초로 대학원에 간 것, 셋째를 가진 것도 그렇다. 나는 이렇게 별 실속 없는 일에서 빛이 나기도 하고 빛나기를 원하기도 했다. 아무리 그래도 그렇지, 애 셋을 낳을 생각을 어떻게 했을까? 그 당시 아이 세 명은 부의 상징이었다. 남들은 하나를 키우기도 벅차 하는데 나에게는 세 명은 키울 수 있다는 비겁과다의 자신감이 있었다. 아니 나는 세 명을 키우면서 내 능력을 드러내고 싶었다.

나는 아이들에게도 극성이었다. 그 당시는 영어 유치원이 활성화되기 전인데 세 살밖에 안 된 첫째에게 영어 조기 교육을 시킨다며 원어민 선생님을 집으로 불렀다. 초등학교 입학 전에 가능한 한 많은 것을 가르치려고 운동, 악기, 학습지 등등을 시키며 아이를 뺑뺑이 돌렸다. 심지어 유치원 등원이 아홉 시였는데 여덟 시에 피아노 레슨을 받고 유치원에 가게 했다. 비행을 다녀와서 아무리 힘들어도 시간이 날 때마다 동화책을 읽어 주었고, 외국에 나가서도 아이들 과제와 일정을 다 체크했다. 심지어 아이를 낳을 때 엄마가 아프다고 소리를 지르면 아이가 스트레스 받는다고 해서 나는 첫아이를 낳는데도 아프다는 소리를 한 번도 하지 않았다. 그렇게 태어난 첫째가 성격은 제일 까칠하다.

둘째는 이해력이 빨라서 나는 둘째에게 더 욕심을 부렸다. 그래서 초등학교 1학년 때 수준이 높다고 소문이 난 영어학원을 보냈다. 둘째는 수업은 잘 따라갔는데 그 스트레스로 인해서 틱이 오기도 했다. 또한, 남자아이니만큼 운동도 잘해야 된다고 생각해서 축구·수영·야구·스키 등 운동을 많이 시켰고, 피아노와 바이올린·드럼까지도 배우게 했다. 한편, 직장맘이라는 이유로 평소에 아이들 학교 생활을 잘 못 챙기기에 아이 생일 파티에는 가능한 한 많은 친구들을 집에 초대했다. 어린 아이들은 부모의 입김이 중요하기 때문에 친구들의 엄마들도 모조리 초대했다. 그래서 생일파티를 1부, 2부로 나눠서 한 적도 있다. 내가 직장을 다니지만 아이에게 신경을 많이 쓰고 있다는 것을 보여 주고 싶은 마음과 아이들이 매번 친구들 집에 다니면서 얻어먹는 미안함도 있었기에 다소 과하게 했다.

셋째가 태어날 무렵에는 생태 공부가 유행이었다. 나는 밤을 새워 비행을 하고 왔어도 유모차를 끌고 아이들에게 체험학습을 시키러 산으로 들로 다녔다. 내가 비행이 있어서 못 가는 날은 남편이 아이 셋을 이끌고 수업에 참여했다. 남들은 이혼한 남자가 아이 셋을 이끌고 온 걸로 착각했다고 한다. 공부는 공부대로 시키면서 한편으로는 아이들이 자연과 함께하기를 바라는 욕심이 있었기에 이 수업은 빠지면 안 되는 것이었다. 또한, 유명한 화가의 전시회나 좋은 공연, 연극도 아이들을 위해 놓칠 수 없었다. 문화적 감각도 있어야 하기에 어려서부터 이런 것들을 자주 접해야 한다고 생각했다. 어디 그뿐인가? 아이들의 글로벌 시야를 넓혀야 한다면서 어려서부터 외국도 많이 데리고 나갔다. 내 비행에 데려가기도 하고, 휴가를 내서 가기도 했다. 동남아뿐만 아니라 미국이나 유럽의 유명한 박물관과 놀이공원, 유적지 등등 심지어 어떤 곳은 몇 번씩도 데리고 다녔다. 나는 정말 극성이었다. 이렇게 키우면 아이들에게 더 좋을 것 같았고, 아이들이 잘 크는 게 나를 빛내 줄 거라 여겨졌다. 내 안에 있는 말 세 마리의 체력은 이런 일들을 가능하게 했다.

최고 상류층을 동경하는 비행 생활

나는 18년간 회사를 다녔다. 비행을 힘들어하는 승무원들도 많았지만 나는 비행이 좋았다. 비겁이 강하기에 비행기에서 손님들에게 식사를 제공하는 것도 마치 내 것을 나누어 주는 것처럼 좋았다. 어릴 적 부모님 명절 심부름을 도맡아 하며 느꼈던, 내가 뭔가를 나눠 주고 베푸는 존재라는 느낌을 주었기 때문이다. 물론 손님들은 서비스 비용을 지불하고 비행기를 탔지만 말이다. 또한, 장시간 비행에는 환자가 종종 발생하는데 심폐소생술을 해서 환자의 의식이 돌아오거나, 환자를 정성껏 돌봐서 현지 병원에 무사히 인계하면 뿌듯했다. 사람을 살렸다는 느낌과 누군가에게 도움이 되었다는 느낌이 힘든 비행의 피로를 잊게 했다. 그렇게 환자를 케어했다고 해서 회사로부터 뭔가 특별대우를 받는 것도 아니었지만, 나에게는 보람 있는 일이었다. 나는 병화라서 사람들을 도와주는 게 좋고 비겁과다라 이런 일들을 내 영역의 확장이라고 여겼다. 그래서 누군가에게는 귀찮고 힘든 일이었을 테지만, 오히려 나에게는 에너지를 주었다.

한편, 나의 화기는 상류층을 향한 욕망으로도 드러났다. 비행기만큼 클래스가 잘 드러나는 곳은 아마 없을 것이다. 비행기라는 작다면 작다고 할 수 있는 공간은 1, 2, 3등석이 커튼 하나로 아니면 계단을 사이에 두고 나눠진다. 입사하면 이코노미 클래스에서부터 근무를 시작하는데, 나는 일등석에 타는 손님들을 보면서 나중에 나도 회사 그만두면 저기에 꼭 타야지라며 상류층 생활을 동경했다. 일등석은 언제 타게 될지 모르지만, 그들이 입는 옷과 가방, 시계는 무리를 하면 살 수 있는 것들이었다. 그래서 외국에 나가면 우리나라보다 싸게 살수 있으니 월급을 열심히 모아 명품백과 시계를 샀다. 그리고 그것들을 매고 차면서 내가 명품이 된 듯 좋아했다. 사지 못할 때는 아이쇼핑을 했고, 명품 신상을 다 꿰고 있었다.

근무 연차가 쌓이고 일등석에서 근무하면서부터는 사회적 영향력이 있는 사람들을 비행에서 만나는 것이 좋았다. 밖에서는 도무지 마주칠 일이 없는 정계, 재계, 연예계, 스포츠계 유명인사들을 만나서 이야기하는 게 좋았다. 나는 편인이 3개인데 편인이 많으면 특별한 재주가 있다고 한다. 내 특별한 재주는 사람 얼굴과 이름을 잘 기억한다는 것이다. 편인으로 인해 뉴스나 매체에 등장하는 사람들을 비행기에서 만나면 잘 알아보았고, 그들에게 말을 건넸다. 물론 잠깐의 대화다. 잠깐의 대화에 무슨 심도 있는 이야기를 하는 것도 아니다. 또, 이렇게 대화를 나눈다고 해서 내 삶이 달라지는 건 없다. 아무 실속이 없는데도 나는 이런 게 재미있었다. 오화가 많아서 세상에 영향력을 끼치고도 싶어 하지만, 영향력 있는 사람들을 만나는 것만으로도 내가 그런 사람이 된 것처럼 기뻤다.

오래전에 박세리 선수를 비행에서 만난 적이 있다. 박 선수가 98년 US오픈에서 맨발 투혼으로 우승을 해서, IMF로 어려운 국민들에게 힘을 주던 시절이었다. 뉴욕에서 한국으로 들어오는 비행이었는데 나는 박 선수가 퍼스트 클래스에 탄다는 걸 알고 있었다. 아직 출발 시간이 되지는 않았지만, 손님들이 다 탑승을 했고 우리는 그녀를 기다리고 있었다. 승객들이 한두 명씩 언제 출발하느냐고 물어보기 시작했다. 이때 나는 내가 대단한 사람이 된 것처럼 우리 비행기에 박 선수가 탄다고, 그분을 기다리고 있으니 조금만 기다려 달라고 양해를 구했다. 그때 어찌나 신이 나서 이야기했는지 지금도 입에 침이 고인다. 손님들은 다들 박세리 선수와 같은 비행기를 탄다는 것에 기뻐하는 눈치였고 그것을 본 나도 즐거웠다. 마침내 박 선수는 커다란 곰 인형을 들고 탔고, 피곤했는지 타자마자 금방 잠이 들었다. 나는 박 선수에게 '안녕하세요' 한마디만 건

넀을 뿐인데도 너무 좋았다. 그리고 박 선수의 사인을 받았는데 골프하는 선배는 어느새 골프 모자를 준비해 왔는지 모자에 사인을 받아서 우리의 부러움을 샀다.

한번은 동남아 비행에 고 김수환 추기경 님이 탑승하신다는 정보를 받고 공항 서점에서 미리 추기경 님의 책을 사 갔다. 기내에서 직접 만난 추기경 님은 너무 소탈하시고 편안한 모습이셨다. 책에 사인을 받으면서 내심 추기경 님께서 은총어린 문구를 써 주실 거라 생각했는데 '이경아 님 친절에 감사합니다'라고만 써 주셔서 실망한 적도 있다. 비행에서 유명인사를 만나고 그들과 이야기하는 게 나에겐 즐거운 일이었다. 하지만 나는 내 것 챙기느라 급급해서 추기경님의 컨디션은 어떠실지, 박 선수가 경기 마치고 얼마나 피곤할지에 대한 배려는 없었다. 그분들을 존중한다면 오히려 쉬도록 배려해야했는데 그런 것은 안중에 없었다. 또한, 기내에서 누군가를 특별히 챙기면 다른 사람들이 소외된다는 것을 생각해 보지도 않았다. 그저 특별한 사람들을 만나고 내가 그런 사람들을 만났다는 것을 증명하려는 욕심뿐이었다. 이런 욕심은 여기서 끝나지 않았다.

2001년, 정주영 회장이 별세했다는 뉴스를 보았다. 나는 남편에게 장례식장이 집 근처니 가서 조문하고 오라고 했다. 재벌회장이 사망했으니 가서 애도도 표하고, 거기엔 정·재계 유명한 사람들이 다 모일 테니 그들의 기운도 받아 오라고 했다. 나와 정주영 회장은 아무 상관도 없다. 심지어 가족 중 그 회사에 다니는 사람도 없었다. 하지만 조문을 하면 왠지 나도 그 상위 클래스의 대열에 끼게 될 것 같았다. 오화는 중심을 향해 달려가려는 성향을 가지고 있고, 불빛이 위로 솟구치듯이 늘 저 높은 곳을 바라본다. 그러니 상위 클래스에 대한 동경도 크다. 오화가 세 개인 나는 중심을 향해 달려려는 욕심이 더 컸고, 그 욕심은 결국 이런 어처구니없는 행동으로 드러났다. 다행히 남편은 황당해하며 안 갔다. 그 일을 기억하는 주변 가족들은 가끔 말한다. 나를 보면 정주영 회장 장례식이 생각난다고, 지금도 그러냐고.

욕심은 욕심을 부른다

나는 겁재가 많아 남들을 경쟁자로 여기거나 내 영역으로 넣으려는 욕구가 크다. 이런 겁재는 남보다 더 빨리 더 많이 가져야 한다는 욕심을 부추겼다. 이런 경쟁심으로 인해 부동산에 관심을 갖기 시작했다. 나는 관성이 없기에 조직에 적극적이지 않았고, 함께보다는 혼자가 편했다. 그러면서도 남들 보다 잘나고 싶었다. 진급해서 임원은 못 되어도 보란 듯이 잘살고 싶었다. 잘산다는 건 부자가 되고, 남편 잘 만나고, 자식들 잘되고… 이런 것이었다. 회사에서 아무리 잘나가도 부자이면서 애들 잘 키우는 게 더 나아 보였다.

그러려면 집부터 사야 했다. IMF를 지나고 집값은 가파르게 오르고 있었다. 남편과 내가 맞벌이를 하니까 은행에서 대출받고, 남편이 가진 우리사주를 팔면 조금 무리는 되더라도 집을 살 수 있었다. 우리는 집을 사고 열심히 빚을 갚아 나갔다. 그러다 친정 고모가 아이들을 키워 주게 되었다. 고모는 계주가 곗돈을 들고 튀는 바람에 그 충격으로 많이 힘드셨다. 돈벌이가 필요했던 고모는 우리 집에 상주하시면서 외국을 나가느라 집을 자주 비우는 나의 빈자리를 채워 주셨다. 집 사느라 진 빚을 어느 정도 갚아 나가고 있을 즈음, 고모가 갑자기 당신 시댁 쪽 친척이 부동산을 하는데 한번 만나 보라고 했다. 내가 부동산에 관심이 있다는 것을 알고 친척 A를 소개해 주신 것이다. 그분은 충주와 안성에 있는 땅에 투자를 권유했다. 충주는 기업도시가 될 거고, 안성은 그쪽 근처로 큰 도로가 날 거라며 몇 년 안에 대박이 날 거라고 했다, 그때가 2004년 갑신(甲申)년으로 나에게 재성이 들어올 때다.

나는 A와 함께 땅을 둘러보고 돌아오는 차 안에서 바로 계약을 했다. A는 지금 계약을 안 하면 다른 사람에게 넘어간다고, 사려는 사람들이 줄을 서 있다고 나를 부추겼다. 나는 대박을 다른 사람에게 뺏길 수 없다는 욕심에 덥석 계약금을 걸었다. 나는 빚을 내서 1억 5천 정도를 그 땅에 투자했다. 나는 여기서 멈추지 않았다. 욕심은 욕심을 불러들이는 법. 그다음

해에는 부동산을 하는 큰애 친구 엄마에게 5천만 원을 투자했다. 근처 지하철 역세권에 있는 상가를 분양할 계획인데 미리 정보를 주니 투자하라는 거였다. 이것도 5천만 원만 투자하면 몇 배를 번다는 거였다. 나는 왠지 귀한 정보를 들은 것 같았고 다른 사람이 알기 전에 내가 가져야 한다는 생각에 또 빚을 내어 투자했다. 이렇게 투자해 놓고 나는 이미 대박을 터트린 느낌에 들떠 있었다. 하지만 알고 보니 기획부동산이 시골 땅을 헐값에 사들여 비싼 값에 쪼개서 파는 수법으로 많은 사람들에게 피해를 입히고 고발된 회사 중에 A의 회사도 있었다. 나는 이 사실을 뉴스를 보고 알았다. A는 연락이 되지 않았다. 한편 큰애 친구 엄마는 나 외에도 학부모 몇 명에게 사기를 치고, 미국으로 튀었다.

내 욕심은 여기서 끝나지 않았다. 나는 회사를 그만두고 재건축 사무실에 발을 들여놓았다. 내가 사는 아파트는 지은 지 40년이 넘었기에 재건축이 주민들의 관심사다. 회사를 그만두고 달콤한 휴식을 보내고 나니 좀이 쑤셨다. 가만히 집에 있다간 인생이 이대로 끝나 버릴 것 같았다. 회사 동기들은 아직 비행하며 남들이 보기에 멋진 커리어우먼으로 사는데 나 혼자 집에 있으면 도태될 것 같았다. 나는 집에서 놀지만, 남들과 다르다는 것을 증명하고 싶었다. 이럴 때 꼭 내 주변에 어김없이 내 욕망에 불을 지를 사람이 나타난다. 이번에도 내 욕망이 그런 사람을 불러들였다. 또 다른 큰애 친구 엄마가 재건축 추진위 사무실에 와서 아파트 재건축 돌아가는 상황도 알 겸 알바를 하라고 했다. 재건축에 대해선 아무것도 모르는데도 귀가 솔깃했다. 왠지 재건축 정보를 남보다 빠르게 듣고, 나중에 집 분양할 때 내가 로얄층을 받을 수 있을 거라는 기대감이 몰려 왔다. 과거에 부동산 사기를 당해 놓고서도 여전히 쉽게 버는 돈에 대한 미련이 있었다.

　나는 어쩌다 조합장 선거에까지 개입을 하게 되었다. 나는 몸을 아끼지 않고 화기를 불살랐다. 대박을 향해 내 안의 말 세 마리는 어김없이 직진했다. 나랑 거기 모인 어른들은 다들 나처럼 재건축이 되면 한몫 잡겠다며 모인 사람들이었다. 상대편은 우리에게 거의 무찌르자 공산당 수준이었다. 적이 있어야 내부는 단결된다. 우리에게 상대편은 아파트 재건축을 막는 악마였다. 상대편 후보가 되면 우리의 이권을 빼앗기기에 꼭 우리 쪽 후보가 조합장이 되어야 했다. 우리는 '48평 무상 공급'이라는 구호를 외치며 열심히 선거운동을 했다. 흑색선전이 오고 갔다. 나중에 안 사실이지만 그들은 악마도 공산당도 아니었고 우리랑 같은 욕심 많은 사람들일 뿐이었다. 그들이 악마면 우리도 악마였다. 결국 우리 쪽에서 나간 사람이 조합장이 되긴 되었다.

　그런데 그 조합장은 몇 년 뒤 비리로 구속이 되었다. 그렇게 당장 48평 아파트를 무상공급할 것처럼 유세하더니 협력업체로부터 뒷돈을 받았던 것이다. 조합장의 비리를 조사하는 과정에 나까지 검찰에 불려 나갔다. 나는 조합장 선거에서 돈 관리를 했었다. 그러다 조합장이 누군가에게 돈을 빌리고 계약하는 것을 보았다. 그런데 이것이 검찰조사에서 대가성 뇌물이 아니냐는 의혹이 제기되었고 나는 차용증을 주고받았다는 것을 증언해야 했다. 내가 잘못을 한 건 없었지만 내가 과거 그 현장에 있었으니 조사가 필요했다. 난생처음 검찰을 만나서 조사를 받았다. 나는 검찰청에 가면서 연암의 『열하일기』를 가져갔다. 그때는 감이당에 접속한 지 얼마 안 된, 공부가 뭔지도 모르는 상태였는데 『열하일기』는 마음에 들었다. 거기에 보면 "명심이 있는 사람은 외물에 흔들리지 않는다"는 구절이 있다. 나는 이 구절을 계속 외우며 어느 편도 들지 않고 내가 본 것만 이야기하면 된다고 스스로를 진정시켰다.

이 사건은 별일 없이 마무리가 되었다. 남들을 누르고 나 혼자 잘 먹고 잘살겠다는 비겁의 경쟁심은 나를 결국 법정에까지 서게 했다. 나 혼자 잘 먹고 잘살려고 했던 탐욕은 보지 못하고 단지 내 사사로운 이득을 위한 안정제로 『열하일기』를 가져가다니! 연암이 하늘에서 진노할 일이다. 부동산 사기를 당한 것도 누가 일부러 뺏은 것이 아니다. 내 욕망이 그런 사기를 불러온 것이다. 나는 법정까지 가게 된 이 사건으로 너무 창피해서 쥐구멍에라도 숨고 싶었다. 하지만 나는 의도치 않게 이 일로 동네에서 주목을 받았다. 내가 어느 편도 들지 않고, 담담하게 증언을 한 게 너무 대단했다나…. 이 일이 있은

후 동네에서 만난 어른들은 내게 신뢰의 눈빛을 보냈다.

다른 삶이 있지 않을까?

나는 남과의 경쟁에서 앞서야 하기에 주변을 바라보지 못하고 앞만 보고 달려온 경주마였다. 경주마는 쉬지 않는다. 자기가 어디를 가는지도 모르는 채 그냥 달린다. 경주마가 잘 달릴 수 있는 것은 앞만 보기 때문이다. 옆을 본다면 그만큼 시간을 허비하기 때문에 잘 달릴 수가 없다. 그래서 경주마에겐 방향성이 중요하다. 비겁과다 경주마인 나에게 사람들은 모두 경쟁 대상이거나 아니면 내 편이어야 했다. 내 편이라고 하더라도 내가 우위에 있고 거느려야 했다. 그러니 경쟁에서 뒤처지지 않으려고, 또는 내가 거느리려고 더 열심히 달렸다. 나는 쉬지를 않았다. 아니, 쉴 줄을 몰랐다.

여섯 살에 초등학교를 들어간 이후로 모든 게 빠르게 진행되었다. 대학 졸업과 동시에 스물두 살에 비행을 시작했고, 입사한 지 1년쯤 되어 대학원 공부를 병행하면서, 스물다섯 살에 결혼을 했다. 첫째를 스물일곱에, 둘째를 서른에, 셋째를 서른둘에 낳았다. 서른 살이 되었을 때 나는 너무 길어서 안 끝날 것 같은 20대가 끝나서 너무 반가웠다. 이제 좀 쉬어도 되지 않나라는 생각이 잠시 들기도 했다. 하지만 서른 이후에도 달렸다. 그동안 달려서 얻은 결과물이 있었고 그것에 대한 강한 쾌감과 양기의 항진으로 인해 멈추고 속도를 조절하는 능력을 잃었다. 그래서 수렴의 신호를 더욱 감지하지 못하게 되었고 속도에는 가속이 붙었다. 멈추고 싶어도 멈추는 방법을 몰랐다.

외국을 다니며 화려하게 비행을 하는 내 겉모습과는 달리 나는 신경질이 점점 많아졌다. 유니폼을 입은 채 살기에 감정을 숨겨야 했고, 해결되지 않은 감정들이 하나둘 쌓이다 보니 사람들을 만나는 것이 부담스러워졌다. 밖에서는 과잉으로 친절하고 집에 오면 반대의 기운을 쓰면서 가족들에게 스트레스를 풀고 있었다. 내가 돈을 버는데 뭐가 문제야 이러면서 점점 신경질이 늘어났고 뭔가 내 계획대로 안 되면 짜증이 났다. 아이들이 약속 시간을 안 지키거나 내가 자고 있는 것을 깨우면 화가 났다. 무엇보다 집에 상주하면서 아이들을 돌봐 주는 조선족 아주머니가 계셨는데 그분과도 더 이상 함께 있기가 싫어졌다. 3년 이상을 같이 살다 보니 가족도 아니면서 가족인 듯한 애매한 관계가 되었다. 나는 직장에서 힘들어도 힘들다는 말도 못하고 참고 사는데 그분은 아이들을 돌보면서 힘든 점을 매번 다 이야기했다. 그분이 나보다 더 나아 보였다. 그분의 월급을 주려고 직장을 다니고 있다는 생각까지 들었다. 이렇게 가족들에게 신경질이나 내고 아주머니에게도 애들 맡겨 놓은 죄로 쩔쩔매며 살아야 하나? 라는 회의가 몰려왔다.

서른아홉 살 병인(丙寅) 대운이 오면서 병인 대운의 호랑이가 말들을 다른 방향으로 몰기 시작했다. 그동안 달려온 것에 대한 허무함이 밀려오면서 다르게 살고 싶어졌다. 물론 중간중간 허무함이 있었다. 무엇을 위해 이렇게 열심히 사는 거지? 라는 의문이 들기도 했지만 욕심이 눈을 가려 멈출 생각을 하지 못했다. 내 안의 허무를 봐야 한다는 생각도 하지 못했고 매번 다시 달릴 곳을 찾았다. 병인 대운은 병화인 나에게 새로운 나를 찾도록 했다. 다른 삶이 있을 거라 믿으며 회사에 미련 없이 사표를 냈다. 나는 식상이 없어서인지 필요한 말 이외에 쓸데없는 말, 지키지 못할 말은 잘 안 하는 편이다. 남들이 '그냥 해본 소리야'라고 하면서 책임지지 못하는 말을 쉽게 하는 것을 별로 좋아하지 않는다. 그래서 평소에도 회사를 그만두고 싶다는 말을 동료들에게 해본 적이 없었다. 이런 나였기에 나의 급작스런 사표에 다들 놀랐다. 늘 그만둔다고 노래를 부르던 동기들은 여전히 다니고 있다.

　　나에게 병인 대운은 뭔가 전환점 같았다. 이때는 멈추고 나를 돌아봐야 한다. 하지만 내가 누구인가? 비겁과다 말 세 마리 아닌가? 갑자기 나는 옆길을 발견하고 그 길로 달렸다. 그렇게 나는 회사를 그만두고 재건축 사무실로 성당 봉사로 옮겨 가며 옆길로 달렸다. 나는 재건축 조합 일에서 손을 떼고 나니 남는 시간을 어떻게 보내야 할지 몰랐다. 그래서 원래 조금씩 하고 있던 성당 봉사를 본격적으로 하게 되었다. 여전히 나는 앞만 보고 화기(火氣)를 썼고 장소만 재건축 조합에서 성당으로 바뀌었다. 성당 봉사도 좀 깊숙이 들어가서 하다 보니 재건축 조합과 별다를 게 없었다. 조합장이 신부님으로만 바뀌었을 뿐, 말이 봉사지 자기를 내세우려는 욕심들이 가득했다. 많은 사람들이 신부님 눈에 들려고 봉사를 했다. 나도 거기서 자유롭지 않았다. 나는 봉사를 해서 신을 대리한다고 여겨지는 신부님의 눈에도 들고, 복도 받고 싶었다. 내가 재건축 조합에서 알바를 한 것이나, 성당 봉사를 하는 것이나 결국 열심히 해서 내가 더 많은 이익을 누리겠다는 거였다. 이런 사심으로 공적인 장에서 일이나 봉사를 하니 아무리 열심히 해도 삶의 활력을 얻지 못했다.

또한, 가지 많은 나무에 바람 잘 날이 없다는 말이 있듯이 세 명의 아이들을 키우는 것도 버거웠다. 첫째는 사춘기인지 성격인지 몰라도 늘 까칠하고 예민했다. 나는 자라면서 엄마에게 말대꾸를 해본 적이 없는데 딸은 한마디를 지지 않았다. 딸과 말을 섞다 보면 꼭 큰소리가 났고 나는 지쳐서 쓰러질 지경이 되었다. 또 남들은 셋째는 거저 키운다고 하는데 나는 셋째를 키우는 게 가장 힘이 들었다. 친구들과 수시로 장난치다 싸우고, 수업 시간에 다른 친구들의 공부를 방해하고, 담배 피우다 걸리고, 여자 친구들에게 성적인 농담을 하고, 벌점이 성적보다 높고 등등… 나는 수시로 학교에 불려 갔다. 매번 선생님과 피해를 본 학생의 부모들에게 전화해서 "미안합니다, 아이 교육 잘 시키겠습니다"는 말을 달고 살았다. 아이 셋을 키울 수 있다던 자신감은 다 어디로 갔는지…, 힘들고 지친 나만 있었다.

어느 날 성당에서 봉사를 하고 지쳐 집에 오던 중, 나에게는 에너지가 많은 것 같은데 이 에너지를 밖을 향해 쓰지 말고 나에게 써 보면 어떨까? 라는 생각이 문득 스치고 지나갔다. 그러자 아이들 생태교육 선생님께 들었던 '고미숙'이라는 이름 세 글자가 떠올랐다. 그래서 인터넷으로 검색을 하고 2014년 갑오(甲午)년, 목화의 추진력으로 바로 감이당 로드클래식 세미나에 접속했다.

새로운 장에 접속해 관성을 연마하다

나는 감이당이 어떤 곳인지도 잘 모르는 채, 누군가가 좋다 하니 자세히 알아보지 않고 일단 접속부터 했다. 다행히 이번엔 제대로 방향을 잡았다. 2015년부터 대중지성 프로그램에서 6년간 공부했고, 2021년부터는 '화요 감이당 대중지성' 담임을 맡고 있다. 그렇게 감이당이라는 조직 안에 들어왔다. 감이당은 지금까지 내가 생활했던 회사나 재건축 조합, 성당과는 완전히 다른 조직이다. 사회에서는 내가 노력한 만큼 아니, 때로는 노력한 것보다 더 많은 성과가 있었다. 부동산 버블로 인해 집값이 올라서 가만히 앉은 채 돈을 벌었고, 내가 무언가를 원하면 목생화(木生火)로 인해 주변에 도와주는 사람들이 많았기에 언제나 결과물들이 좋았다. 하지만 결과물들이 많았어도 일상은 점점 무력해졌고 허무했다. 관성이 없기에 결과물들이 관계로 이어지지 못했고 비겁만을 계속 강하게 했기 때문이다. 많이 가지고 강해지면 좋을 것 같지만 나를 극하는 것들이 없으니 오히려 나는 고립되고 있었다. 그런 고립감은 허무함으로 나타났다. 생명은 연결이고 순환인데 고립을 향하고 있었으니 허무한 것은 당연한 일이다. 그러니 공적인 장에서 사람들과 관계를 맺는 관성은 나의 용신이다. 나는 감이당이라는 용신을 제대로 만났다.

감이당에 와서는 지금까지 써 왔던 기운들이 하나도 안 통했다. 나는 학교에서 학생들을 가르칠 때도 교수의 역할이 무엇인지에 대한 고민이 없이 내가 빛날 것만 생각했었다. 마찬가지로 감이당에 와서도 어떤 마음으로 공부해야 되는지에 대한 고민은 없고 그저 내가 빛날 생각만 했다. 승무원 생활로 인해 인사가 습관이 된 나는 사람들을 만나면 무조건 반갑게 인사를 했는데 여기선 인사를 받는 둥 마는 둥 했다. 처음엔 내 소리가 작아서 안 들리나 싶어서 큰 소리로 다시 인사를 하기도 했다. 그래도 상황은 같았다. 감이당에선 아무도 내게 관심을 갖지 않았다. 이런 상황은 내게 생소했다. 그러다 같이 공부하던 학인에게 고민을 말하니 그 학인은 여기는 항공사가 아니라고 했다. 나는 여전히 사회에서 하던 방식으로 남들에게 주목받기를 원하고 있었다. 만약 사람들이 나에게 관심을 주었다면 나는 공부에 힘을 쓰는 게 아니라 남들에게 주목을 받는 데 힘을 쓰고 있었을 것이다.

또한, 나는 행동이 빠르다는 생각도 하지 못하고 살아왔다. 속도가 남들과 조화를 이루지 못할 때 얼마나 폭력적일 수 있는지는 상상도 못했다. 남들도 다 나처럼 한다고 여겼다. 나의 빠른 속도는 도반들과의 활동에서 불통으로 드러났다. 나는 활동을 할 때도 다른 도반들과 의논하지 않고 종종 혼자서 일을 처리했다. 경쟁이 몸에 배어 있었기에 누군가와 함께 일을 하는 것에 대해 별 생각이 없었고, 혼자서 하는 게 빨리 손쉽게 결과를 내는 거라 여겼다. 워낙 혼자 달리는 데 익숙해서 공동체 안에서 토론하고 회의하는 것들이 지루하게 느껴지기도 했다. 성격이 급하기에 매사 대충했는데 누군가 꼼꼼하게 이것저것 묻고 따지면 피곤했다. 이런 것들에 대해 도반들에게 몇 차례 지적을 받았는데 그런 것까지 의논해야 되는지를 듣고 오히려 놀랐다. 그동안은 경쟁 관계 속에서 앞만 보고 사느라 누군가와 함께한다는 감각 자체가 없었다.

같이 공부하는 멤버들 사이에 갈등이 생겼을 때도 나는 내 할 일에 빠져 있느라 관심을 두지도 못했다. 내 것을 챙기느라 바빠서 주변에 신경을 잘 못 썼다. 이 일로 인해 자기 할 일만 하느라 같이 공부하는 도반들에 대해서 관심이 없다는 지적을 받았다. 사실 관심이 있긴 했지만 어떻게 개입해야 하는지 몰랐다. 나는 평소에 힘든 일이 생기면 참고 견디어 왔기에 현실에서 일어나는 감정들을 부정하고 억압했다. 그래서 내 감정이 무엇인지를 잘 몰랐다. 그러니 상대의 감정은 더 몰랐다. 그래서 감정에 예민한 사람들을 이해하려고 하기보다는 그냥 왜 저렇게 예민한가를 탓했다. 도반들의 갈등을 보면서도 별것 아닌 걸로 서로 예민하다고 생각한 것 같다.

여기에는 평소에 상대의 마음을 읽는 데 서툴기에 누군가와 진하게 관계를 맺는 게 어색했고, 그래서 여러 사람과 표면적인 관계를 맺는 내 성향도 한몫했다. 누군가와 진하게 관계를 맺는 걸 꺼리는 이유는 상대의 이야기를 들으면 내가 개입해서 뭔가 해결해 줘야 할 것 같은 느낌이 들기 때문이기도 하다. 그냥 마음을 열고 이야기하면 되는데 내가 무언가 보탬이 되어야 한다는 책임감이 든다. 이 책임감은 내가 그 사람에게 좋은 영향을 줘야 한다는 비겁과다의 욕심에서 비롯한다. 그동안의 관계들이 경쟁이나 일방적 베풂이었지, 교감은 아니었다. 관성을 어떻게 쓰는지를 몰랐기에 비겁으로만 관계를 맺었다.

관성은 이질적인 것들과 섞이는 것이다. 나에게 관성은 수 (水)다. 수기는 유연성이면서 이면을 볼 수 있는 힘이기도 하다. 수관성을 잘 쓰려면 이질적인 것들과 섞이면서 그 이면을 볼 수 있는 유연성을 키워야 한다. 그러기 위해선 나를 내세우기 전에 상대의 마음을 먼저 읽고 배려해야 한다. 나에게는 여전히 상대가 어떤 마음에서 저런 행동을 하는지를 읽는 일이 어렵다. 하지만 예전처럼 내 시비분별로 섣부르게 상대의 행동에 대해 결론을 내리지는 않고, 다각도로 생각하는 연습을 하고 있다. 또한, 공동체 안에서 활동하며 이런저런 지적을 받으면 그 순간 불편하다. 하지만 이것이 아니면 나를 볼 수 없고 나를 못 보면 계속 비겁이 강해진다는 것을 알기에 나를 극하는 이런 상황이 감사하다. 나에게 지적을 해준 도반들이 고맙게 느껴진다. 이것을 알고 나니 나도 자연스럽게 도반들의 일에 좀 더 깊이 개입하게 되었다. 이것이야말로 나를 극하면서 존재의 차이를 만들어 내는 공동체의 힘이기도 하다.

경주마가 아닌 하늘과 땅을 잇는 천마가 되기를 바라며

감이당에서의 글쓰기는 도반들과의 관계 안에서 뿐만이 아니라 새로운 방식으로 경주마의 삶에 브레이크를 걸고 있다. 일단 고전을 읽는 데는 속도를 낼 수가 없다. 『에티카』와 같은 고전은 온종일 읽어도 대체 무슨 말인지를 알 수가 없다. 『주역』은 어떤가? 신비한 암호문 같은데, 외워도 외워도 끝이 없고, 돌아서면 잊는다. 나는 무슨 일이든 팍팍 속도감 있게 치고 달려 나갔는데 공부는 달려도 달려도 원점으로 돌아왔다. 말 세 마리는 여기서 속도를 내지 못하고 있다. 누가 막아서 못 가는 게 아니라 어려운 텍스트와 글쓰기가 저절로 내 속도를 늦추게 한다. 누군가 나를 막았다면 나에게 엄청난 저항이 있었을 것이다. 하지만 고전을 미워할 수는 없지 않은가? 특히 나는 가만히 앉아 있는 게 제일 힘든 사람이다. 대중지성은 온종일 바닥에 앉아서 수업을 듣는데 수업 내용도 어려운 데다 오후가 되면 잠이 쏟아졌다. 다리는 어떻게 해야 할지 몰라서 오므렸다 폈다를 수십 번 반복했다. 집중력이 없기에 정신은 거의 안드로메다를 헤맸다. 도저히 달릴려야 달릴 수가 없었다. 책을 읽는 것은 둘째치고 이렇게 앉아 있는 것에 익숙해지는 데만 꼬박 3년이 걸렸다

나는 인성이 많아서 무언가 배우는 건 좋아한다. 특히나 목화 기운을 쓰니까 뭔가를 잘 받아들인다. 하지만 내 것으로 소화시키는 과정 없이 무조건 받아들이고, 결론만 알려고 했다. 그러니 책을 볼 때도 뒤에서 누가 쫓아오는 것처럼 마음이 급하다. 책을 읽고 꼭꼭 씹어 내 말과 글로 만들어 표현하고, 소화시키는 과정이 식상이다. 나에게는 토가 식상인데 지장간에는 있지만 원국에는 없다. 나의 강한 화기는 식상을 건너뛰고 하나뿐인 재성을 향한다. 지지에 있는 강한 화기는 나를 더 빠른 속도로 하나뿐인 재성을 향해서 달리게 만든다. 나는 모든 화기를 다 써 가며 공부에서도 결과를 빨리 내려고 했다.

사회에서는 뭔가를 원하면 비교적 쉽게 얻었다. 결과물을

손에 쥐고 나면 재미가 없으니 또 다른 것을 얻으려고 했다. 하지만 공부는 해도 해도 성과가 없고, 겨우 하나 알겠고, 일상이 안 변하면 글도 안 써지고…. 더뎌도 이렇게 더딜 수가 없다. 그런데 이러면 지치고 포기해야 하는데 이게 나를 재미있게 한다. 분명 삶이 활기차다. 이것이 매번 공부를 지속하게 해 주는 힘이다. 고전들을 읽고 글을 쓰면서, 공부란 결과가 따로 있는 게 아님을, 텍스트를 읽고 그걸 일상에 적용해 보고 글로 쓰는 과정 자체가 공부이자 결과임을 조금씩 체득해 가고 있다. 일상의 활기가 그것을 내게 알려 주고 있다.

올해 나는 대운이 을축(乙丑)으로 바뀌어 정인과 상관이 들어왔다. 축토는 오행은 토이지만 계절로 보면 해자축으로 겨울이자 수(水)기운에 속한다. 그러니 관성이 들어왔다고 할 수 있다. 거기에 올해는 임인(壬寅)년으로 편관과 편인이 들어왔다. 관성이 없는 나에게 관성이 들어왔고 이런 관성들 덕에 공동체 살림까지 맡게 되었다. 관성을 배울 기회가 적극적으로 열린 것이다. 지금은 공동체 살림을 배우면서 모르는 것은 묻고, 작은 활동이라도 혼자 결정하지 않고 여러 사람의 의견을 듣고 조율하는 것을 훈련 중이다. 이 과정을 통해서 하나하나 해법을 찾아 나가는 게 공부라는 것을 알게 되었다. 그전에는 해법이 뭔가 정해져 있다고 여겼다. 그래서 정답만 찾으려고 했는데 매번 새로운 사건이 생기는데 정답이 있을 거라 생각한 게 착각이었다.

비겁과다: 빛나고 싶은 경주마

이제는 내가 겪은 일만이 아닌 상대가 겪는 일도 내 일처럼 생각하고 상대가 고민하는 지점을 함께 나누려고 한다. 예전이라면 내 문제가 아니니 별로 신경을 안 썼겠지만 이젠 상대의 문제가 내 문제임을 알게 되었다. 그래서 산책을 하거나 밥을 먹으며 수시로 공동체 살림과 맡고 있는 활동에 대해 이야기를 나눈다. 이 과정에서 내가 어떤 지점을 놓치고 있는지를 배운다. 한 사람이 생각하면 하나의 의견이지만 여러 사람이 의견을 내면 평소에 생각지도 못한 것을 들을 수 있기 때문이다. 이 과정에서 내 의견을 정확하게 내는 것도 연습 중이다. 공부를 통해 삶은 경쟁이 아닌 공생임을 알게 된 덕분이다.

나는 요즘 『에티카』로 글을 쓰면서 내가 그동안 믿어 왔던 신과 신앙생활에 대해 돌아보고 있다. 나의 강한 화기는 이제 최상류층의 삶이 아닌 가장 높은 신을 향해 있다. 신에 대해 가지고 있던 편견을 넘어 어떻게 신성한 삶을 살 것인지에 대해 고민하며 글을 쓰고 있다. 다른 텍스트보다 『에티카』가 나에게 더 훅 들어왔던 건 최고를 향한 내 안의 강한 화기와의 운명적인 만남이었던 것 같다. 공부와 글쓰기를 통해 내 안에 있는 말 세 마리가 앞만 보고 달리는 경주마가 아니라 하늘과 땅을 잇는 천마가 되기를 발원한다. 공동체에서 관성을 훈련하면서 함께하는 마음을 익히고, 고전을 통해 하늘과 땅을 잇고 사람과 사람을 잇는 전령사 말이다.

<u>식상과다</u>

류머티즘, 나의 운명! 나의 스승!

오창희

시	일	월	연
庚	戊	辛	戊
申	午	酉	戌

운동회의 함성이 울려 퍼지던 날

나는 당시 초등학생이던 언니와 작은오빠의 운동회 날에 태어났다. 그 시절 운동회는 마을 잔치였다. 만삭인 어머니도 당연히 운동회에 참석하셨다. 오전 프로그램을 마치고 학생과 학부모, 선생님들이 함성을 지르며 '박'(종이로 만든 커다란 둥근 바가지를 맞붙여 놓은 것)을 향해 일제히 오자미(콩이나 보리쌀, 모래를 넣은 작은 주머니)를 던지자 박이 터지면서 오색의 종잇조각들이 하늘 가득 흩날렸다. 드디어 기다리고 기다리던 점심시간! 운동장 한쪽에 걸어 놓은 가마솥에는 육개장이 끓고, 떡이며 전이며 맛난 음식들이 지천이다. 점심시간이 되기 전부터 산기를 느끼신 어머니는 서둘러 집으로 향하셨다. 조금만 참아 주면 점심이라도 먹고 갈 수 있을 텐데, 내가 '곧 나가겠다!'는 신호를 강력히 보내는 바람에 도저히 그럴 수가 없었단다.

학교와 집 사이는 거리가 좀 있었다. 어머니는 조금 가다가 멈추고 또 조금 가다가 멈추고를 반복하며 겨우겨우 집으로 오셨고, 얼마 뒤 나를 낳으셨다. 그 당시 우리 집에는 딸 하나에 아들이 넷이라, 부모님도 딸이어도 좋다는 생각을 하고 있었고, 큰오빠는 꼭 여동생이 태어나기를 바랐다고 한다. 남아선호사상이 뿌리 깊게 남아 있던 시절이었음을 감안하면 나는 태어날 때부터 운이 좋았던 셈이다. 내가 태어난 이후 얼마 되지 않아 내 기억에는 없는 오빠 한 명이 세상을 떠났고, 나는 3남 2녀의 막내가 되었다.

언니의 증언에 의하면 운동회를 마치고 집에 오니 할머니께서 엄마가 계신 방을 가리키며 동생이 태어났으니 가지 말라고 하셨단다. 운동회의 함성이 천지에 울려 퍼지고 맛난 음식 냄새가 온 마을을 가득 채우던 날, 아직은 투명한 가을 햇살이 한참 남아 있던 오후, "나도 넓은 세상에서 뛰놀고 싶고, 맛난 것도 먹고 싶다!"는 일성을 터뜨리면서 엄마 뱃속을 박차고 나왔다. 이어서 탯줄이 끊어지고 내가 첫 호흡을 한 그 순간이 바로 **무술년**(1958년) **신유**월(10월) **무오**일(8일) **경신**시! 그 순간 내 몸에는 이 여덟 글자(강조 부분)가 바코드처럼 새겨졌다. 그 중심이 되는 것이 일간, 즉 태어난 날의 천간이다. 이것을 기준점으로 다른 기운들과의 관계와 배치에 따라 내 운명의 지도가 그려진다.

사주에서 육친의 구성을 보자. 일간 밑에 나를 생해 주는 인성이 하나 있고, 일주 좌우의 월주와 시주에는 천간·지지가 모두 식상인 기둥을 세우고, 연주에는 천간·지지가 다 비견인 기둥을 세우고 있다. 결국 인성-비견-식상으로만 이루어진 사주팔자. 일간인 나를 중심으로 보면, 내가 극하는 관계(재성)도 나를 극하는 관계(관성)도 없는, 생하는 관계로만 이루어진 사주다. 게다가 천간에도 지지에도 서로 충을 하는 오행조차 없다. 오직 인성인 어머니가 나와 비견들을 낳고, 내 욕망을 표현하는 식상의 활동성만 왕성한 사주다. 재성과 관성으로 나아가는 기운은 전무하고, 인성이 있으나 달랑 하나뿐, 이걸 제외하면 비견과 식상이 전부다.

전체 사주의 기운을 110으로 볼 때 식상의 기운은 65로 50%를 훌쩍 넘는다.[*] 게다가 일간 양 옆에 딱 붙어서 천간·지지가 같은 오행의 기둥으로 서 있다. 이런 기둥일 때 그 기운은 훨씬 세게 작용한다. 게다가 지지를 보면 신유술 방합(같은 방위에 속한 글자 셋은 같은 기운을 가진다는 뜻이다. 신유술은 방위로 서쪽, 계절로는 가을의 기운을 가지고 있다. 이 세 글자가 사주에 같이 놓이면 그 기운이 세게 작용을 한다. 여기서 술은 토이지만 방합이 됨으로써 금의 기운을 띠게 된다)을 한다. 술토마저 금의 기운, 즉 식상으로 포섭을 해버렸다. 비겁은 30으로 적당히 발달되

---

* 팔자를 점수로 변환하여 오행, 육친의 강밀도를 따져 보기도 한다. 연월일시의 천간은 모두 10점, 연지 10점, 월지 30점, 일지와 시지는 15점으로 총 110점이다.

어 있다. 만약 인성이 어지간히 있어 준다면 식상의 기운을 좀 제어할 수 있을 터인데, 인성은 15 정도의 힘만을 가지고 있으니 네 배가 넘는 강력한 식상을 어떻게 해볼 도리가 없다.

정리하자면, 나는 단 하나인 인성을 일간 밑에 깔고 비견들과 함께 어떤 제약도 없이 식상을 과하게 펼치며 살아가는 기운을 타고 났다. 비견들과 함께 신나게 뛰노는, 운동회가 벌어지던 그날의 그 활발함과 명랑함, 그것이 내가 타고난 기운이다. 과연 이 기운들은 내 60년 인생에서 어떻게 펼쳐졌을까.

일간 무토와 비견 발달 : 물도 나무도 없는 거친 벌판

나의 일간, 즉 내 존재의 축은 무토(戊土)다. 무토는 넓은 들판, 큰 산 같은 것이다. 누군가가 살뜰히 돌보며 씨앗을 심고 가꾸는 그런 땅이 아니라, 천지만물의 변화 과정에서 저절로 생겨난 자연 그대로의 드넓은 대지다. 내 사주에는 일간 무토와 같은 오행이 둘 더 있다. 태어난 해의 천간과 지지다. 하나는 무토, 다른 하나는 술토(戊土). 일간과 같은 오행을 비겁이라고 한다. 비겁은 다시 '나'와 경쟁 관계에 있는 겁재와 협력 관계에 있는 비견으로 나뉜다. 내게는 재물을 겁탈해 간다는 겁재는 없고 어깨를 겯고 사이좋게 살아가는 비견이 둘 있다. 그러니까 일간 무토로 표상되는 크고 넓은 산에 나와 협력하는 비견들이 적당하게 포진해 있다.

비견은 형제, 친구, 친척 등 나와 수평적 관계에 있는 사람들이다. 스물한 살이던 대학 2학년 봄, 류머티즘이 발병한 이후 비견들의 도움 속에 살아왔다. 발병 초기 서울에서 치료를 받을 때는 대구에 계시는 부모님을 대신해서 오빠와 올케가 돌봐 주었다. 오빠 셋은 퇴근 후 저녁 시간에, 올케 셋은 평일과 주말 낮 시간에 돌아가며 당번을 정해서 보살펴 주었고, 휴학 후 다시 대구로 가 복학을 했을 때는 언니와 형부가 휠체어를 싣고 병원으로 강의실로 다니며 교생실습까지 마칠 수 있게 해주었다. 이제는 모두 노년에 접어들었지만 지금까지도 형제들은 나의 든든한 백그라운드가 되어 준다.

친척들도 많다. 친가에는 아버지가 외동이셔서 사촌은 없지만 육촌부터 시작해서 친척들이 아주 많다. 부모님이 계실 때 다들 우리 집을 자주 드나들었는데, 바깥출입을 하지 못하던 내게는 더 없이 반가운 손님들이었다. 우리 집에서 고등학교를 다녔던 육촌 여동생, 그리고 유머가 많은 외육촌 언니·오빠, 병원 물리치료를 도와준 이종사촌 오빠, 같은 아파트 앞 동에 살던 종고종 오빠 부부, 이 밖에도 다 열거할 수 없을 정도로 많은 친척들이 떠오른다. 친구들도 많았다. 어린 시절, 교편을 잡고 계셨던 아버지를 따라 전학을 많이 다녔다. 가는 곳마다 친한 친구들이 서너 명씩은 생겼고 지금까지도 각별하게 지낸다. 40년 투병 기간 동안에도 친구들이 있어서 외롭지 않왔다. 고향 친구들은 그 남편들까지도 도움을 아끼지 않는다.

때때로 심한 통증에 시달릴 때면 앞날에 대한 불안감에 휩싸이기도 하고, 일상적인 활동의 제약 앞에서 순간 짜증이 날 때도 많았다. 그러나 그 감정에 오래 빠져 있지는 않는다. 식신의 낙천성 덕분이기도 했겠지만, 가끔은 정말 통증이 심해서 침대에서 나올 수조차 없는 때가 있다. 그럴 때조차도 형제들, 친척들, 친구들이 전화를 하고, 방문을 하고, 어린 조카들이 전화로 옛날이야기를 해달라고 조를라치면 그 힘으로 나도 모르게 우울과 통증에서 빠져나오곤 했다.

나는 많은 친척들과 친구들이 드나드는 우리 집 분위기를 좋아했다. 누군가 잠시 다녀가거나 며칠씩 묵어 가거나 몇 년씩 같이 살거나 하던 그날들이 편안하고 즐거웠다. 돌아보면 드넓은 벌판, 큰 산에서 제각각의 삶을 편안히 영위하며 서로가 서로에게 기대어 살아왔구나 싶다. 이 많은 비견들이 없었다면 내 삶이 이렇게 넓고 편안한 토대 위에서 영위될 수 있었을까, 그 세월이 얼마나 삭막하고 외롭고 암담했을까 하는 생각이 든다. 이들이 있었기에 오랜 세월 병과 함께 살면서도 좌절하거나 절망하지 않고 자존감을 지킬 수 있었던 게 아닐까.

일반적으로 무토가 갖는 대책 없는 낙관주의도 이에 한 몫을 했다. 누군가의 돌봄을 기대할 수 없는 척박한 땅에서 살아가려면 스스로 살아남는 법을 터득해야 하고 어떤 상황에서도 굴하지 않는 강인한 생명력이 필요하다. 그래서일까, 무토는 위험을 피하기보다는 그 마디들을 넘으면서 만나는 힘겨움과 뿌듯함을 즐기는 경향이 있다. 거기다가 든든한 비견들까지 함께하니 좌절을 잘 모른다. 늘 자신이 있어 보인다. 언젠가 막내조카가 고3의 힘겨움을 토로하면서 "고모는 어디서 그런 자신감이 나와?"라고 물은 적이 있다. 뭐라고 답을 했는지 구체적인 멘트는 기억나지 않지만, 세상에는 힘든 처지에 있는 사람을 도우려는 사람들이 참 많다는 걸 믿는 데서 오는 자신감이 아닐까.

그런데 모든 걸 다 갖춘 사주는 없다. 이토록 드넓은 대지에서 선량한 비견들과 즐겁게 살아가려면 기본적으로 물과 나무가 있어야 하지 않겠는가. 나무 그늘 밑에서 쉬어 가며 목을 축여야 다시 달릴 힘이 나는 법. 그런데 아쉽게도 내 사주 여덟 글자에는 물도 나무도 없다. 그나마 물은 지장간(支藏干: 지지에 감춰진 천간)에 임수가 하나 숨어 있으니 겨우 목마름을 면할 정도는 된다. 그러나 나무는 정말 눈을 씻고 찾아봐도 없다. 사주원국(타고난 여덟 글자)에도 없고 지장간에도 없고 태어나서 60세가 될 때까지는 10년마다 바뀌는 대운에도 없었다. 명리에서 말하는 완벽한 무관 사주다.

그 드넓은 땅, 그 큰 산에 시냇물 한 줄기, 나무 한 그루, 풀 한 포기 없다면? 그렇다! 금기, 즉 바위로 가득한 악산, 또는 자갈투성이 황무지다. 금기는 나에게 식상이다. 이 과다한 금기, 과다한 식상은 내 삶에서 어떻게 작동했을까?

식상과다, 병이 되다

험하게 놀고 과하게 운동하고

식상이 많은 사람은 새로운 것에 대한 호기심이 많고 대체로 몸을 움직이는 것을 좋아한다. 언니 오빠의 운동회 날 태어난 나는 스물한 살에 류머티즘이 발병할 때까지 여가 시간의 대부분을 놀이와 운동으로 보냈다. 청소든 심부름이든 몸을 움직이는 걸 하기 싫어한 기억은 거의 없다. 청소도 제대로 하려면 나름 연구가 필요한 일이라 재미있었고, 심부름도 즐겁게 했다. 물론 친구들과 함께 놀이와 운동을 할 때 더 신이 났던 건 두말하면 잔소리다.

초등학교 시절에는 여자아이들이 하는 소꿉놀이, 고무줄놀이, 공기, 땅따먹기는 기본 중의 기본이고, 남자아이들이 주로 하는 자치기, 비석치기, 말 타기, 구슬치기, 그리고 넓은 운동장에 놀이판을 그려 놓고 하는 각종 놀이들을 즐겼다. 가끔은 위험한 놀이도 서슴지 않았다. 초등학교 2학년 때는 평행봉에서 떨어져 순간적으로 숨이 막힌 바람에 부모님을 놀라게 한 적도 있고, 초등학교 4학년 때는 태풍에 넘어진 가로수에 올라가 방방이를 뛰다가 떨어지면서 꺾인 가지에 무릎이 찔려 뼈가 훤히 드러나는 상처를 입기도 했다. 6학년 때는 동네 아이들과 대형트럭의 속바퀴를 튜브 삼아 낙동강에 들어갔다가 소용돌이에 휘말리기 직전, 지나가던 나룻배의 도움으로 위기

식상과다: 류머티즘, 나의 운명! 나의 스승!

를 모면한 적도 있다.

　학년이 올라가면서 차츰 놀이에서 운동으로 관심이 옮겨 갔다. 초등학교 6학년부터는 자전거 타기에 열중했다. 짐을 싣는 커다란 자전거를 탔는데, 140센티미터 정도의 키로는 페달에 발이 닿지 않았다. 한쪽 발을 자전거 페달 연결 부위에 올린 채 자전거를 끌고 달려가다가 안장 위로 올라타는 훈련을 하면서 수없이 넘어지고 다치고를 거듭한 끝에 기어이 자전거 타기에 성공했다. 짧은 다리를 이리 삐딱 저리 삐딱하면서 친구를 뒤에 태우고 비포장도로를 달려 집까지 데려다 주었을 때는 얼마나 뿌듯했는지.

　오빠 셋 모두 운동을 좋아했고 잘했다. 방학이 되면 집으로 돌아온 오빠들이 하던 축구, 농구, 탁구 구경이 재미있었다. 그러다 보니 나도 모르게 익숙해졌고 운동을 할 만큼 몸이 자라면서 자연스레 나도 하게 되었다. 중학교 2학년부터 탁구에 빠져들었다. 전국적으로 탁구 열풍이 불 때라, 시골 중학교에도 빈 교실에 탁구대가 몇 개 있었다. 쉬는 시간, 점심시간, 방과 후, 틈만 나면 탁구를 쳤다. 손가락에 물집이 생기고, 책을 보면 책 위로, 누우면 천장에 탁구공이 왔다 갔다 했다. 그러다가 서울에서 고등학교에 다닐 때는 체육 시간이나 되어야 운동장에서 뛸 수 있는 기회가 주어졌다. 그마저도 자습으로 대체하기가 일쑤였다. 조금만 덥거나 추우면 연약한 척 자습하자고 조르는 애들도 얄미웠고, 그걸 받아 주는 선생님도 정말 싫었다. 학사일정에 보장되어 있는 뛰어놀 권리를 자기들 맘대로 빼앗아도 되느냐 말이다. 대학에 들어가서부터는 과별 체육대회나 서클 체육대회에 탁구, 배구, 달리기 등등의 선수로 출전하면서 운동 본능을 마음껏 발산했다.

사주를 보니 태어나서부터 스무 살이 될 때까지는 대운도 신유(辛酉)-경신(庚申)으로 이어지는 금기운의 퍼레이드였다. 무토의 모험심에 노는 것 좋아하고 호기심 많은 식상과다가 겹쳤으니, 놀이를 해도 레벨을 높여서 좀 과하다 싶을 정도로 해야 직성이 풀리고 운동을 해도 지치도록 해야 뭘 좀 한 것 같았다. 이런 성향은 길을 걸을 때도 평탄한 곳보다는 울퉁불퉁해서 균형을 잡으면서 걸어야 하는 길을 굳이 택하는 데서도 드러난다. 지금 와서 돌아보면 평생 할 놀이와 운동을 태어나서 20년 동안 다 한 듯하다.

류머티즘 발병하다

뭐든 총량이 있다고 하던가! 20년간의 금[식상] 대운이 끝나고 기미[겁재] 대운으로 접어든 다음 해인 스물한 살, 대학 2학년 봄, 나의 지나친 놀이와 운동 본능에 제동이 걸렸다. 류머티스성 관절염이 발병한 것이다.

어릴 때부터 유난히 관절에서 소리가 많이 났다. 점심시간에 국민체조를 할라치면 옆 사람에게도 다 들릴 정도로 무릎에서 우둑우둑 소리가 났고, 고등학교에 다닐 때는 손목과 발목이 상쾌하지 않았다. 수업 시간이면 책상 밑에서 발목을 돌리곤 했는데 그때마다 자갈이 부딪치는 것처럼 짜그락짜그락 소리가 났었다. 금기운이 과다한 무토, 자갈투성이 벌판이라는 비유는 비유가 아니었다. 관절에 윤활유가 없는 느낌이랄까. 진액이 부족하다고 아우성치는 몸, 물 좀 달라고 신호를 보내는 몸에 아랑곳하지 않고 놀이와 운동을 멈추지 않았다.

결국 할머니가 돌아가시던 날 밤부터 증상이 나타났다. 할머니와 나는 같은 개띠이고 72년 차이가 난다. 서울에서 지내던 고등학교 3년을 제외하고는 어릴 적부터 늘 할머니와 같은 방을 썼다. 할머니의 깔끔하고 조용하신 성격이 나와 잘 맞아서 나도 할머니를 좋아했고, 할머니도 나를 좋아하셨다. 그런 할머니가 며칠 감기기운으로 앓으시다가 조용히 눈을 감으셨다. 향년 93세. 그날 밤 꼬리뼈 부위에 통증이 생겼다. 그것이 류머티즘의 시작을 알리는 증세였는지는 모르겠다. 하여간 그때부터 내 몸 여기저기 이상 신호가 오기 시작했다. 일 년 정도 흐른 뒤, 손가락 관절이 붓고 아프기 시작했고 한의원에서 처음 류머티즘이라는 진단을 받았다. 어혈이 원인이라는 한의사의 진단을 들었을 때 어머니는 "니가 몸을 너무 심하게 놀리기는(움직이기는) 했제"라고 하셨다. 그때부터 지금까지 류머티즘은 나의 일부가 되었고 이제는 내 삶과 떼려야 뗄 수 없는 나의 존재 조건이 되었다.

류머티즘은 통증이 참 심한 병이다. 1978년 봄, 꼬리뼈에서 출발한 통증이 본격적인 류머티즘 증상으로 드러난 건 그 해 겨울이었고, 부위는 손가락 관절이었다. 한약을 먹는 중에도 손가락에서 턱, 목, 손목, 팔꿈치, 어깨까지 상체의 모든 관절이 움직일 수 없을 만큼 아팠다. 어쩔 수 없이 입원 치료를 받았다. 그런 중에도 다시 무릎, 발목, 고관절 등 하체까지 통증이 퍼져 나갔다. 발병 후 1년이 지난 79년 가을학기부터는 아예 자리에서 일어나기도 어려웠다. 어머니가 밥을 먹여 주고 얼굴을 닦아 주고 옷을 갈아입히고 대소변을 받아 내기를 꼬박 2년을 하셨다.

다시 입원을 하고 추를 매달아 굽은 다리를 펴는 등 우여곡절 끝에 목발을 짚고 걷는가 했으나 일 년도 채 못 돼서 다시 휠체어 신세를 졌다. 결국 발병 10년 만인 88년에 두 무릎 모두 인공관절수술을 받았다. 그때부터 목발을 짚으며 재활을 하다가 10여 년 만에 드디어 온전히 두 다리로 걷게 되었다. 그러나 그 이후에도 무릎 이외의 관절들은 수시로 염증반응을 일으켰고 점차 변형이 되어서 관절의 운동 범위는 점점 축소되어 갔다. 왼쪽 무릎은 어느새 수술한 지 20년이 넘어서 2011년 재수술을 받았고 나머지 손발의 관절은 심하게 변형이 되었다. 그러나 시간이 지나면서 류머티즘과 함께 살아가는 데 익숙해졌다. 40여 년이 흐른 지금은 아프기 전의 내 몸이 어떠했는지조차 잊어버렸다.

식상과다: 류머티즘, 나의 운명! 나의 스승!

식상과다, 약이 되다

이렇게 류머티즘과 편안히 살아가게 되기까지 그 긴 세월을 견디게 해준 힘 역시 과다한 식상의 에너지다. 식상과다로 죽을 것처럼 아팠는데, 그 힘 덕분에 다시 살아나는 인생의 반전이라니! 다만 과다한 식상의 기운이 아프기 전에는 주로 '온몸'을 움직이는 전신의 활동성으로 발현되었다면, 류머티즘을 앓기 시작한 뒤부터는 온통 '입'으로 몰리게 되었다는 게 달라진 점이다.

먹는 즐거움

'입' 하면 가장 먼저 떠오르는 게 먹는 것이다. 식상이 발달하면 먹는 걸 좋아하고 먹을 복도 많다. 류머티즘 치료 과정에도 이 먹을 복은 그 위력을 유감없이 발휘했다. 양약에 한약, 민간요법, 그리고 자연식에 단식까지. 단식을 할 때는 채워지지 않는 식욕을 텔레비전 요리 프로그램 시청으로 채웠다.

약만 먹었겠는가. 밥도 잘 먹었다. 어머니는 무겁고 기름진 음식을 싫어하시는 아버지와 할머니의 식성에 맞춰 늘 소박하지만 따뜻한 밥상을 정성껏 차려 주셨다. 어릴 때부터 가족이 식탁에 앉아 함께 밥 먹는 시간, 도란도란 이야기하며 간식을 먹는 시간이 가장 즐거웠다. 『동의보감』에서는 오행 중, 토(土)를 비위에 배속한다. 토가 발달하면 비위의 기능도 좋다고 본다. 일간과 함께 비견 둘까지 해서 토가 셋이라 소화도 잘 시킨다.

건강할 때는 두말할 필요가 없고, 아픈 이후 지금까지도 입맛이 없었던 적이… 딱 한 번 있었다. 대퇴부 골절상을 입고 수술을 한 직후였다. 뼈가 거의 부서지다시피 해서 출혈이 심했고 뼈 이식까지 한 큰 수술이었다. 거기다가 진통제와 항생제 주사에 이런저런 약들까지 먹으니 기운은 더욱 빠졌다. 한 숟갈 뜨고 눕고 또 한 숟갈 뜨고 눕고를 반복했다. 밥을 먹어야 힘을 차려서 약도 감당하고 회복이 될 텐데 밥 생각을 하면 거부감이 먼저 올라왔다. 그때까지 살면서 한 번도 경험하지 못한 상황이라 당황스러웠다. 그러나 그 와중에도 내가 지금 뭘 먹고 싶은지를 곰곰이 생각한 끝에, 마침내 내 몸이 말랑한 곶감을 원한다는 걸 알아냈다. 병원 근처 대학에 다니고 있던 조카에게 전화했더니 하굣길에 사다 주겠단다. 눈이 빠지게 기다린 끝에 내 눈앞에 나타난 건 말랑은커녕 물기가 다 마른 딱딱한 곶감이었다. 그때의 낭패감이란! 그날 무척 긴긴밤을 보냈다. 그런데 그다음날, 초등 시절 친구 셋이 생각지도 않았던 생선회를 사 가지고 왔다. 그걸 먹고 신기하게도 곧바로 입맛이 돌아왔다.

발병 초기 누워서 지낸 몇 년 동안에도 입맛이 없었던 적이 없다. 당연히 끼니도 거르지 않았고 소화도 잘 시켰다. 어머니가 대변을 받아 내는 상황이었지만 나의 대장은 하루도 거르지 않고 과업을 치러 냈다. 수술 후에는 대부분의 환자들이 변비로 고생을 한다. 그래서 간호사가 매일 배변 상황을 체크한다. 그런데 나는 수술을 하고 나면 얼마 동안 오히려 배변 횟수가 늘어난다. 제 발로 걸을 수 있을 때야 변을 많이 보면 속도 시원하고 컨디션도 좋으니 문제될 게 없다. 그런데 수술한 뒤 침대 위에서 대변을 봐야 하는 상황이 되면 이야기가 달라진다. 여러 사람이 함께 쓰는 병실에서 대변을 보는 게 여간 신경 쓰이는 일이 아니다. 침대마다 커튼도 없던 시절이니…. 그러나 오랜 병원 생활과 과다한 금기(金氣), 그리고 규칙적인 생리작용이 합쳐져서 환자들과 보호자들이 일어나지 않은 시간에 감쪽같이 처리가 가능했다.

　문제는 다른 데서 발생했다. 어머니도 주말에는 하루 정도는 집에 가서서 편히 주무셔야 한다. 그럴 때면 오빠들이 돌아가며 교대를 했다. 문제는 셋째오빠가 당번일 때다. 아, 여기서 오빠가 내 뒤처리를 해주는 건 절대 아니라는 걸 분명히 밝힌다. 내가 완벽하게 수습을 해주면 오빠는 그냥 변기를 들고 가서 화장실에 버리면 된다. 오빠는 나의 생리작용의 흔적을 볼 수조차 없다. 그런데 이 오빠가 유별나게 깔끔하다는 게 문제다. 자기가 당번일 때는 볼일을 좀 안 봤으면 좋겠는데, 내가 매일 거르지 않고, 그것도 어머니가 교대하러 오시기 전인 이른 아침, 눈을 뜨면 우선 대사부터 치르니 피할 길이 없었다. 그나마 한 번까지는 참겠는데 수술한 뒤 저녁과 아침 두 번씩 볼일을 보면 정말 미치겠는 거다.

어머니와 오빠가 교대하는 시간이면 요상한 대화가 오간다. 오빠 왈, "다른 환자들은 이틀이나 사흘에 한 번인데, 어무이가 이런 걸(당근과 사과 등을 간 것) 마이 맥이께네 아가 하루에 똥을 두 번씩 누잖니껴." 어머니 왈, "니가 똥 마이 눈다꼬 적게 맥여 놓으이께네 니가 당번 서고 나면 아가 똥을 쪼매삐께 안 누드라". 나를 사이에 두고 똥타령이 이어진다. 난 그저 웃을 수밖에….

먹는 게 즐거우면 종일 우울하게 지내기는 어렵다. 하루 세 번 밥 먹는 시간에 간식까지 합하면 수시로 즐거운 시간들이 끼어든다. 먹는 그 순간만큼은 통증도 사라지고 내가 환자라는 것도 잊는다. 그러니 내 몸이 이렇게 아픈데 지금 웃을 때가 아니라고 자신에게 반복적으로다가 세뇌를 시키거나, 절대 즐거움이 끼어들지 못하게 하겠다며 철통같은 방어자세를 취하지 않는 한, 며칠씩 내리 우울해지기도 내리 통증에 빠져 있기도 어렵지 않겠는가. 거기다가 먹는 즐거움으로 인해 벌어지는 해프닝들이 또 다른 웃음을 준다. 우울은 또 다른 우울을 불러오지만 웃음은 또 다른 웃음을 불러온다.

먹는 걸 좋아하니 자연 친구들도 대부분 음식을 잘하거나 먹는 걸 좋아하거나 나눠 먹는 걸 좋아한다. 반찬을 들고 오기도 하고, 집에 가는 길에 들러 반찬 가지고 가라는 전화가 오기도 한다. 이 밖에도 먹을 것과 인연은 절묘하다 싶을 때가 많다. 예를 들면, 어느 일요일 연구실에 나왔다가 파전이 생각나서 부근 가게에 전화를 하면, "일요일엔 장사를 안 하는데 볼일이 있어서 잠깐 나왔어요. 지금 오시면 해드릴게요" 한다든가, 집으로 가다가 책을 가지러 다시 연구실로 되돌아갔는데 미리 약속이나 한 듯이 누군가 맛있는 간식을 가지고 나타난다든가 하는 식이다. 이런 일들은 하도 많아서 다 열거하기도 어렵다.

식상이 하나도 없는 선생님 한 분은 나와 정반대다. 마음에 드는 음식점을 자주 입에 올리기만 해도 가게가 갑자기 문을 닫거나, 멀리 이전을 하거나, 리모델링 중이라며 영업을 안한다. 또 음식점 문 앞에 다 왔는데 갑자기 아줌마 부대가 나타나 식당을 모두 점령하는 바람에 눈앞에서 돌아서야 하는가 하면, 길 건너 자판기에서 커피를 뽑으려고 횡단보도에 서 있는 동안 가게 셔터가 내려가고, 연구실에서 특식을 준비한 날꼭 외부 강의를 가는 등등…. 이런 일들이 하도 많아서 다 말하기가 어렵다. 그분과 함께 생활하다 보면 내가 먹을 복이 많다는 걸 새삼 느낀다.

그런데 먹을 복이 터지다 보면 가끔 부작용도 있는 법. 이번 여름에는 아파트 현관문 손잡이에 잣삼계탕이 매달려 있기도 하고 김밥 3인분이 매달려 있기도 했다. 잘못 배달된 음식들이었다. 날이 더워 상하는 바람에 음식물쓰레기 처리하느라 좀 고달팠다.

먹을 복을 누리는 과정에서 나름대로 몸에 밴 윤리가 있다. 어느 정도 먹으면 위가 "그만"이라는 신호를 보낸다. 그럴 때 더 먹으면 기분이 나빠지고 먼저 먹은 것까지 다 맛이 없게 느껴진다. 그러니 자연스럽게 거기서 멈춘다. 그리고 류머티즘에 안 좋다 싶은 음식은 옆에서 아무리 맛있게 먹어도 어지간해서는 손이 가지 않는다. 반대로 다른 사람들이 다 맛이 없다고 외면해도 내 몸에 해롭지 않거나 배가 고프면 무엇이든 맛있게 먹는다. 이것이 내가 타고난 먹을 복에 대한 예의라 생각한다.

말의 향연

말 역시 식상의 영역이다. 식상은 비겁에서 벗어나 세상에 첫 발을 딛고 삶을 시작하는 자리다. 이때 필요한 것이 의식주이고 중요한 게 말이다. 말을 해야 사람들과 소통할 수 있고 의식주 해결이 가능하다. 아프고 난 뒤부터 내가 말하는 것도 좋아하고 듣는 것도 좋아한다는 사실을 알았다. 그런데 어린 시절에는 틈만 나면 놀이와 운동에 심취하다 보니 상대적으로 말을 할 시간이 적었던 것 같다.

류머티즘 초기 10여 년 동안 집안에서만 생활할 때도 주변에는 늘 이야기들이 있었다. 주로 친구들이 들려주는 연애 이야기, 결혼 이야기, 친척들의 집안 이야기, 어린 조카들의 학교생활과 친구들 이야기, 내가 조카들에게 들려준 옛날이야기

등등. 소설과 수기, 위인전에서도 다양하고 많은 사람들의 이야기를 만났다. 어머니에게서 들은 이야기도 참 많다. 봄철의 화전놀이, 추운 겨울의 가투놀이, 시집가던 날의 풍경, 십전소설 이야기, 서울살이 에피소드, 6·25 때 이야기, 이집 저집 다니며 자치가(雌雉歌, 장끼전)와 우민가(우미인가)를 재미나게 들려주며 잠자리와 끼니를 해결했다는 대평할매 이야기, 그리고 그 시절의 생활상이 담긴 각종 유머와 새소리에 얽힌 전설까지…, 어머니의 이야기는 무궁무진했다.

내 안에도 이야기들이 우글거렸다. 그럴 때면 일기장에 쏟아 놓았다. 쓰자고 작정한 게 아니라 안에 가득한 생각들을 말로 풀어놓고 싶은 욕망이 솟구쳐서 나도 모르게 썼다. 실컷 쓰고 나면 잠시지만 속이 후련했다. 하루에 몇 번씩 쓰기도 하고 테마도 다양했다. 뉴스를 보고도, 영화를 보고도, 소설을 읽고도, 기분이 안 좋은 일이 있어도, 기분이 좋아도, 미래가 불안해도 썼다.

아픈 동안 노래도 많이 불렀다. 종일 누워서 지내던 몇 년, 라디오에서 흘러나오는 노래들은 가요, 동요, 가곡까지 장르 불문 다 따라 불렀다. 그러다 보면 소화도 잘 되고 시간도 잘 갔다. 발병 초기 통증이 가장 심했던 79년에서 80년대 초에는 조용필의 노래가 크게 유행했다. 그 노래들을 즐겨 불렀고 그 이후 조용필의 노래는 다 좋아하게 되었다. 그중 특히 「킬리만자로의 표범」을 좋아했다. 내레이션과 노래가 섞여 있고 가사

또한 좋았다. 꽤 긴 곡인데 테이프 앞뒤로 녹음한 뒤 운전을 하면서 연습한 끝에 가사를 모두 외웠다. 가족들과 노래방에 갈 일이 있으면 꼭 이 노래를 불렀다. 그러나 거의 음치에 가까운지라 조카들이 너무 괴로워하니 한 번의 리사이틀 기회를 얻는 것으로 만족해야 했다. 이렇듯 먹는 즐거움 못지않게 재미있는 이야기와 노래 역시 통증을 잊게 하는 힘이 있다.

경제활동 역시 말로 하는 쪽으로 흘러갔다. 서른한 살에 두 무릎에 인공관절수술을 하고, 거의 목발 없이 다닐 수 있게 된 서른아홉 살에 드디어 독립! 그때부터 그룹 독서지도를 시작했다. 아이들과 책 읽고 토론하고 글 쓰는 일이 내 신체조건과 성향에 딱 맞았고, 아이들의 이야기를 듣는 것도 재미있었다. 차츰 학생들이 늘어났다. 처음에는 학생들 집으로 다니며 수업을 했다. 한번은 그 집에 놀러 왔던 분이 내 목소리를 듣고 유쾌하고 열정적이라며 아이를 맡긴 적도 있다. 나중에는 독서지도사를 대상으로 하는 강의도 하고 수업 교재도 만들었다. 덕분에 경제적으로 완전히 독립을 했다.

살다 보면 어려움이 닥칠 때도 있다. 그럴 때조차도 일상의 소소한 즐거움은 있게 마련이다. 고통스럽고 앞날이 막막해도 순간순간 찾아오는 즐거움을 그때그때 누린다면 하루 중 잠깐이라도 기쁘게 살 수 있다. 그리고 틈틈이 느끼는 기쁨에서 고통을 견뎌 낼 힘을 얻는다. 반대로 병이 다 나아야, 지금 이 문제가 해결되어야, 그때부터 맘 편히 즐겁게 살 수 있다고

식상과다: 류머티즘, 나의 운명! 나의 스승!

생각한다면? 글쎄 평생 기쁜 날이 올지 모르겠다. 인생은 사건 사고의 연속이니까. 아무래도 전자를 선택하는 게 이득이 아닐까.

모험을 즐기는 무토의 기질. 놀기 좋아하고 운동 좋아하는 식상과다. 이 둘이 겹쳐져서 류머티즘 발병에 기여(?)했다. 한편 무토의 끈기와 버티는 힘. 먹고 말하는 걸 좋아하는 강력한 식상의 힘. 이 둘이 류머티즘과 함께 살아가는 데에 역시 힘이 되었다. 넘치는 식상 덕분에 명랑함을 잃지 않았고, 경제적으로, 물리적으로, 심리적으로 독립이 가능했으니까. 류머티즘과 식상과다의 이 오묘한 콜라보!

금기 과다의 현장

먹고 말하는 것으로 식상 이야기가 끝난 게 아니다. 식상에 해당하는 오행이 무엇인가에 따라, 그것이 어떤 배치 속에 있는가에 따라 식상은 다양한 모습으로 드러난다. 식상이라고 해서 다 같은 식상이 아니라는 말이다. 내 사주에서 식상에 해당하는 오행은 금(金)이다. 금을 대표하는 자연물은 바위와 쇠다. 바위와 쇠 모두 다른 오행에 비해 단단하고 경계가 분명하다는 특성이 있다. 이런 특성은 건강상으로는 뼈와 관련된 질환과 연결이 되고, 자연의 기운으로는 쳐낼 것은 쳐내고 남길 것은 남기는 가을의 숙살지기와 연결된다. 그래서 뭐든 분명하고 정확해야 한다. 내 일이든 남의 일이든 부당하다고 생각되면 어떤 식으로든 그걸 바로잡아야 직성이 풀리고, 원칙을 강조하며 논리에 맞아야 납득이 된다.

삐딱한 건 못 참아

금기가 과다하면 그게 뭐가 됐든 삐딱한 꼴을 못 본다. 뭐든 딱 들어맞아야 한다. 이 '무엇' 속에는 일상에서 맞닥뜨리는 모든 게 포함된다. 세 살 무렵 어머니 등에 업혀서 고향집엘 가고 있었다. 갑자기 옆에 걸어가는 친척 언니의 치맛단 터진 게 눈에 들어왔다. 그때 내가 한 말, "언니야, 치마 떨어졌다. 꾸매(꿰매) 입고 온나". 태생적으로 금기가 작렬했던 것이다.

이런 성향은 일상 곳곳에서 드러난다. 주변에 물건들이 흐트러져 있으면 그걸 정리해야 다른 일을 할 수 있다. 책이든 자료든 장르별로 분류해서 정리정돈을 해두어야 머리가 맑다. 책을 재미있게 읽다가도 오탈자나 비문, 어색한 표현이 있으면 그 부분이 갑자기 툭 튀어나온다. 즉시 핸드폰으로 찍어서 출판사에 보내고(물론 우리의 이웃인 북드라망에서 출간한 책에 한해서다) 다시 책을 읽는다. 대퇴부 골절상으로 2년간 칩거생활이 끝나자마자 KBS의 〈우리말 겨루기〉 출연을 시도했던 것도 이 연장선상에 있다. 당시는 '내가 왜 내 몸을 알려고 하지 않았지?'라는 심오한 질문을 하던 시절이었는데, 뜬금없이 〈우리

말 겨루기〉라니!

정확하고 딱 맞는 걸 추구하는 성향은 항목을 지나치게 세분화하는 것으로도 드러난다. 여행 가방을 쌀 때 이런 성향은 절정에 달한다. 2016년 뉴욕에 한 달 남짓 체류한 일이 있었다. 그때 필요한 물품 목록이 공책 두 쪽에 빼곡했다. 필요한 것들을 최대한 가져가야 한다는 강박 때문이다. 그래야 낯설고 말도 안 통하는 곳에서 시간 낭비, 체력 낭비를 피할 수 있을 테니까. 그러나 막상 현장에 가 보니 예상 밖의 상황들이 펼쳐졌다. 누군가와 계획에 없던 식사를 하거나, 색다른 음식에 호기심이 생기거나. 심지어는 한인 마트도 있었고 어지간한 식재료들은 다 갖춰져 있었다. 결국 그 많은 물품들을 준비하느라, 가져간 것들을 관리하느라, 남은 것들을 처리하느라 많은 시간과 에너지를 소모하는 꼴이 되었다. 현장의 흐름에 편안히 맡겨 두지 못하고 필요한 건 다 준비하려는 금기 과다의 부작용이다. 부분의 합이 전체가 되지 않는 것처럼 '각각의 상황에 딱 맞음'을 다 더한다고 해서 '전체적으로 딱 맞음'이 되지는 않는다.

이뿐이 아니다. 금기가 충만하다 보니 늘 정의감에 불탄다. 치사하고 더러운 꼴을 못 본다. 금의 숙살지기로 쳐 내거나 바로잡아야 직성이 풀린다. 〈수사반장〉과 〈형사 콜롬보〉를 빠짐없이 시청한 이유도 억울한 누명을 벗겨 주고 진범을 찾아내는 과정에서 느끼는 통쾌함 때문이었다. 지금까지도 사회적으로 이슈가 되는 사고나 사건이 터지면 관련 기사가 사라질 때까지 꼼꼼하게 살펴 무엇이 진실인지를 추적한다. 그러나 진실은 알기도 어렵고 왜곡되고 덮이기 일쑤다 보니, 거기서 받는 스트레스가 이만저만이 아니다.

이 정도로 불의를 못 참으면 조직을 만들거나 어떤 조직에 들어가서 체계적이고 집단적으로 저항하는 삶을 살아야 맞지 않나. 그런데 그쪽으로는 전혀 생각해 본 적이 없다. 한창 혈기 방장한 20대 초부터 관절에 문제가 생겨 그랬나 싶었는데, 알고 보니 관성이라고는 눈 씻고 찾아봐도 없는 사주의 영향이 컸다. 완벽한 무관 사주로 조직이라고 하면 두드러기가 날 정도로 싫어했다. 그러니 혼자서 정의감을 불태우는 마이너의 길을 갈밖에. 그 결정판이 '천안함' 사건이다. 시간이 갈수록 정치적으로 이용하려는 세력들이 끼어들면서 납득할 수 없는 정보들이 쏟아졌다. 컴퓨터에 '천안함' 폴더를 만들고, 밤늦은 시간까지 진상 파악에 도움이 되는 자료를 모았다. 세월호가 침몰했을 때도, 한강 대학생 사망 사건이 있었을 때도, 바쁜 일정 틈틈이 팩트를 추적하느라 많은 시간과 에너지를 썼다.

댓글 달기 또한 정의로운 마이너의 주요 활동이다. 전 국민적 관심을 모으는 사건이나 이슈가 생기면 댓글 활동도 더욱 치열해진다. 잠시 잠깐 썼을 뿐인데 허용 댓글 수를 초과했다는 멘트가 뜬다. 다음날까지 기다리기가 힘이 든다. 최근 들어 주변 사람들이 이런 나를 신기한 눈으로 본다는 사실을 알

왔다. 기사를 읽으면 누구나 댓글을 달게 되는 줄 알았는데 그게 아니라는 게 나로서는 오히려 뜻밖이었다.

타고난 기운들의 배치와 힘의 크기가 내 삶의 방향성을 결정하고, 일상의 아주 구체적인 행위들에 이렇게까지 깊이 연관되어 있다는 게 참으로 놀랍다. 그리고 한편으로는 지금까지 만들어 온 패턴대로 이렇게 살아간다면 지루할 것 같기도 하다.

운을 열어라

개운(開運)! 운을 연다. 이 우주에 변하지 않는 게 어디 있는가. 그렇다면 운도 바꿀 수 있어야 한다. 그렇다면 어디서부터 시작해야 할까. 상식적으로 생각해 봐도 일단 타고난 기운에서 시작해야 할 것 같다. 엄마 뱃속에 들어가 기운을 다시 타고날 수는 없지 않은가. 그렇다면 가지고 있는 기운을 다르게 사용하는 길밖에 없을 터이다. 타고난 여덟 글자의 새로운 용법을 차근차근 생각해 보자.

새로운 공부, 새로운 친구들

식상의 힘으로 활동도 하고 돈도 벌게 되니 자신감이 생겼다. 그러다가 이 분야의 전문가가 되자는 생각에서 2005년 가을, 대학원에 진학했다. 학생들 수업, 강의, 대학원 공부로 과부하가 걸리는 듯했다. 결국 논문 학기를 앞둔 2007년 초, 사고가 발생했다. 목욕탕에서 미끄러져 대퇴부 골절상을 입었다(금기가 과다하면 뼈에 문제가 생길 수 있다. 살면서 수술을 총 열 번 했는데, 축농증과 편도선을 제외한 여덟 번이 관절 관련한 뼈 수술이었다). 계획에 없던 대형 사고였던지라 집에서 할 수 있는 학생들 독서지도 이외의 모든 활동들이 일시에 정리가 되었다. 그러고 나니 머리가 맑아졌다. 그런데 골다공증이 심해서 2년간 뼈가 붙지 않았다. 집안에서만 지내는 기간이 길어지자 바쁜 일정에 충분히 생각하지 못했던 이런저런 질문들이 올라왔다. 그때 '내 몸을 너무 남에게만 맡겨 두었구나' 하는 생각을 처음으로 했다.

다리가 부러지던 해부터 병진(丙辰) 대운이 시작되었다. 대운의 천간 병화는 내게 공부(인성: 편인)운이고 지지 진토는 친구(비겁: 비견)운이다. 대운으로 들어온 비견 진토가 연지의 비견 술토와 충을 하면서, 신유술 합으로 금에 묶여 있던 지지의 술토가 조금은 자유로워졌다. 이로써 존재의 변화를 꾀할 수 있게 되었다. 그 무렵 '내 몸에 대해 알아야겠다'는 마음을 먹고 인터넷을 검색하다가 감이당에 왔다. 그리고 지금까지와는 전혀 다른 관계의 '친구들'과 지금까지 한 번도 해본 적 없는 '공부'를 하기 시작했다.

인성과 비견에는 새로운 바람이 불어 왔지만, 정작 과다한 식상의 기운에는 변화의 기미가 보이지 않았다. '먹는 데 신경을 덜 써라, 친구 관계가 방만하다'는 충고를 들으면서도 꿋꿋하게 기존의 방식을 고수했다. 여전히 먹고 공부하고 운동하고 산책하고 수다를 떠는 게 재미있었다. 그런데 글쓰기를 할 때면 어떤 장벽에 부딪히는 듯 좀 답답했다. 내 문제를 확 치고 나가서 눈앞이 환히 밝아졌으면 좋겠는데 생각처럼 되질 않았다. 태생적으로 생각이나 고민을 깊이 안 하는, 내가 좋아하고 재미있는 일을 즐겨하는 식상과다 기질을 타고난 탓이라 여겼다.

이 무렵부터 식상과다의 명랑함이 오랜 투병 생활에는 큰 장점으로 작용했지만, 인간적 성숙으로 나아가는 데는 오히려 장애가 된다는 걸 자각하기 시작했다. 기운을 다르게 써야 한다는 건 알겠는데 구체적인 방법에서는 그저 막막했다. 그러던 차에 우연히 두 개의 사건(?)과 마주쳤다.

두 개의 사건

■사건 1. 함백 문고리 사건 : 팩트에서 연결로

한 달에 한 번 감이당 살림멤버 넷이 강원도 함백에 간다. 이곳은 곰샘(고미숙 선생님) 부모님 댁인데 부모님이 돌아가신 뒤 감이당과 남산강학원 회원들이 다양한 활동을 하는 공간으로 활용하고 있다. 다음은 바로 이곳에서 문고리 사건이 있었던 날의 일기다.

가방을 풀고 함께 산책을 나가려는데 출입문 안에 쳐 놓은 방충문이 열리지 않았다. 열어 놓은 출입문이 바람에 닫히는 바람에 출입문의 기역자로 꺾인 손잡이가 방충문에 걸려 있었다. 완력으로 열면 방충망이 찢어질 상황이었다. 그런데 두 분 선생님이 그걸 열려고 애를 썼다. 나는 다급하게 상황을 설명했다. 이러저러해서 저러이러하니 누군가 뒤뜰로 나가 밖에서 출입문을 열어야 한다고. 설명을 하는 도중에도 그분들은 문을 열어 보려고 방충문을 밀고 있었다. 내 목소리는 점점 커졌고 그 사이에 장금이 뒤뜰로 가서 출입문을 열었다. 그리고 우리 넷은 밖으로 나갔다.

(2020. 6. 2. 화)

상황이 여기서 종료되었다면 잠시 잠깐 있었던 해프닝으로 그쳤을 것이다. 그런데 곰샘께서 정색을 하고 꾸중하셨다. 언제 이걸 말해 줘야겠다 생각했는데 지금이 바로 그때라며 말문을 여셨다. 평소 감정적인 문제에서는 중재 역할을 잘한다(이건 발달된 토기 덕분이다). 그런데 팩트가 제대로 전달이 되지 않을 때 그걸 끝까지 바로잡으려는 성향이 강하고, 그럴 때 화를 낸다. 팩트에 집착하는 그 마음에도 '왜 이걸 모르느냐, 이건 내가 잘 알아, 모르면서 알려 주는 걸 왜 안 듣고 자꾸 고집하느냐' 하는 교만함이 있다는 걸 지적하셨다. 방금 내 마음 속에 일어난 감정을 꼭 집어 말씀하시니, 무안하고 부끄러웠다. 선생님은 말씀을 더 이어 가셨다.

팩트를 정확하게 짚는 게 잘못된 건 아니다. 그것도 중요하다. 거기에만 집착을 하는 게 문제다. 그러면 관심이 표면적인 상황이나 정보에 머물면서 거기에 즉각즉각 반응을 하느라 그 이면을 보기가 어렵다. 안 그래도 그런 기질(금기 과다)을 타고 났는데, 그걸 더욱 강화시키는 쪽으로 기운을 쓰고 있다. 그러면 날카로운 금기운(식상의 기운)을 거기서 더 깊이 들어가는 것으로는 못 쓴다. 평소 댓글 이야기도 들어 보면 마찬가지다. 팩트의 차원에서 댓글을 달고 있다. 근본적인 문제를 생각하는 힘이 약하다.

그날 밤 잠자리에 들기 전 곰곰이 생각했다. '아, 내가 지금까지 식상의 금기운을 주로 팩트를 체크하는 데 쓰고 있었구나.' '팩트체크의 기질이 깊이 있는 사유를 방해했고 그래서 글을 쓸 때 그렇게 답답함을 느꼈구나.' 식상과다-팩트체크-얕은 사고, 이렇게 이어지다니! 전혀 생각지도 못했던 연결이다. 겉으로 보기에 따로일 것 같은 현상들이 조금만 파고들어가면 서로 연결되어 있다는 걸 수없이 들어 왔고 그때마다 고개를 끄덕였다. 그런데 내 문제와 연결하지는 못했던 거다. 글을 쓸 때의 답답함을 이렇게 분석하고 나니, 그것만으로도 막혔던 게 하나 '뻥'하고 뚫리는 것 같았다.

이제 금기과다, 식상과다의 용법을 바꿀 때가 왔다. 팩트체크에서 더 나아가 팩트를 연결하고 그 이면까지도 꿰뚫어 볼 수 있는 힘, 그 힘을 기르는 쪽으로 금기를 사용하는 것이 식상을 다르게 쓰는 길이다. 또한 과도한 식상의 에너지를 재성으로 순환시키는 길이기도 하다. '문고리 사건'이 이걸 알게 해주었다.

■ 사건 2. 핸들을 꺾어라 : 밥에서 언어로

"먹을 걸 준비할 때는 참 치밀하시네요." "거의 이민 가는 수준인데요." "글쓰기를 좀 그렇게 치밀하게 해보시죠." 평소 곰샘이 내게 자주 하시는 말씀이다. 그럴 때마다 나는 속으로 '사람이 살자면 먹어야 하고, 특히 류머티즘을 앓는 40년 세월을 규칙적인 식사 습관 덕분에 이 정도로 버틸 수 있었던 건데…' 하는 생각을 했다. 그래서 "이건 준비하는 데 5분이면 되는데요." "바로 집 앞에 있는 음식점에 전화하고 오는 길에 찾아 오기만 하면 돼요"라는 대답을 하곤 했다. 물론 과다한 식상이 문제가 있다고는 생각했지만, 식상이 금기이기 때문에 관절에 병이 생긴 것, 그것이 문제라고만 여겼다. 그러나 이런 나의 생각을 완전히 뒤집는 또 하나의 작은 사건이 있었다.

그동안 쓰던 글도 다 마치고, Tg스쿨(감이당 대중지성 1년 과정) 회계도 모두 끝내고 한결 여유로운 마음으로 집으로 오고 있었다. 설 연휴 동안 해야 할 일들을 떠올리며 아파트 주차장 입구에 거의 다 왔을 때, 느닷없이 마트에 들러야겠다는 마음이 불쑥 올라왔다. 그와 동시에 '꼭 들러야 할 이유가 없는데 왜 이러지? 이게 나도 모르게 발동하는 식상의 기운이구나' 이

　식상과다: 류머티즘, 나의 운명! 나의 스승!

런 생각을 하는 사이 자동차는 이미 집으로 들어가는 주차장 입구를 지나쳐 좁은 사거리 앞에 다다랐다. 집으로 가려면 여기서 핸들을 오른쪽으로 꺾어야 한다.

그 찰나, 마트를 향해 달려 가려는 걷잡을 수 없는 욕망과 지금 당장 핸들을 꺾어야 한다는 내면의 외침. 이 두 힘이 핸들에 얹힌 내 손아귀에서 팽팽하게 맞서고 있었다. 그리고 이 힘들의 싸움이 슬로우 비디오가 돌아가듯 너무도 세세하게 그리고 생생하게 느껴졌다. 핸들을 오른쪽으로 꺾는 그 순간, 꺾이지 않으려는 그 어마어마한 심리적, 신체적 저항감에 깜짝 놀랐다. 일방통행 길을 돌아서 주차장에 차를 세우고 엘리베이터를 탈 때까지 그 저항감이 내내 여진처럼 몸과 마음을 흔들었다. 아, 그동안 별 생각 없이 쓰면서 살았던 식상의 기운이 이렇게 강력한 거였구나. 무서운 생각이 들었다.(2021. 2. 10. 수)

'누구나 다 치우친 기운을 타고 난다.' '그 기운을 어떻게 순환시키는가에 따라 새로운 삶을 살 수 있다.' '팔자대로 사는 게 아니라 자신의 운은 스스로 열어 가는 것이다.' 10여 년 전 감이당에 처음 왔을 때, 호기심을 불러일으켰던 이런 말들이 새삼 깊은 울림으로 다가왔다. 이어서 세포 하나하나에 깊숙이 박혀 있는 강력한 식상의 기운, 그것이 내 삶에서 어떻게 작동하고 있는지 진심으로 궁금했다. 이 기운을 새롭게 순환시킬 방법이 무엇인지 탐구하고 싶었다. 그때 마침 누드 글쓰기 필자로 결합해 보라는 제안을 받았다.

　나를 바꿀 수 있는 기회는 간혹 이렇게 사소한 사건을 통해 찾아오는 듯하다. 그때가 바로 일상이 구원이 되는 순간이다. 자신의 의지로는 변화를 도모하지 못할 때, 무의식이 들고 일어나는 게 아닐까. 내 성장의 걸림돌은 내가 문제라고 생각하는 거기에 있는 게 아니었다. 내가 가장 든든하게 여기는, 유일하게 내놓을 만하다고 여기는 나의 장점 속에 있었다. 그렇기에 좀처럼 그것을 자각할 수가 없다. 타인 역시 어지간한 통찰력의 소유자가 아니고서는 명확하게 알아채기 어렵다. 행여 안다고 해도 솔직하게 알려 주기가 쉽지 않다. 당사자가 그걸 전혀 문제라고 여기지 않으니 자칫 감정만 상하고 말기 십상이라 주저하게 된다.

　이상 두 개의 사건은 식상이 가지고 있는 스펙트럼이 아주 넓다는 것, 그중 어떤 영역을 개발할 것인가에 따라 삶이 달라진다는 것을 깨우쳐 주었다. 이걸 알고 나자 식상의 기운을 주로 식욕, 놀이, 운동에만 쓰는 게 조금은 식상해졌다. 최근 들어 새로운 언어를 배우고 싶다는 마음이 일어나고, 싫어하던 과학 분야에도 흥미가 생기고 있다. 나의 식상이 이제 밥에서 언어로, 놀이에서 지성으로, 팩트체크에서 팩트의 연결로 그 에너지를 쏟을 때가 온 것이다.

　　　　　　　　식상과다: 류머티즘. 나의 운명! 나의 스승!

20년 관성 대운 : 재성에서 인성까지 쭈욱

때마침 육십에 접어든 2017년부터 장장 20년간 관성 대운이 이어진다. 관성은 조직이나 명예와 관련된 기운이기도 하지만, 여자에게는 남자와 인연을 뜻하기도 한다. 감이당의 친구들은 혹시 가로늦게('뒤늦다'의 경북 방언) 남자가 생기는 게 아니냐고 호기심 어린 눈초리들을 보내지만, 내 마음이 그쪽으로 가는 기미는 전혀 보이지 않으니 천만다행이다.

남자운이 아니라면, 관성의 또 다른 측면인 리더십 훈련의 기회가 장장 20년 동안 주어지는 게 아닐까. 거기다가 조직이라고 하면 두드러기가 날 만큼 싫어하던 내가 이미 감이당이라는 공동체 깊숙이 내 발로 걸어 들어와 있으니 말이다. 그동안 오남매의 막내로 자란 데다가 몸까지 모질게 아팠으니 늘 돌봄과 배려를 받는 처지로 살았다. 내 몸 하나 건사하는 것만으로도 가족들은 모두 고마워했고 다행으로 여겼다. 그 이상의 어떤 것도 내게 기대하지 않았다.

그러나 이제 내게도 챙겨야 할 조직과 사람들이 생겼다. 여기에 몸담고 있는 10여 년 동안 맡게 된 직책도 다양하다. 청년펀드 운영자, 살림멤버, Tg스쿨 교장^^, 코로나 사태로 얼떨결에 맡게 된 방역본부장이라는 어처구니없는 직책까지(이건 순전히 40년 류머티즘 투병 스펙이 가져다준 감투다). 그런데 직책만 맡고 있다 해서 달라지는 건 없다. 구체적인 활동을 해야 비로소 리더십 훈련이 가능하다. 그리고 리더십에서 가장 중요한 것은 인간에 대한 관심과 이해다. 이런 사실들을 최근 들어 체감하고 있다.

청년펀드 운영만 해도 그렇다. 처음에는 매달 후원금의 수입과 지출을 정리하는 것만으로도 긴장이 되었다. 혹시 금액이 틀릴까 봐, 활동비 지급 날짜를 놓칠까 봐 신경이 쓰였다. 그러다가 실무에 익숙해지면서 차츰 후원사연에 눈길이 갔다. 거기에는 후원금을 보내는 사람들의 다양한 이야기들과 삶의 모습이 담겨 있었다. 그 마음들이 담긴 돈을 어떻게 흘러가게 할까 하는 데 생각이 미치자 청년펀드 운영자라는 각성을 하게 되었다. 그때 비로소 펀드에 모아진 돈을 어떻게 순환시켜야 모두를 이롭게 할까를 고민하게 되었고, 개개의 청년들과 청년세대에 대해 알고 싶은 마음이 일어났다. 사람에 대한 관심이 없으면, 즉 재성에만 머무르면 돈은 기계적인 집행 그 이상으로 가지 못한다. 그러면 어느 순간 돈의 흐름이 막힌다. 결국 돈을 제대로 흘러가게 하는 것은 사람에 대한 관심에서 비롯된다. 재성이 관성으로 흘러야 하는 이유다.

Tg스쿨 운영도 마찬가지다. 구체적인 활동 현장이 펼쳐지고 거기서 리더십을 발휘해야 할 상황과 마주쳤다. 그러자 함께 활동할 멤버들의 기질, 건강 상태, 경제 형편, 사람들과의 관계, 어떤 영역의 공부를 하고 싶어 하는지 등등에 관심이 생겼다. 그러면서 이전에 어머니한테서 들었던 말이나 어머니가 친척들을 돌보던 모습들이 새삼 되살아났다. 내게 없는 관성을 쓴다는 것은 외부에서 그 기운을 끌어오는 게 아니다. 활동에 능동적으로 참여함으로써 내 안에 잠재해 있는 관련 정보들을 살아 움직이게 하는 것이다.

결국 관성에서 가장 중요한 것은 사람을 좋아하고 이해하는 마음이다. 물론 식상이 많은 나도 사람을 좋아한다. 내가 좋아하는 걸 하면서 내가 좋아하는 사람들을 만난다. 그 과정에서 돈을 벌기도 하고 어떤 결과물을 내기도 하고 인간에 대해 배우는 바도 있다. 그러나 그것은 어디까지나 관심의 영역이 '나'를 벗어나지 못한다. 그래서 식상만으로는 인간에 대한 이해가 넓어지고 깊어지기가 어렵다. 식상이 '미숙함'으로 표현되는 이유이기도 하다. 이와 달리 관성은 많은 사람들의 서로 다른 욕망이 부딪치는 현장에서 발현된다. 그러므로 시야가 훨씬 넓고 깊어져야 한다. 그래야 그 사람들을 이해하고 그에 맞는 리더십을 발휘할 수 있다.

이때 기다리기라도 한 듯 관성 대운이 들어온 게 참으로 다행이다. 이제 어느 정도 아픈 걸 컨트롤할 수 있고, 경제적으로 자립도 했다. 리더십을 발휘할 수 있을 만큼 나이도 먹었고, 많은 학인들과 함께 마음껏 관성을 쓸 수 있는 장까지 펼쳐져 있으니 이 얼마나 절묘한 타이밍인가.

관성은 다시 인성으로 흘러야 한다. 그러려면 역지사지하는 마음, 타인의 마음에 공감하는 능력이 필요하다. 이런 공감력이 없을 때 관성의 리더십은 인성의 통찰력으로 깊어지지 못하고 통솔력에 머무르게 된다. 공감이 없는 통솔력은 권력욕과 명예욕으로 이어지기 쉽다. 좋아하고 재미있는 것에 탐닉하며 그저 명랑하고 즐겁게 살아온 식상과다형. 이런 내게 관성 훈련과 더불어 인성으로 가는 길은 너무도 낯설고 버겁다. 피하고 싶은 과정이다. 그러나 이제는 이 과정을 건너뛸 수 없다는 걸 안다. 그렇게 해서는 지금까지와 다른 삶을 살 수 없다. 그렇다면 부딪치는 수밖에. 최근 들어 내 안에서 관성의 리더십을 훈련하고 싶다는 새로운 마음이 일어나고 있는 게 신기하다. 여기에 힘을 준 것이 사람들과 함께하기를 좋아하는 식상의 기운과 류머티즘 투병 경험이다.

내 사주는 나를 극하는 관성이 전무하고 인성도 크게 강한 편이 아니다. 그럼에도 불구하고 그나마 몸이 아픈 사람들의 마음에 공감하는 힘은 조금 있는 편이다. 사람들과 함께하기를 좋아하는 식상의 기운, 오랜 세월 함께해 온 류머티즘, 그동안 내 곁을 지켜 주신 어머니의 사랑 덕분이다. 류머티즘이 내게 아픈 사람이 어떤 불안과 불편을 느끼는지 가르쳐 주었다면, 어머니의 지극한 보살핌은 어떻게 할 때 환자가 편안해하고 용기를 얻게 되는지를 알게 해주었다. 묘하게도 어머니는 일간이 병화, 월지가 오화다. 화기는 내게 인성이다. 또 사주에서 어머니는 인성에 속한다. 그러니 어머니는 내게 이래도 인성 저래도 인성이다. 어머니가 내 삶에서 스승 역할을 하셨던 이유인 듯하다. 나를 지켜 주시던 어머니는 가셨다. 이제는 공부가 나를 새롭게 낳는 인성이 되어야 한다.

남의 아픔을 역지사지할 줄 아는 힘은 인성의 베이스가 된다. 그러나 이것이 다는 아니다. 앞으로 내 공부의 비전은 아픈 사람의 마음에 공감하는 능력을 바탕으로 공감의 영역을 인간의 보편적인 고통에까지 확대시켜 가는 것이다. 그래야 식상에만 머물러 있던 기운이 재성과 관성을 통과하여 인성까지 흘러갈 수 있다. 그렇게 된다면 어떤 대운이 오든 어떤 상황이 펼쳐지든 흔들림 없이 나아갈 수 있다. 이것이 가능해질 때 비로소 나의 운을 스스로 열어 갈 수 있을 것이다.

이번 누드 글쓰기를 통해, 식상과다가 류머티즘 발병에 일조를 했고, 그것이 다시 류머티즘을 헤쳐 나오는 힘이 되었음을 알았다. 뿐만 아니라, 과다한 식상과 류머티즘이 새로운 운을 열어 줄 든든한 베이스라는 사실을 깨달았다. 이 사실이 무엇보다 내게 큰 위로와 힘이 되었다. 그러니 나에게서 떼려야 뗄 수 없는 류머티즘이야말로 나의 운명이자 영원한 스승이라고 할밖에!

바보야, 문제는 능력이 아니라니까!

강보순

시	일	월	연
丁	乙	甲	壬
丑	丑	辰	戌

2015년 을미(乙未)년 3월, 감이당에 처음 접속했던 날, 감이당 주술사 박장금 선생이 내 사주를 보더니 대뜸 한마디 건넸다. "올해 충(沖)이 세게 들어오네요. 존재의 근간이 뒤흔들리는 해가 될 듯합니다. 앞으로 쭉 공부하시면 되겠네요." 당시엔 이 말이 무슨 뜻인지 이해할 수 없어, 그저 감이당에 계속 나오게 하려는 영업용 멘트(?)쯤으로 여겼다. 그런데 7년이 지난 지금 (2022년)에서야 내 삶을 돌이켜보니, 당시 장금 선생의 말은 참으로 소름이 아닐 수 없다. 왜냐하면 그해에 지금의 와이프를 만났고, 『발견, 한서라는 역사책』을 함께 쓰며 공부하는 삶의 길을 열어 준 길진숙·박장금 선생과의 인연이 시작되었기 때문이다. 이보다 놀라운 일이 또 있을까.

혹 우연한 일을 두고 사주에 끼워 맞춘 건 아니냐고 물을 지도 모르겠다. 물론 그런 해석도 가능하다. 처음엔 나 역시 그렇게 생각했으니까. 그런데 그 시간을 통과해 가던 나를 알고 있던 이들은, 교대생인 내가 교사를 하지 않을 거란 짐작은 했어도, 고전과 철학을 만나 삶의 행로가 달라질 거란 예상은 전혀 할 수 없었다고 입을 모은다. 무엇보다 고전과 철학처럼 돈 되지 않는 공부를, 수료증이나 자격증조차 나오지 않아 말하지 않으면 이런 공부를 했다는 것 자체가 증명되지 않는 그런 공부를, 그것도 무료도 아닌데 돈을 써 가며 수년간 공부할 거라는 발상은 나조차 해본 적이 없었다. 왜냐하면 감이당에 접속하기 전 내 공부의 행로는 단연 '성공학'에 있었기 때문이다.

성공학은 성공을 탐구하는 학문으로, 성공한 사람들의 성공 비결을 다각도로 분석해 자기 삶에 적용하는 기술이다. 보통 리더십·부자마인드·인맥관리·시간관리·스피치 등을 공부한다. 난 '누구나 배우면 성공할 수 있다'는 믿음에 사로잡혀 무려 9년간 이 공부를 배회했다. 당시 유명강사들의 성공학 강의를 대부분 수강함은 기본, 자기계발서만 약 500여 권을 탐독했고, 100만 원을 호가하는 성공캠프도 여럿 이수했다. 이러한 열정으로 얼마나 많은 자격증을 땄는지, 컴활 1급·워드 1급·정보처리기능사·한자능력 2급·금융자산관리사·방사선비파괴(1차)·운전면허·원동기면허·디스크(DISC; 성격유형검사의 일종) 강사자격·에니어그램 강사자격·스피치 강사자격·마술지도사 자격증을 비롯하여, 사설기관에서 받은 이름 모를 수료증은 이보다 훨씬 더 많다.

을미년에 불어 온 변화가 놀라운 건 그 때문이다. 성공에

재성과다: 바보야, 문제는 능력이 아니라니까!

죽고 살던 내가 우주의 이치와 철학을 탐구하는 존재로 변하다니. 인생에 혁명이 있다면 바로 이런 게 아닐까. 존재의 근간이 뒤흔들릴 거란 장금 선생의 말은 새로운 관계의 장이 열릴 거란 의미였던 것이다. 도대체 나에겐 무슨 일이 일어난 것일까?

성공학, 왕따의 구세주

군대를 전역하고 스물네 살에 입학한 교대는 그야말로 신세계였다. 구성원 85%가 여자인 데다, 남학우가 귀하다며 환대해 주지, 사방에선 나이 어린 친구들이 "오빠, 오빠" 부르며 반겨 주기까지 하니 왜 그렇지 않았겠는가. 정말이지 학교에선 벤치에 앉아 숨만 쉬고 있어도 행복할 정도였다. 허나 두 달 뒤, 나의 봄은 벚꽃이 피기도 전에 저물었다. 한 여학우에게 고백했다 그만 차이고 만 것이다. 충격이었다. 괜찮은 대학교에, 나름 나쁘지 않은(?!) 외모에다, 4개의 과외 알바, 게다가 군대도 다녀왔겠다, 여학우들 사이에선 '밥 잘 사 주는 좋은 오빠'라 불릴 정도라 캠퍼스 커플이 되는 일쯤은 일도 아니라 여겼던 것이다. 예상치 못한 전개에 당황한 난 무려 3일을 앓아누웠다. 대체 얼마나 좋아했으면 그랬냐고? 솔직히 말하자면 거절이 가져온 상심보단 앞으로의 대학생활이 걱정이었다. '퇴짜'라는 '4년치 놀림감'을 안고 어떻게 고개 들고 다니나 싶었다.

3일 후 학교에 갔는데 강의실의 공기가 심상치 않았다. 나의 퇴짜 소식이 파다하게 퍼진 것이다. 예상했던 바다. 헌데 문제는 이게 아니었다. 문제는 '퇴짜'가 아니라 내가 어장관리를 했다는 게 문제였다. 나와 한 번이라도 밥을 먹은 여학우들은 '너한테도 사 줬어? 나한테도 사 줬는데, 그 오빠 그렇게 안 봤는데…'라며, 내가 자신들에게 밥을 산 이유를 모두 '어장관리'라 여겼다. 응? 어장관리? 물론 사심이 없진 않았고 잘 해보고 싶어 밥을 산 적도 있었다. 하지만 그게 어장관리라고는 전혀 생각지 못했다. 따로 만나 밥 한번 먹은 게 뭔 대수란 말인가. 이후로 무슨 데이트를 했다거나 손을 잡았다거나 하는 일조차 전혀 없이 그냥 밥 한번 샀을 뿐인데 이게 어장관리라니. 그러나 그녀들은 그게 바로 어장관리라며 나를 질타했다. 한마디로 집적댔다는 것이다. 그렇게 해서 푸릇푸릇한 대학교 1학년에 왕따생활이 시작되었다.

무리로부터의 소외는 엄청난 고통이었다. 뭐 이것은 말로 표현할 수가 없다. 처음으로 죽고 싶다는 생각이 들 정도였으니까. 게다가 소문은 어찌나 빠르게 부풀려졌던지 나를 알지 못하는 타 과에서조차 이미 난 한 과 전체의 여학우들에게 집적거린 '쓰레기'가 되어 있었다. 처음엔 이 오해를 풀기 위해 평소 친하게 지내던 동기 몇몇한테 그간의 사정을 이야기했다. 상황이 이러이러했고, 어장관리 차원에서 밥을 산 게 아니었다고. 허나 이 행동은 결과적으로 섶을 지고 불 속에 뛰어든 일이었다. 오해가 풀리기는커녕 더 큰 오해의 눈덩이가 되어 캠퍼스를 휘젓고 다니는 게 아닌가. 아, 앞으로 어떻게 해야 하나. 주변의 지인들에게 물어도 별 뾰족한 수가 없었다. 그들도 이런 문제는 처음이었으리라. 그렇게 해서 내린 결론이 휴학이었다. 한마디로 도피한 것이다.

휴학 이후, 이 문제를 풀기 위해 이리 뛰고 저리 뛰었다. 그리고 그 나름의 해답을 2000년대 초반, 우리나라에 불어 온 '성공학' 열풍에서 찾았다. 그중에서도 성공학의 기본이라 할 수 있는 '이미지 메이킹'에서 말이다. 난 이미지를 만들고 관리할 수 있다는 '이미지 메이킹'을 배우면 왕따로부터 벗어날 수 있을 거라 생각했다. 허나 막상 공부해 보니 '이미지 메이킹'은 왕따를 벗어나는 일과는 별 상관이 없었다. 이미지 메이킹은 때와 장소·상황에 맞춰 자신의 장점을 극대화할 수 있는 일종의 연출의 기술이었던 것이다.

상식적인 선에선 경로 수정이 필요했다. 연출을 아무리 잘한다 한들 뻔뻔하다며 욕만 더 먹을 뿐이었으니까. 허나 이미지 메이킹은 나에게, 문제는 이미지 메이킹이 아니라 나의 잘못된 목표 설정에 있다고 말해 주었다. '왕따 해결'을 목표 삼을 게 아니라 '성공적인 삶'을 목표 삼아야 한다는 것이었다. 이미지 메이킹에서 다루는 인물들을 보라! 만인의 존경을 받는 CEO와 정재계인사들에게도 허물은 있다. 허나 누구도 그들의 허물을 문제 삼지 않는다. 왜냐고? 성공은 그 모든 허물을 덮을 만큼 강력한 빛이니까! 이것이 이미지 메이킹이 나에게 전해 준 복음이었다. '그래! 바로 저 성공의 삶이다!' 내가 성공학과 만난 지점이 바로 여기다. 성공이 왕따를 해결해 줄 것이라는 논리는 그야말로 황당무계하지만 스물네 살의 나에겐 너무나도 강력한 구원처였던 것이다.

일단 여기까지 쓰고 보니 한 가지 의문이 든다. 왜 다른 선택이 아닌 '성공학'이었을까 하는. 모든 이들이 나와 같은 상황에서 성공학을 공부하는 건 아니지 않는가. 허나 난 거의 본능적으로 성공학을 택했다. 이는 어떻게 설명해야 할까? 흔히 본능은 무의식적 차원의 일이라 설명할 수 없다고 하지만, 어떤 면에서 이러한 해석은 그 일이 일어난 원인을 제대로 이해하지 못하고 있다는 의미와도 같다. 모르기에 '본능'으로 퉁치는 것이다. 관건은 본능으로 퉁칠 게 아니라 본능을 자연의 차원에서 들여다보는 일이다. 따지고 보면 본능도 특정 조건과 마주쳐야 드러나는 자연의 운동 아닌가. 이런 맥락에서 내 몸에 새겨진 자연의 언어를 보자.

크세르크세스의 연애, '짐은 관대하다!'

1982년 4월 12일 새벽 1시 반, 남자, 서울 출생. 이것을 사주팔자로 바꾸면 임술(壬戌)년, 갑진(甲辰)월, 을축(乙丑)일, 정축

재성과다: 바보야. 문제는 능력이 아니라니까!

(丁丑)시다. 일단 전체적인 구조를 보면 토기(土氣)가 넷에, 목기(木氣)가 둘, 화기(火氣)와 수기(水氣)가 각각 한 개로, 오행 목·화·토·금·수 중에서 금기(金氣)가 없다. 8개의 글자 중 절반이 토기에다 금기가 하나도 없다는 건, 이 사주의 핵심이 토다(土多)와 무금(無金)이 맺는 관계성에 있음을 짐작해 볼 수 있겠다. 태과와 불급만큼 그 사람을 잘 보여 주는 게 또 없기 때문이다.

우선 나를 뜻하는 일간은 을(乙)이다. 을은 갑(甲)과 더불어 오행 중 목(木)에 배속되는데, 갑목이 시원시원하게 뻗은 큰 나무라면, 을목은 고구마나 담쟁이넝쿨 같은 덩굴식물에 비유된다. 이는 내 존재가 봄의 기운인 목기(木氣), 그러니까 뭔가 시작하려 하고, 뚫고 나가려 하고, 타고 올라가려 하는 기운을 존재의 주된 축으로 삼는다는 의미다. 그런데 이 을목이 뿌리내리고 있는 지지가 심상치 않다. 지지의 글자 4개가 모두 토 아닌가. 술토(戌土), 진토(辰土), 축토(丑土), 축토! 육친으론 전부 재성(財星)이다. 이런 사주를 일러 명리에선 재성과다라 부른다. 재성은 일간이 극하는 오행으로 일간과 음양이 같으면 편재, 음양이 다르면 정재라 부르고, 남자에게는 재물·여자·아버지를 여자에게는 재물·아버지를 의미하는바, 재성이 많다는 건 재성과 관련된 여러 일들을 겪을 사주라 보면 되겠다. 그 대표적인 사건이 나에겐 어장관리 스캔들이었다.

흔히 명리에선 재성과다 남자 주위엔 이성이 많다고 한다.

남자에게 재성은 이성을 의미하므로 재성이 과하다는 건 이성의 자리 또한 많다고 보는 것이다. 부러운가? 허나 조금도 부러워할 것 없다. 그냥 다 '아는 여자'일 뿐이니까. 돌이켜보면 내가 있던 곳엔 늘 여자들이 많았다. 초중고는 뺑뺑이였음에도 늘 남녀공학이었고, 교대는 물론이거니와 사업할 때의 고객들도 90%가 여자들이었으며, 현재 연구실에서도 청일점의 지위를 독차지하고 있다. 연구실에서는 내가 남자라고 굳이 밝히지 않으면 남자인 줄 모르고 지낸다고 하는데, 나 역시 남자들보다 여자들하고 있을 때가 훨씬 편한 걸 보면 이런 게 재성과다의 기운인가 싶다. 문제는 바로 이렇듯 이성과 편하게 지내는 재성과다의 능력이 이성과의 구설수 또한 불러들인다는 점이다. 어장관리 스캔들만 해도 그렇다.

어장관리의 시작은 간 보기 위함이 전혀 아니었다. 사심 접대(?!)도 있었으나, 대부분은 과방에서 놀다 배고프다 해서 밥을 샀고, 사 달라 해서 샀고, 이 친구는 사 줬는데 저 친구한테 사지 않으면 차별이라 해서 샀다. 이렇게 밥을 샀을 뿐인데 나중에 '보순 오빠는 예쁜 애들한테만 밥을 산다'는 오명이 생겨, '보순 오빠'는 '그런 오빠'가 아니라는 것을 증명하기(?!) 위해 사심이 작동하지 않던 친구들에게까지 밥을 샀다. '밥 잘 사주는 좋은 오빠' 이미지는 이렇게 만들어진 것이다. 내가 무슨 연예인도 아니고, 왜 거기서 인기관리를 하려 했던 것인지…. 놀랍게도 이것이 재성과다가 이성을 대하는 마음이었다.

재성과다남(男)은 대부분의 여자에게 잘하며 만인의 연인을 자처한다. 특히 토기를 재성으로 쓸 경우 웬만한 건 상대 이성에게 전부 맞춰 줄 정도로 너그럽기까지 하다. 토의 성정 자체가 만물을 받아들여 조화로움을 추구하는 기운이기 때문이다. 명리고전에서 재성과다의 남자는 이성을 상대로 하는 직업이 좋다고 조언하는 것도 이런 맥락에서다. 재성과다남은 남자들에겐 고지식하나 여자들 앞에선 한없이 유연하기 때문이다. 허나 주의해야 할 건, 이를 잘못 쓸 경우, 즉 토기가 순환되지 않을 경우의 토기는 영화 〈300〉에 나오는 "짐은 관대하다"는 페르시아의 군주 크세르크세스의 관대함으로 변질될 가능성이 높다는 점이다. 크세르크세스의 관대함이란 무엇인가? 겉으론 천하를 포용하기 위함인 것처럼 보여도 본질은 자기가 원하는 것들을 마음대로 주무르기 위한 무한한 지배욕 아닌가. 이것이 어찌 조화로움의 마음 상태를 의미하는 토기의 '관대'일 수 있겠는가.

이런 맥락에서 보니 관대함처럼 비쳐졌던 그간의 나의 행동도 크세르크세스의 관대함과 별반 다르지 않았다. 남자가 하면 이해되지 않는 일도 여자가 하면 200% 이해되는 너그러운 듯 보이는 마음 이면에는, 그렇게 앞뒤 분간 못하고 사방에 밥을 뿌리며 '밥 잘 사 주는 좋은 오빠' 이미지에 매달렸던 데에는, 그저 나의 지배력을 확장하고 싶은 마음뿐이었으니까. 여자들에게 한없이 인기 있고 싶은 욕망, 싫은 소리는 조금도 듣기 싫고 칭찬만 받고 싶은 욕망, 그래서 내가 하는 부탁이라면 뭐든 들어주고 오로지 나만 바라봐 주었으면 하는 욕망!

사실 내가 그토록 자주 밥을 샀던 건 단순히 연애를 넘어, 학교생활을 비롯하여 여러모로 도움이 될 것 같아서였다. 초등교육 커리큘럼 특성상 대체로 남자가 여자를 따라갈 수 없어, 언제 어떤 방식으로 도움을 청하게 될지 몰라 보험 든다는 생각으로 밥을 산 것이다. 고백도 이런 계산의 연장이었다. 여자 친구가 내 공부를 나 몰라라 하진 않을 테니까. 이 글을 쓸 때, 장금 선생이 나에게 물었다. "그때 고백한 이유가 뭐예요?" "음, 그냥 밥을 많이 사기도 했고, 이 정도의 친구면 됐다 싶었어요. 불특정 다수에게 밥을 너무 자주 산 탓에 돈이 아깝기도 했고…" "헐!!!" 장금 선생은 내 고백에 상대방에 대한 관심과 사랑이 빠져 있다는 사실이 놀랍다고 했다. 퇴짜를 맞고 난 후, 가장 힘들었던 게 '4년치의 놀림감'이었던 이유가 여기에 있었다. 진정 좋아했다면 이 사람의 마음을 얻지 못한 것이 가장 마음 아픈 일이어야 하지 않았을까.

암튼 이렇게만 보면 여자의 입장에선 재성과다인 남자는 무조건 피해야 할 것 같다는 생각이 든다. 바람둥이에다 만인의 연인이라는데 그야 당연하지 않은가. 허나 여기에 명리의 오묘함이 숨어 있다. 명리고전에선 재성 많은 남자들이 결혼을 하게 되면 오히려 더 가정적으로 변하는 경향이 많다고 한다. 이유가 뭘까? 남자에게 재성은 여자의 자리이기도 하지만 아내의 자리이기도 하다는 것을 상기해 보면 답은 간단하다. 재성이 강하다는 건 아내의 힘 역시 강하다는 걸 의미한다. 능력 있고 카리스마 넘치는 와이프를 만날 사주! 이는 바꿔 말하면 그런 여자여야 재성과다의 남자를 감당할 수 있다는 말이기도 하다. 그래서인지는 모르겠으나 나 역시 강한(?) 아내를 만나 행복하게 잘 지내고 있다. 참고 삼아 말하자면 내 와이프의 경우 일주가 갑진(甲辰)이다. 갑진은 백호대살로 호랑이와 맞장 뜬다는 어마무시한 기운인데 이 백호대살이 내 아내에게는 무려 2개나 더 있다. 하하^^;; 한마디로 세 마리 호랑이와 맞먹는 기세의 여인과 살고 있는 것이다. 물론 이렇게만 이야기하면 마치 '재성과다의 남자는 결혼이 답인가?'라는 생각이 들 것 같지만 절대 오해하지 마시길. 상대에 대한 존중과 배려 없이 이뤄진 결혼은 결코 행복할 리 없으니까.

Jobs, 잡스럽게!

주지하듯 난 어장관리 스캔들 이후 성공학으로 튀었다. 어장관리에서 성공학이라니?! 대체 이 뜬금없는 전개는 어떻게 이해해야 할까? 흥미로운 건, 사건만 놓고 보면 전혀 연결고리가 없는 이 별개의 사건들이 명리학적인 시선에서는 하나로 꿰어진다는 점이다. 바로 재성으로 말이다. 재성이 남자에겐 이성·

돈·일·능력에 대한 욕망이자 운동성이라는 것을 상기해 보면, 어장관리 스캔들 이후 성공학으로 도피한 행보는 재성과다로 촉발된 문제를 다시 재성으로 풀려고 한, 그야말로 재성의 기운을 쓰는 일이었다. 참으로 타고난 기운대로 살았던 셈이다. 암튼 이때부터 난, 9년간의 긴긴 성공학 로드에 발을 내딛게 된다.

성공하는 사람들은 시간관리를 생명으로 여긴다기에 시간관리 툴인 프랭클린 플래너와 3P 바인더를 사용했고, 그들은 바쁜 일정상 짧은 시간 안에 다독을 한다고 들어 속독의 기술인 패턴리딩을 수료했다. 게다가 성공하는 사람들은 사람을 자기편으로 만드는 기술이 탁월하다고 하여 인맥관리기술은 물론, 사람을 유형별로 분석하는 도구인 애니어그램과 디스크(DISC)를 각각 강사 과정으로 수료했다. 또한 성공하는 사람들은 설득의 달인인바, 그들의 말하기 기술과 프레젠테이션 능력을 배우고 싶어 스피치 강사 과정을 수료했고, 그들은 퍼포먼스의 장인이었기에 비즈니스 매너를 비롯하여 스테이지 마술도 배웠다. 여기다 앞으로는 1인 기업이 트렌드라 하기에 그에 대비코자 '1인 기업 성공전략' 과정을 수료함은 물론, 성공하는 사람들은 세계 경제 흐름을 주시한다고 하여 금융자산관리사도 취득했다. 해마다 코엑스에서 열리는 머니쇼와 재테크 설명회에도 거의 빠짐없이 참석했으니, 사실상 성공학 관련해서는 안 해본 것이 없을 정도였다.

재성과다: 바보야, 문제는 능력이 아니라니까!

그런데 여기서 드는 한 가지 의문! 왜 그 '열심'의 행로가 하나가 아니라 이것저것이었을까? 재성과다의 경우 대체로 경제 활동이 혼잡한데, 나의 경우 토기를 재성으로 쓰는 까닭에 혼잡이 극대화된다. 명리에선 재성이 토기(土氣)로 작동할 경우, 일이든 이성관계든 꽤나 혼잡한 방식으로 드러난다고 말한다. 왜냐하면 토기 자체가 사방을 아우르는 기운인 데다, 계절로는 환절기를 의미하기에 항상 어딘가에 걸쳐져 있기 때문이다. 게다가 나의 월지(月支)는 4월의 비옥토인 진토(辰土)다. 사주에서 월지는 사회적 조건과 직업적 환경을 의미하는 귀한 자리로, 그중에서도 진토는 을목에겐 최상의 토양이다. 뭘 심어도 잘 자라는 토양이기 때문이다. 여기에 일간 을목은 유연하고 굴신성이 강해, 무엇을 하든 습득이 빠른 편이기까지 하다. 특히 돈과 계산에 밝아 돈 되는 일에 대한 습득은 뭐 거의 빛의 속도다. 습득하는 것에 경계를 두지 않는 을목에, 무엇을 습득하든 결실을 맺어야 직성이 풀리는 비대한 재성까지. 내가 한 분야를 진득하게 파지 못하고, 혼잡하게 활동했던 것도 이런 맥락에서였다. 나에겐 여러 개를 동시에 다룰 수 있는 재주가 있었던 것이다.

사실 이런 잡스러움은 여전히 진행형인데(지금은 많이 줄었다^^;), 일례로 나의 장인어른은 지금도 내 정체를 궁금해하신다. 도대체 내가 무슨 일을 해서 딸과 먹고사는지가 궁금하신 것이다. 교사인 줄 알았던 사위가 교사는 하지 않고, 하루는

'아이폰수리' 하고 왔다 하고, 언젠가는 '빵 굽고' 있다 하고, 또 다른 날은 '블로그 광고' 하고 왔다 하고, 이번에는 '책'(『발견, 한서라는 역사책』)이 나와서 갖다 드렸으니 얼마나 혼란하실까. 이 모든 일을 동시에 하고 있을 거라 어떻게 생각하실 수 있으셨을까.

블로그가 열어 준 대박의 삶, 그러나⋯

흔히 명리고전에선 재성과다를 일러 일확천금의 탐욕이 가득한 사주라 풀이한다. 돈 그릇은 많은데 그 그릇이 비었으니, 그 그릇을 모두 채우려면 대박밖에는 없다는 것이다. 해서 재성과다는 결과에 대한 탐착이 남다르다. 비겁이 자기 욕망이 발생하는 지점이고, 식상이 그 욕망을 펼치기 위한 현장에서의 활동이라면, 재성은 그 활동을 마무리하여 결과를 내는 단계이기에, 결국 재성이 과도하다는 건 결과에 대한 욕망 또한 과도하다는 걸 의미하기 때문이다. 여기에 과정을 의미하는 식상이 없거나 부족하면 과정을 건너뛰려는 마음까지 더해져 결과에 대한 욕망은 하늘을 찌른다고 하는데, 나의 경우 식상에 해당하는 정화(丁火)가 시간(時干)에 약하게 떠 있으니, 일확천금의 욕망이야 두말할 필요가 없겠다. 대박의 욕망이 재성과다의 욕망과 닮아 있는 지점이 여기다. 보통 '대박'은 가진

재성과다: 바보야, 문제는 능력이 아니라니까!

게 없는 사람들에게만 해당되는 욕망이라 생각되지만, 그런 것과는 무관하게 과정을 건너뛰고 결과만 누리려는 마음이 전부 '대박'의 욕망인 것이다.

나 역시 그러했다. 성공학을 공부한 지 5~6년쯤 지났을 무렵, 실제로 난 돈을 꽤 잘 벌게 되었다. 직장인들이 한 달 동안 열심히 출퇴근해야 받는 월급을 2주 정도면 벌 수 있었다. 당시 난 화폐로 교환할 수 없는 배움은 능력이 아니라 여겨 하나를 배우면 반드시 하나의 수익으로 연결시켰다. 예를 들면, 스피치를 배웠을 땐 스피치 강의로, 마술을 배웠을 땐 마술공연이나 교육으로, 스토리텔링을 배웠을 땐 스토리텔링 강의로! 한마디로 능력을 수익으로 확인한 것이다. 여기다 욕심까지 많았기에 어느 한 분야도 놓치지 않아, 존재 자체가 한 마리의 문어가 된 것처럼 쉼 없이 일하고 또 배웠다. 이렇게 말하면 또 엄청나게 돈을 벌었을 것 같지만, 재성이 많은 것과 부자가 되는 것은 큰 상관관계가 없으니 오해하지 마시길! 오히려 재성이 많다는 건 부(富)의 축적보단 평생 일복에 시달려쉴 수 없는 조건에 가깝다.

암튼 어느 날, 이렇게 벌어서는 인생의 승부가 나지 않을 것 같다는 생각이 들었다. 스포츠카는 몇 억씩 하고, 한강이 보이는 아파트는 수십 억씩 하는데, 또래 직장인들보다 몇 배 더버는 게 무슨 의미가 있겠나 싶었던 것이다. 게다가 이때는 나스스로에 대한 능력과 자신감이 넘치던 시기이자, 단번에 도

약할 수 있을 거란 신기루 같은 믿음이 넘치던 때이기도 했다. 뭔가를 시작하면 어느 수준까지는 금세 도달하니, 그 대박의 뭔가에 대한 실마리만 찾으면 될 거라 생각한 것이다. 이때 성공학을 통해 알게 된 개념이 바로 '자산'이었다. 성공학에서 자산은 '노동하지 않는 삶'을 위한 성공의 기술이었다.

그렇다면 자산은 무엇일까? 자산은 물려받은 재산이 아니라 별다른 노동 없이 보유 그 자체만으로 돈이 발생하는 일종의 시스템을 말한다. 부동산 보유를 통한 월세 수익, 책을 통한 인세, 음반을 통한 음원 수익, 주식 소유를 통한 배당금 등을 떠올리면 이해가 쉽겠다. 업계 전문용어로 '파이프라인'이라 하는데, 어떤 성공학자들은 이러한 파이프라인을 얼마나 많이 소유하느냐가 삶의 질을 결정한다고 말한다. '아! 노동하지 않는 삶은 자산을 만드는 일에서 시작되겠구나!' 이 무렵부터 나에게 성공은 '스펙'이 아니라 '자산'으로 옮겨 가 있었다.

허나 자산을 만드는 일은 쉽지 않았다. 얼마간의 돈으론 주식은 해볼 수 있었지만 부동산은 무리였다. 그래도 부동산이 돈이 된다는 말에 부동산 공매투자, 지분 쪼개기, 부실채권 투자 등을 교육받았는데, 투자에는 어느 정도 부채가 필수라며 대출을 권하는 통에 발길을 끊었다. 나에겐 자산에 대한 새로운 상상력이 필요했다. 그때, 우연처럼 한 지인의 권유로 '블로그'라는 것을 알게 되었다. 2011년 당시, 블로그는 개인의 소소한 일상을 기록해 두는 공간이자 리뷰를 채우던 공간으로,

재성과다: 바보야. 문제는 능력이 아니라니까!

요즘과 같이 과하게 상업적으로 연결되던 분야가 아니었다. 이런 게 돈이 될까?

블로그에 대한 인식이 바뀐 건, 그 지인이 공개해 준 수익에 있었다. 한 개의 블로그에 하루에 3~4개의 광고글만 썼을 뿐인데 그 수익이 적게는 300만 원에서 많게는 500만 원까지 들어오고 있었다. 놀라웠다! 그리고 동시에 하나의 생각이 머리를 스쳤다. '아! 이것이 바로 21세기형 자산이겠구나!' 블로그에 올린 하나의 글은, 내가 먹고, 쉬고, 자고, 이동하는 순간에도 온라인상에서 쉬지 않고 스스로 일을 한다. 그런데 만약 그 글이 100개라면, 그리고 하나의 블로그가 아니라 100개의 블로그가 그와 같은 일을 한다면, 수익은 그야말로 무한대 아닌가. 관건은 상위노출과 유효클릭이었다. 내가 올린 포스팅이 적어도 블로그 섹터 1면에 들어가야 하고, 그 글을 읽은 사람들이 내 글에 달린 광고주의 링크를 클릭해야 했다. 이때부터 혼자 밤낮으로 프로그래밍 관련도서를 붙잡고 블로그를 파기 시작했다.

블로그 상위노출은 검색로직과의 싸움이었다. 글은 사람이 읽지만 검색결과는 검색로봇이 결정하는 일이기에 그 공식을 알지 못하면, 아무리 글이 좋아도 검색상위엔 노출되지 않았기 때문이다. 기약 없는 공부와 실험의 6개월, 드디어 분석이 끝났다. 검색 상위노출이 어떤 방식으로 작동하는지 흐름을 읽게 된 것이다. 이때부터 거짓말처럼 수익이 나기 시작했다.

와우! 그날부터 난 '100만 블로그 양성'에 돌입했다. 낮에는 '잡스럽게' 일을 하고, 남는 시간엔 블로그를 만들어 글을 올리고 또 올렸다. 때마침 일이 되려 했는지 시장마저 도와주었는데, 네이버가 다음(daum)을 제치고 검색시장을 주도하면서 네이버 블로그에 대한 시장의존도가 그 어느 때보다 높아졌던 것이다. 광고료가 점점 오르기 시작한 것이 이 무렵이었다.

블로그의 효과는 엄청났다. 어찌나 광고가 잘 되었던지 망해 가던 업체들을 심폐소생함은 물론, 맛이 없어도 맛집이 되어 사람들이 줄을 서고, 원래 장사가 잘 되던 업체들은 더 날아올랐다. 부산의 한 미용실은 광고 후 1년도 되지 않아 매장을 3개나 늘렸으면서도 전화만 하면 광고료 올릴까 봐 죽는 소리를 했던 기억이 지금도 선하다. 그 정도로 블로그는 광풍이었고 돈을 쉽게 벌 수 있었다. 세운(歲運)상으로는 임진(壬辰), 계사(癸巳), 갑오(甲午)였는데, 활동을 의미하는 식상이 강하게 들어오는 해이기도 했고, 여기서는 자세히 설명하지 않겠지만 12운성으론 재성이 건록-제왕-쇠를 지나가던 시기여서 돈이 잘 벌린 듯 보인다.

그런데 여기까지 읽다 보면 두 가지 의문이 들 것이다. 재성이 많은 건 알겠는데, 그래서 그 재성이 이것저것을 아우르는 능력이라는 것도 알겠는데, 왜 하필 그 힘이 블로그로 풀린 것일까? 게다가 내 경우 직업궁인 월지가 분명 정재인데 사업을 했던 이유는 무엇일까? 사실 이에 대해선 명확히 설명할 게

재성과다: 바보야, 문제는 능력이 아니라니까!

없다. 돈과 아이템이라는 것 자체가 무수히 많은 조건들의 우연한 관계 맺기이기도 하거니와, 나와 동일한 사주구조를 갖고 있는 사람들 모두가 나처럼 블로그를 할 리 없지 않은가. 그럼에도 명리학적으로 설명해 보자면 다음과 같이 해석해 볼 수도 있겠다.

일단 나의 재성 토(土)는 땅으로서 무엇인가를 심고 거두는 토대다. 해서 토가 많은 사주의 경우엔 흔히 땅과 어울리는 사업을 벌이는 것이 좋다고들 한다. 부동산이나 관광, 농업과 임업, 건축과 같은. 하지만 나의 경우 부동산은 쳐다본 적도 없었고, 농사를 짓겠다는 생각은 해본 적이 없다. 사실 재성을 토로 쓴다는 건, 단순히 물리적인 토와 관련된 일을 넘어 토의 성질과 기운을 운용하여 재물을 일군다는 의미이기도 하다. 즉 일을 할 때, 토의 성정을 뜻하는 포용력·믿음·신뢰·매개의 기운을 주된 힘으로 삼는다거나 심고 거두는 가색의 힘을 사용한다거나 하는. 이런 맥락에서 보면 블로그는 많은 부분 토와 닮아 있다. 블로그는 온라인상의 무형의 땅으로, 그 안에서 광고를 한다는 건 그 자체로 광고주와 소비자를 이어 주는 메신저다. 게다가 블로그 광고는 기본적으로 신의가 있어야 한다. 블로그 리뷰의 힘은 솔직함에 있기 때문이다. 있는 이야기를 부풀려서도 안 되고, 없는 이야기를 지어내서도 안 되는. 게다가 이런 신의는 비단 광고에만 국한되지 않는다. 약속한 기일에 정확히 글이 올라가야 하니 광고주와의 신의 또한 생명인 것이다.

그렇다면 사업은 어떻게 설명해야 할까? 분명 나의 월지는 정재 진토다. 직업궁인 월지가 정재라는 건 그만큼 정기적인 수입과 인연이 깊다는 의미. 하지만 주지하듯 난 이제껏 정규직이나 정기적인 수입과는 거리가 멀었다. 이유는 몇 가지가 있는데, 뒤에서 다시 다루기로 하고 여기서는 재성의 관점에서만 설명해 보겠다. 나의 월지 진토는 연지(年支) 술토와 충(沖)을 이룬다. 이름하야 진술충(辰戌沖)! 즉 정기적인 월급을 받아야 할 자리에서 계속해서 충이 발생하는 것이다. 해서이런 경우엔 비정규직이나 자기 사업을 하되, 정기적으로 월급을 만들어 내는 방식으로 접근해야 한다. 이런 맥락에서 보면 블로그는 그야말로 내 분(分)에 딱 맞는 일이었다. 왜냐하면 광고주와의 재계약은 늘 월 단위로 이루어졌기 때문이다.

노동하지 않는 삶의 끝

마냥 여름일 줄 알았던 블로그 사업도 겨울을 피해 갈 수 없었다. 블로그가 돈이 된다는 말에 너도나도 블로그에 뛰어들었기 때문이다. 광고료는 줄기 시작했고, 상위노출 경쟁은 치열해졌다. 경쟁이 치열해지니 쉴 수 없었고, 앉아서 블로그 작업만 하니 눈이 아프고 손목이 저렸다. 또한 이 무렵엔 잠도 편히 잘 수 없었다. 광고주들이 수시로 전화하여 광고가 밀렸다며 독촉을 해댔던 데다, 설상가상으로 거짓 광고를 올린다는 악의적인 댓글까지 줄을 이었기 때문이다.

처음 내 블로그는 '내 돈 주고 내가 산 것만을 진솔하게 리뷰한다'는 슬로건으로 제법 입소문을 타, 광고의뢰도 진솔하게 리뷰할 수 있는 품목들 위주로만 선별해서 받았다. 허나 언제부턴가 더 이상 진솔한 리뷰를 쓸 수 없었다. 일일 방문자 수가 늘면서 광고의뢰가 많아지자 한 번도 이용해 본 적 없는 품목들을 리뷰해야 했기 때문이다. 화장품을 비롯하여 아이들 장난감, 교구, 연극티켓, 미용실, 유흥주점, 치킨, 족발, 반영구화장, 이불, 보청기, 피부과 시술 등등. 사용해 본 적이 없었으니 거짓이 들어갈 수밖에 없었고, 광고주의 마인드나 사업윤리, 그 상품이 시장에 미칠 영향력 등은 전혀 고려대상이 아니었으니 광고에는 거품이 낄 수밖에 없었다. 피해는 고스란히 소비자의 몫이었다. 과장 광고를 한다며 악성댓글이 달리기 시작했던 것도 이 무렵이었다.

사실 당시 난 특정 키워드를 독식하는 일의 그림자를 전혀 인지하지 못했다. 매출을 올려 주는 일에만 열심이었지, 그것이 광고주에겐 광고에 대한 의존도를 높여 사업을 하며 밟아 가야 하는 여러 과정들을 건너뛰게 만들고, 그런 마케팅을 동원할 여력이 없는 사람들에겐 한숨 나오는 일이란 걸 알지 못했다. 그렇게 힘들어진 사람들이 어떤 마음을 내겠는가? 자기 이익에만 눈이 멀어 웹페이지를 독식하는 나와 내 광고주를 응원하겠는가? 당연히 그럴 리가 없다. 나중에 알게 된 사실이지만 악성댓글의 상당수는 그런 업체들이 남긴 것이었으니, 사업이 기울었던 건 단순히 업황 때문도, 운세 때문도 아니었다. 돈이 되는 광고라면 가리지 않고 받았던 나의 욕심과 어리석음이 그런 화를 불러들였던 것이다.

그래서 명리에선 재물이 들어올 때야말로 가장 조심해야 할 시기라고 말하나 보다. 재운이 들어올 때는 재물만 들어오는 게 아니라 그런 욕심과 욕심이 불러들일 교만한 마음이 함께 들어오기 때문이다. 하여 중요한 건, 재운에 들어올 재물의 양이 아니라 재물의 본질이 흐름에 있다는 사실의 환기다. 명리학적인 관점에서 재운이 들어온다는 건, 더 많은 돈이 벌리는 운이 아니라 돈의 흐름이 막히지 않게 더 많이 순환시켜야 하는 마음을 내야 될 때라는 의미이기 때문이다. 그러려면 당연히 자신이 버는 돈이 어떤 과정을 거쳐 자신에게 들어오는 돈인지에 대한 성찰이 중요하다. 나 자신의 경제활동 전체를 스스로 조망해 볼 필요성이 있는 것이다.

하지만 당시엔 이런 마음을 내야 하는 시기라는 걸 알지 못했으니 그저 악성댓글을 남긴 사람을 찾아가 똑같이 응수해주고, 독촉하는 업체에 대해선 환불 후 손절할 뿐이었다. 수익이 줄어드는 건 당연지사. 그렇다고 예전으로 돌아갈 순 없었다. 돈을 쉽게 번 나머지, 뭔가 노력해서 하는 일엔 마음이 나

재성과다: 바보야, 문제는 능력이 아니라니까!

지 않았던 것이다. 줄어든 블로그 수익을 만회해 보려 주식을
공부한 것도 이 무렵이었다.

허나 주식생활은 의외로 금방 끝이 났다. 돈을 잃어서가
아니었다. 소 뒷걸음질 치다 뭐 잡는다고, 당시 YG엔터테인먼
트에 투자했었는데, 때마침 싸이의 「강남스타일」이 터지면서
단기간에 100% 수익을 거두기도 했다. 그런데 왜 그만두었을
까? 주식은 온종일 불안과의 싸움이었다. 손실이 나면 잃어서
불안했고, 수익이 나면 그 수익을 잃을까 불안했다. 마음은 수
시로 요동쳐, 감정이 조절되지 않았다. 이것은 주식 공부를 열
심히 해서 해결할 수 있는 문제가 아니었다. 주식판 자체가 그
런 불안을 이용해 돈을 버는 시장이었기 때문이다. 그렇다고
일상의 이런 불안함을 누군가에게 이야기할 수도 없었다. 약
한 모습을 보이는 순간, 그동안의 내 일상이 모두 '성공 코스프
레'라 여겨질 것 같아 두려웠기 때문이다. 이런 마음을 안고 한
쪽의 모니터로는 끊임없이 시세를 주시하고, 다른 한쪽의 모
니터로는 계속해서 블로그 포스팅을 했다.

그렇게 지내길 1년, 일과 여자친구가 전부였던 내 삶의 한
쪽이 완전히 무너졌다. 당시 2년간 만나던 여자친구가 이별을
고한 것이다. 열심히 사는 모습이 보기 좋았는데, 온종일 돈 버
는 일에만 골몰하니 만나고 있어도 외롭다 했다. 이게 다 우리
의 미래를 위해서라 말했지만 그녀의 마음을 돌릴 순 없었다.
도대체 뭐가 문제인 걸까? 이렇게 열심히 일하고, 열심히 사

는데 도대체 왜? 아무리 생각해도 뭐가 문제인지 알 수 없었다. 생각이 여기에 이르자 알 수 없는 헛헛함이 찾아왔다. 성공하겠다며 온갖 성공학 교육은 다 받고 다닌 내가 결국 홀로 고립되어 돈만 쫓고 있는 현실이 참을 수 없이 초라했던 것이다. 다시 혼자가 되어 버린 나. 앞으로 어떻게 살아야 할까? 여담이지만 훗날 장금 선생은 이 대목을 읽더니 이것이 바로 재성과다의 인간관계라며, 재성과다인이 어떻게 인간관계를 맺는지 잘 보여 주는 사례라 이야기했다. 돈에 얽힌 사람과 연애 상대 이외에 아무런 인간관계가 없는 이 쓸쓸한 관계망! 난 사람과의 만남도 전형적인 재성과다의 마음으로 만나고 있었던 것이다.

그렇게 답답한 마음으로 지내길 수개월. 책을 뒤적이던 어느 날, 우연찮게 한 권의 책을 만났다. 그 책은 바로 고미숙 작가(일명 곰샘)의 『돈의 달인, 호모 코뮤니타스』. 일부러 찾아 읽은 것은 아니었고, 성공학 관련 도서를 검색하다가 '이 책을 구입하신 분들이 많이 구매한 책' 코너의 연관도서 추천으로 떠서 그냥 무심히 장바구니에 담았던 책이었다. 도대체 얼마나 돈을 쓸어 담고 있기에 책 제목이 '돈의 달인'인 걸까. 기대 반 호기심 반으로 책을 폈다. 허나 예상과는 달리 이 책에는 내가 지금껏 공부해 왔던 성공과 돈에 대한 이야기는 하나도 없었다. 오히려 돈이 무엇인지, 성공이 무엇인지, 돈에 집착하지 않으면서도 돈을 통해 삶을 창조하는 길은 없는지에 대해 묻는 인문서였다.

사람들이 왜 그렇게 많은 돈을 벌려고 하는가? 대체 돈 벌어서 뭐 하지? 곰곰이 따져 보면 결국 외롭지 않기 위해서다. 아무리 돈을 밝히는 사람이라도 무인도에 으리으리한 궁전을 지어 놓고 혼자만 달랑 가서 살라고 한다면 그걸 오케이! 할 사람은 거의 없다. (……) 자살한 연예인들의 유서메모를 보면 대개 이런 내용으로 되어 있다.—외롭다, 버림받았다, 아무도 날 이해해 주지 않는다 등등. 그렇게 성공을 했는데도 외로움 하나를 이겨 내지 못한 것이다. 그렇다면 돈을 벌어서 외로움을 극복하려 하지 말고 그냥 어렸을 적부터 우정과 친밀감을 터득하는 게 더 낫지 않을까?(고미숙, 『돈의 달인, 호모 코뮤니타스』, 북드라망, 2013, 103쪽)

이 구절을 읽고 가슴이 무너졌다. 내가 그토록 성공에 목을 매었던 이유도 결국 외롭지 않기 위해서 아니었던가. 돈만 많으면, 남들이 부러워하는 삶을 살면, 모든 관계가 좋아질 줄 알았는데 그게 외로움으로 가는 길이었다니. 게다가 이 책에선 재테크와 처세술로는 성공할수록 사람들과의 관계가 멀어질 수밖에 없다고 말한다. 왜일까? 왜 모든 이들이 욕망하는 부(富)를 늘리는 삶은 관계의 소외로 이어질 수밖에 없는 것일까? 관건은 돈의 용법이었다.

버는 법은 배웠을지 모르겠지만, 쓰는 법을 배우지 않았던 나의 경우 돈이 향할 곳은 한 곳뿐이었다. 바로 나 자신! 이렇게 이야기하면 돈을 절제 없이 썼을 것 같지만, 나의 경우 토끼를 재성으로 쓰는 까닭에 돈이 수중에 들어오면 여간해선 밖으로 나오질 않아 방탕함과는 거리가 멀었다. 소비라고 해봐야, 어쩌다 한두 번 가는 맛집과 캠핑, 데이트 정도가 전부였다. 그런데 이게 왜 문제라는 걸까. 이 부분에서 주목해야 하는 건, 그런 소확행(작지만 확실한 행복)적 차원의 소비가 아니라 돈이 많든 적든 그 소비가 흘러가는 곳이 '관계'가 아닌 '자기'에게 집중될 때 생기게 되는 문제다.

지금까지 내 삶의 중심은 성공, 그중에서도 '노동하지 않는 삶'을 구축하는 데 있었다. 일은 조금 하고, 하고 싶은 것은 양껏 누리는. 그런데 만약 그러한 삶을 살게 된다면 우리는 과연 무엇을 하고 있을까. 봉사를 하겠는가, 명상을 하겠는가, 아니면 나를 불편하게 만드는 일을 하겠는가. 당연한 말이지만 그런 일을 할 리가 없다. 하는 일이란 전부 자기 입맛에 맞는 일뿐이다. 자아를 더욱 견고하게 하고, 자의식을 더욱 뚱뚱하게 하는! 이런 일상이 지속될 경우 누구라도 자기 세계에 갇히지 않을 도리가 없다. 세상엔 온통 자기뿐인데, 어떻게 타인을 받아들일 수 있을까. 게다가 '돈은 무성(無性)의 물건이 아니다. 거기에는 수많은 인과들이 들러붙어 있다. 그것들은 어떤 형식으로든 따라다니게 마련이다'(고미숙, 『돈의 달인, 호모 코뮤니타스』, 76쪽)라는 곰샘의 말을 빌려 오면, 결국 노동하지 않는 삶을 살겠다는 건 '관계 포기'나 다름없었다. 돈은 인연과 더불어 오는 것임에도, 시스템만 구축해 결실만 누리겠다는 마음은 누구와도 관계 맺지 않겠다는 선언 아닌가. 이쯤 되면 혼자가 아닌 게 이상할 지경이다.

> 허화가 망동하면 번뇌 망상이 많아지면서 극도로 소심해진다. 소심하다는 건 타자를 받아들일 능력이 없다는 뜻이기도 하다. 타자와 소통하는 능력, 그것이 곧 배짱이다. 따라서 배짱을 키우려면 하체를 최대한 움직여야 한다. 그러니 '몸 고생'이야말로 여러모로 행운인 셈이다.(고미숙, 앞의 책, 84쪽)

허화망동(虛火妄動)! 『동의보감』에선 모든 망상의 원인을 하체가 허약할 때 기운이 위로 치성하면서 생기는 허열에서 찾는다. '귀한 사람은 겉모습이 즐거워 보여도 마음은 힘이 들고, 천한 사람은 마음이 한가해도 겉모습은 힘들어 보인다'는 원리에 따라, 결국 몸을 쓰지 않으면 그만큼의 대가를 마음이 받아야 한다는 것이다. 이 대목을 읽고 이 무렵 밤낮으로 시달렸던 알 수 없는 불안감도 이해되기 시작했다. 불안함의 원인이 단순히 주식 수익률의 오르내림과 광고주들의 독촉전화 때문이라고 생각했는데, 그런 것만은 아니었던 것이다. 몸에 좋은 온갖 것들을 다 챙겨 먹으면서도 정작 몸은 쓰질 않으니, 당연히 기혈은 정체되어 막히고 허열이 떠 온갖 망상에 시달릴밖에! 돈이 막히고, 관계가 막힌 건 그 때문이었다. 몸이 막혔는데 돈과 관계가 제대로 순환될 리가 있겠는가. 이것이 『돈의 달인, 호모 코뮤니타스』가 나에게 보여 준, 내가 그토록 추구해 마지않았던 성공과 노동하지 않는 삶의 실체였다. 돈은 외로움과 불안을 맞바꾼 대가였던 것이다. 관건은, 몸의 순환이었다. 생각이 여기에 이르자, 뭐에 이끌리듯, 필동에 있는 감이당에 찾아갔다. 처음으로 성공이 아닌, '내 몸'에 대해 공부해 보고 싶다는 마음이 생겼던 것이다.

"응? 또 공부네요?" 이 대목을 읽고 북드라망의 김현경 대표가 보인 반응이다. "사주에 인성이 강한 것도 아닌데 이렇게 계속해서 책을 보고 끊임없이 공부하는 이유에 대해 분석해 보셨나요? 성공학을 그렇게 집요하게 공부하던 분이 인문학을 만나게 된 계기도 결국 손에서 책을 놓지 않았기 때문으로 보여서요." 생각해 보니 그랬다. 재성이 많은 사람들이 모두 나처럼 책을 읽는 건 아니고, 성공한 사람들이 모두 자기계발서를 500여 권씩 읽고 성공에 이른 것은 아니다. 게다가 재성과다는 공부를 의미하는 인성을 극하기에 공부를 방해하는 힘으로 작용한다. 그토록 돈을 쫓는데 어찌 공부할 틈이 있겠는가. 대체 나의 공부욕은 어디에 기인하는 것일까? 이 부분은 다양하게 설명 가능하나, 여기선 일간 을목이 다른 오행과 맺고 있는 관계성을 통해 보고자 한다.

기본적으로 을(乙)은 목기(木氣)여서 성장에 대한 욕망을

재성과다: 바보야, 문제는 능력이 아니라니까!

무의식적으로 담지하고 있는 천간이다. 해서 존재의 근간이 을목이라는 건, 존재의 성장을 열망하는 기운이 몸에 바코드처럼 새겨져 있다는 의미이기도 하다. 재성을 주로 쓰면서도 늘 나의 성장이 확보되는 재물들을 추구했던 것도 바로 그 때문이다. 나의 일간은 재성이라는 토양 위에서 무럭무럭 자라려는 기운으로 가득한 덩굴식물, 을목이었던 것이다. 그런 을목이 자라는 데 가장 필요한 기운은 무엇일까? 그 기운은 오행의 상생상극의 원리로 보면 수생목(水生木), 즉 안정적인 물의 공급이다. 헌데 흥미로운 건, 이 물에 해당하는 수기(水氣)가 오행에서는 지혜를 의미하는데, 나에겐 공부에 해당하는 인성의 자리라는 점이다. 배움에 대한 마음을 한시도 놓지 않았던 이유가 여기에 있지 않을까. 일간 을목이 스스로의 생존과 성장을 위해 끊임없이 책과 배움이라는 물의 공급을 필요로 했던 것이다. 삶의 국면마다 본능적으로 책을 펼쳐 들었던 이유가 내 몸에 새겨진 알 수 없는 기운들의 관계 맺기의 효과였다니. 놀랍고 또 놀라울 따름이다.

대망의 을미년!

서두에서 밝혔듯 장금 선생은 나에게 "올해 충(沖)이 세게 들어오네요. 존재의 근간이 뒤흔들리는 해가 될 듯합니다. 앞으로 쭉 공부하시면 되겠네요"라고 말한 바 있다. 이 해가 바로 2015년, 즉 을미(乙未)년이다. 뭘 보고 이렇게 말한 것일까? 단서는 내 원국과 매년 들어오는 운인 세운과의 합충(合沖) 관계에 있다. 공부 삼아 풀어 보면 이렇다.

내 일주(日柱)는 을축(乙丑), 세운은 을미(乙未)년. 일지의 축토가 세운의 지지 미토와 축미충(丑未沖) 관계를 이룬다. 충은 기존에 있던 것을 해체하여 변화를 이끌어 내는 힘인데, 삶의 현장을 뜻하는 지지에서 충을 이룬다는 건, 그 변화가 현실 위에서 아주 구체적인 모습으로 드러난다는 의미다. 예를 들면 만남과 이별, 승진과 합격, 이직과 이사처럼 말이다. 헌데 나의 경우엔 여기에 또 하나의 거대한 충이 작동하고 있었다. 그건 정미(丁未) 대운에서의 축미충이었다. 여기서 이야기하는 대운(大運)이란 한 사람의 인생을 10년 단위로 지배하는 기운으로, 명리고전에선 보통 천간의 기운을 5년, 지지의 기운을 5년 쓴다고 본다. 이런 맥락에서 보면 이 시기가 나에겐 정미 대운 7년차로서 대운 미토가 강하게 영향을 미치고 있었을 시기였다. 한마디로 을미년은 내 원국을 강하게 뒤흔들 조건이 모두 마련된 해였던 것이다.

끝으로 하나 더! 명리학에는 백호대살이라는 신살이 있다. 호랑이에게 물려 가 피를 철철 흘린다는 흉살 중에 흉살인 백호대살. 그런 신살이 내 원국엔 이미 3개나 자리하고 있다. 연주 임술, 월주 갑진, 시주 정축. 그런데 엎친 데 덮친 격으로 나

재성과다: 바보야, 문제는 능력이 아니라니까!

에게 을미년은 정미대운과 더불어 두 마리 호랑이가 추가되는 해다. 을목에겐 미토와의 관계가 백호대살인데, 내 일간이 다름 아닌 을목이기 때문이다. 축미충으로 미토가 득세하면서 나의 일주마저 백호대살의 성격을 띠게 되었으니 순순히 지나갈 수 있는 해는 아니었던 모양이다.

그렇다면 이런 의문이 든다. 어째서 존재의 근간이 뒤흔들리는 방식이 감이당이었을까? 이건 지장간(支藏干)으로 설명해 볼 수 있겠다. 충이 들어올 때의 변화가 강렬한 건, 지지(地支) 속에 감추어져 있는 천간(天干)인 지장간이 다른 어느 때보다 더 활발히 작동하기 때문이다. 나의 일지인 축(丑)의 지장간은 계수(癸水), 신금(辛金), 기토(己土)다. 오행상으론 토의 모습이지만 토의 역할이 작다. 왜냐하면 지장간은 여기(餘氣), 중기(中氣), 정기(正氣)로 구성되는데 축은 전월(앞의 지지)의 정기에서 남겨진 기운인 여기, 즉 계수의 힘이 절반이 넘게 작동하기 때문이다. 그래서 축은 겉으로는 정기 기토의 모습처럼 보이지만, 실질적인 작용으론 거의 계수로 봐야 한다. 그래서 일간 을목이 축과 만나면 편재로 보이는 순간에도, 실질적으론 편인의 힘이 더 크게 작용하는 것이다.

그런데 충을 만나면 이 지장간들이 세상에 본 모습을 드러낸다. 암장되어 있다가 밖으로 튀어나오는 것이다. 편인(계수), 편관(신금), 편재(기토)의 모습으로 말이다. 한마디로 내 육친의 편인, 편관, 편재가 심하게 흔들리는 것이다. 그리고 이

리듬의 파고에 맞춰 다른 육친들의 역학관계도 덩달아 변한다. 정인(正印)이 제도권 공부라면, 편인(偏印)은 제도권에서 벗어난 공부다. 주로 예체능과 기술, 철학과 영성 공부를 의미하는데, 왜 갑자기 인문학이었을까에 대한 궁금증이 풀리는 대목이다. 편인의 힘이 작동했던 것이다. 게다가 그동안 무관(無官)의 기운(뒤에서 다시 다루겠지만 나는 관성이 없다) 때문인지 조직생활을 거부해 왔는데 편관이라는 조직 기운이 들어온 것도 감이당과 무관하지 않은 것 같다. 흔히 무관 사주는 조직생활과의 인연이 박하다고 보는데, 그렇다고 조직생활을 전혀 하지 못하는 건 아니다. 진급이나 서열이 크게 의미 없는 조직생활은 가능하다. 그게 나에겐 감이당이었다. 감이당이야말로 진급이나 서열이 별 의미 없는 조직 아닌가.

그렇다면 편재는 어땠을까? 이 무렵엔 블로그 시장이 레드오션으로 변하여 경쟁이 치열해 고민이 많을 때였다. 이대로는 도저히 승산이 없다고 생각해 다른 방향을 모색 중이었는데, 때마침 블로그 광고를 접목시킬 새로운 아이템을 발견했다. 바로 아이폰 수리! 당시 한 광고주가 아이폰 수리업을 하고 있었는데, 유독 광고료도 깎아 달라고 하지 않고, 전화도 자주 없었던 것이 눈에 들어왔다. 게다가 이 광고주는 말하지 않아도 알아서 광고료를 올려 주던 착한(?!) 광고주였다. '아! 이 아이템이 장사가 잘되는구나!' 그래서 이분에게 부탁을 했다. 아이폰 수리하는 법 좀 알려 달라고. 게다가 때마침 이 사업은 타이밍도 좋았다. 왜냐하면 수리점도 많지 않았을뿐더러, 이때 출시된 아이폰 6가 첫 주말에만 세계적으로 천만 대가 팔렸을 정도로 대유행이었기 때문이다. 여기에 웹상에서 블로그 광고까지 주도할 수 있었으니, 10평짜리 오피스텔에서 시작한 이 사업은 시작한 지 두 달 만에 원금을 회수했고 2년 뒤 문을 닫을 때까지 계속 수익을 냈다.

게다가 편재는 남자에게 여자이자 아내에 해당하는 자리 인데, 이 해에 지금의 와이프를 만난 것을 보면 참으로 놀라울 따름이다. 스무 살 재수할 때 만난 인연이었는데, 무려 15년 만에 다시 만나 교제를 하고 결혼까지 약속한 것이다. 오, 이런 기막힌 시절인연이!

이렇듯 을미년은 나에게 거대한 충격으로 다가왔다. 그렇다면 이런 의문이 들 것이다. 이런 기운이 들어오면 누구나 다 이렇게 살게 되는 거냐고. 결론부터 말하자면 그런 건 아니다. 내가 여전히 재성 속에 머물러 '돈! 돈! 돈!'만 외치고 있었다면 과연 공부를 하게 되었을까? 오히려 한 권의 책을 인연 삼아 나의 한계와 대면하고 성찰하는 시간이 있었기에 가능했던 변화로 봐야 하지 않을까. 운이라는 건 외부에서 주어지는 일방의 기운이 아니라 자기 자신이 내는 현재의 마음 상태와 더불어 변주되는 공명이기 때문이다.

바보야, 문제는 능력이 아니라니까!

그렇게 의심 반, 호기심 반으로 시작한 공부가 명리학이었다. 명리학은 길흉을 점치는 것이라는 선입견과 달리, 자신의 습관과 욕망의 벡터를 가감 없이 보여 주는 자연학이었다. 자신의 생일에 새겨진 우주의 자연성을 읽어 내는 고대의 오랜 지혜가 명리였던 것이다. 그렇게 6주간 '왕초보 사주명리' 수업을 들었다. 그리고 그 공부를 통해 내 사주의 가장 큰 병통이 '기승전-재성'의 방식으로 힘을 쓰는 것에 있음을 알게 되었다. 매번 걸려 넘어지는 돌부리가 나에겐 재성이었던 것이다.

내 몸은 내버려 두면 늘 재성으로 향한다. 이미지 메이킹에서 시작된 나의 성공학 로드를 보라. 그것은 전부 자기 능력을 키우는 재성의 기운이었다. 관계의 문제(이성)를 재성(능력)으로 풀려 하고, 재성(능력)으로 생긴 문제를 또 재성(능력)으로 풀려 했다. 허나 명리학에 따르면 재성의 기운으론 절대 관계의 문제를 풀 수 없다. 재성과 관성은 작동하는 방식이 다르기 때문이다. 비겁에서 식상 그리고 재성으로 이어지는 흐름은 나의 열심과 노력이 통하는 세계다. 하지만 관계를 의미하는 관성은 나의 노력과 의지대로 움직여지는 세계가 아니다. 관계란 나와는 다른 타자들과의 만남이기 때문이다. 해서 재성에서 문제가 생기면 재성에서 길을 찾을 게 아니라, 재성의 다음 단계인 관성으로 돌파해야 한다. 이것이 재성인에겐 개운(開運)의 길이자, 자기를 살리는 용신(用神)이다.

그렇다면 관성을 쓰면 될 게 아닌가? 그런데 이게 그리 간단치가 않다. 관성은 일간을 극하는 기운으로, 여자에게는 남자를, 남자에게는 자식을, 남녀 공통으로는 사회적 장에서 관계 맺는 힘인 조직과 공동체 등을 의미한다. 해서 이 기운이 어느 정도 있어야 조직생활을 해나갈 수 있다. 자신을 불편하게 만드는 상황을 견뎌 낼 힘이 있는 것이다. 헌데 서두에서 밝혔듯 내 사주엔 오행 중 금기(金氣)가 없다. 일간이 목인 사주에 금기가 없다는 건 육친으론 관성이 없다는 의미다. 이른바 무관(無官) 사주! 조직생활은 누구에게나 힘들지만 무관 사주의 경우엔 더하다. 자신을 극하는 기운에 대한 내성이 조금도 없다 보니 그런 조건이 마련될 만한 공간과 관계를 아예 피해 버리는 것이다. 진술축미라는 고독살(화개살)의 과다에 관계를 의미하는 관성이 무관이었다니. 오 마이 갓! 이는 그야말로 외로울 수밖에 없는 사주 아닌가. 하여 나에게 관성을 용신으로 쓴다는 건 이 금기를 잘 써야 한다는 의미와도 같다. 금기를 잘 써야 할 때가 바로 관성의 자리여야 한다는 것이다.

돌아보면 금기의 부재는 늘 크게 다가왔다. 오행에서 금은 가을의 '수렴'하는 기운, 이른바 숙살지기다. 여름내 무성했던 나뭇잎도, 가을에는 일말의 머뭇거림 없이 다 떨어진다. 하여 수렴력은 결단력이자, 맺고 끊음이다. 헌데 이 기운이 부족하면 어떨까? 결단을 내려야 할 때 결단을 내리지 못하니 우유부

단해지고, 정리 정돈이 되지 않아 여기저기에 발을 걸친다. 어장관리 스캔들도 그랬고 일도 그랬다. 재성과다의 무늬만 관대함(=소유욕)에 결단력이 없으니 모든 여자에게 친절하고, 욕심이 많아 이것저것에 손을 대며 그 모든 일을 혼자 해버린다. 나에겐 금기의 부재가 곧 관성의 부재였으니, 나의 이익에만 집중할 뿐 나의 이익을 벗어나 다른 것을 조망하는 능력이나 관계를 헤아리는 능력, 공적인 장에서의 책임감 같은 건 안중에도 없었다. 돈에 흔들리고, 성공에 휘둘리고, 여자에 휘둘렸던 건 타고난 재성과다의 문제도 있지만 이를 조절할 수 있는 금기의 부재, 나아가 관성의 부재가 컸던 것이다.

이런 금기 무관의 가장 큰 병통은 갈등을 회피하는 마음으로 잘 드러난다. 왕따에 처했을 때를 보자. 문제의 답은 외부에서 찾아야 할 게 아니라 뭐가 되었든 과 내에서 동기들과 지지고 볶으며 찾아야 했다. 허나 난 어처구니없게도 휴학한 후 이미지 메이킹과 성공학으로 튀었다. 성공하면 동료들이 나를 인정해 줄 것이라 생각한 것이다. 이것이 재성의 마음 씀이다. 관계 안에서 '맺고 끊는 힘'인 금기를 사용하지 못해 홀로 증발해 버린 후 비대한 재성으로 도망가기! 헌데 이게 왜 문제일까? 더 많은 능력을 갖고, 더 많은 스펙을 쌓으면 문제가 해결될 것이라는 마음 이면에는, 그렇지 않은 사람들을 무시하는 '교만함'과 모든 잘못의 원인은 외부에 있다는 '남 탓'이 자리하고 있기 때문이다. 성공한 나의 모습을 통해, 고쳐야 할 건

재성과다: 바보야, 문제는 능력이 아니라니까!

내가 아니라 나를 알아보지 못한 너희들의 무능이었다고 말하고 싶었던 것이다. 망상도 이런 망상이 없다.

결과는 어땠을까? 그래서 오해를 풀고 왕따를 면하게 되었을까? 복학 후, 새로운 친구들과는 잘 지내게 되었지만, 여전히 나를 왕따로 생각했던 동기들과는 대화할 수가 없었다. 과대표가 되었어도 예전의 그 친구들 앞에서는 고개를 들 수 없었다. 왕따를 벗어나려 시작한 성공학이었는데, 정작 과거의 기억 때문에 그 문제 안으론 한 발자국도 들어가지 못했던 것이다. 이것은 능력의 문제가 아니었다. 바로 관계 맺기의 문제였다. 제 아무리 재성발달 사주라도 그 재성이 관계 속으로 흐르지 않는다면 그저 고립만 자초할 뿐이다. 밥을 그렇게나 많이 샀으면서도 왕따를 면치 못한 건, 달리 말하면 그렇게 밥을 샀으면서도 마음 터놓을 친구 하나 만들지 못했다는 의미 아닌가. 재성인은 자신의 욕망을 현실로 만드는 데는 탁월하지만, 그 능력이 관계로 흐르기 위해선 전혀 다른 힘이 필요하다는 것을 알아야 한다. 그 힘은 관계를 맺는 힘, 바로 관성이다.

관성은 상대를 이해하는 것에서 시작된다. '나는 너고 너는 나'라는 말이 있듯이 공감능력이 생기면 사람이 좋아진다. 다르다고 무조건 배척하지 않고 관계를 맺기 위해 나를 기꺼이 구부린다. 숙이는 건 자존심 상하는 일이 아니라 상대가 되는 일인 걸 깨달았기 때문이다. (……) 자신이 원하는 시공간과 사람이 어딘가에 있을 거라는 생각은 망상이다. 사람과 공간을 바꾸어 봤자 똑같은 패턴을 반복할 뿐, 지금 마주치는 것들과 공존하는 훈련을 해야 한다.(박장금, 『다르게 살고 싶다』, 슬로비, 2017, 241~242쪽)

난 꽤 오랫동안 사람을 가려 만나 왔다. 좋아하면 만나고, 싫어지면 끊어 냈다. 해서 나에게 관계 맺기는 늘 나의 의지와 맞물려 있다고 생각했다. 허나 관계 맺기란 그런 게 아니다. 나와는 다른 존재와의 마주침이 어떻게 편할 수 있겠는가. 해서 사람이라면 누구나 낯선 이들과 부대끼면서 사는 법을 배워야 한다. 그러자면 내 능력을 뽐내어 인정받으려 하기보단 상대를 이해하려는 마음과 관계 안으로 들어가 그 불편함과 마주하겠다는 마음을 내야 한다. 다른 사람을 탓하기 이전에 나 자신에게 먼저 '왜 사람들이 나에게 공분했을까? 나의 어떤 부분이 사람들을 공분하게 만든 것일까? 상대는 어떤 마음 상태일까?'라고 물어야 하는 것이다. 공감이 시작되는 지점이 바로 여기다. 공감은 상대를 바꾸기 위한 노력이 아니라 상대의 마음 앞에 서는 일 아닌가.

허나 나는 무관이어서 이런 마음을 내야 한다는 것 자체를 인지하지 못했다. 사람들과의 부대낌에서 조금이라도 불편하면 그것이 '관계 맺기'라고는 전혀 생각지 못하고, 그 상황을 외면한 채, 자신의 능력을 키우는 데에만 온 힘을 쏟았다. 한마디로 재성의 기운만 쓴 것이다. 자신의 능력만 믿고, 계속해서

재성과다: 바보야. 문제는 능력이 아니라니까!

그 능력으로 승부를 보려 하는데, 어떻게 자존심을 내려놓고 관계 속으로 들어갈 수 있겠는가. 관성은 그 어떤 상황에서도 관계를 맺기 위해 기꺼이 나를 구부리는 힘이다. 여기엔 자존심이 구겨지고 말고의 문제가 개입할 수 없다. 소통을 위해 나를 구부린다는 건, 상대를 이해함으로써 내 존재의 변형을 만들어 내는 일이기 때문이다.

관성을 쓰는 줄 알았더니, 여전히 재성!

'아! 관성을 공부해야 하는 거구나!' 명리학 과정을 마친 후, 그동안 내가 돈을 쫓는 공부만 했을 뿐, 그 과정에서 사람들의 마음을 헤아리려는 공부는 전혀 하지 않았음을 깨달았다. 사실 스펙을 쌓는다는 구실로 새로운 공부를 전전했던 이유는 성공도 성공이지만 혼자라는 사실 때문이었다. 혼자 하는 공부, 혼자 하는 여행, 혼자 하는 사업 등등. 혼자를 벗어나려 그토록 몸부림쳤건만, 삶에 관계는 증발되었고, 몸은 관계로 흐르지 못했다. 사람이 없던 것은 아니었지만 돈과 얽힌 인연은 늘 외로웠다. 이익을 위해선 곧잘 뭉쳤지만, 이익이 충족되면 관계가 남지 않았다. 관계를 수단으로 여긴 탓이다. 허나 계속해서 혼자를 고수할 수밖에 없었다. 함께하는 것에 대한 상상력이 없던 까닭이다. 그렇기 때문에 오히려 성공에 더 매달렸는지도 모르겠다. 나의 혼자임을 긍정해 주는 유일한 도피처가 성공이기 때문이었다.

헌데 명리학적으로 사람을 불러들이고 친구를 만드는 건, 성공이 아니라 사람들과 비전을 나누고 활동을 조직하는 것을 즐기는 과정에 있었다. 『한서』를 보면, 한고조 유방의 주위에 사람이 많았던 건, 천하통일 이후가 아니었다. 비전을 함께 나눌 동료들과 사업을 벌이고 활동을 조직하다 보니, 어느새 천하통일에 이르게 된 것이다. '어떤 길을 함께 걷는가?' 유방과 그의 동료들에겐 함께 걷는 그 길이 성공보다 더 중요했다. 활동을 조직할 친구를 만들 것! 그래서 함께 공부할 것! 이것이 명리가 내게 던져 준 메시지였다.

그날부로 난 감이당에서 공부해 보기로 결심했다. 감이당이 공동체를 표방하면서 공부하는 곳이라 하니, 나도 거기서 사람들하고 부대끼면서 함께 공부하면 뭔 수가 나지 싶었던 것이다. 그래서 다짜고짜 감이당에 있는 세미나를 하나둘 신청하기 시작했다. 이때 처음 등록한 세미나가 이름도 생소한 '북송오자'(北宋五子), 즉 북송시대의 다섯 명의 현자에 대한 세미나였는데, 놀랍게도 이 세미나의 튜터가 『발견, 한서라는 역사책』을 함께 쓴 길진숙·박장금 선생이었다. 생각해 보면 참으로 놀라운 인연이다.

암튼 이것을 시작으로 『주역』을 읽고, 『한서』를 읽고, 당송팔대가를 읽고, 유목을 읽고, 벤야민을 읽고, 니체를 읽었다.

그렇게 감이당에서 세미나를 하며 나름 4년째 관성 용신을 쓰고 있다고 생각했다. 하지만 장금 선생은 나에게 '이제 간 좀 그만 보고 대중지성(감이당 1년 프로그램)에 합류하라'고 말했다. 이 말은 참으로 뼈를 때리는 말이었는데, 단순히 계산 좀 그만하라는 말이 아니라, 관성 용신 코스프레 그만하고 제대로 관성을 훈련하라는 의미였기 때문이다. 참 이상했다. 아니, 이렇게 공동체에 나와서 열심히 공부하고 있는데 왜 관성 용신이 아니라는 것일까?

사실, 처음 4년간의 공부는 관성인 줄 알았는데, 알고 보니 재성의 연장이었다. 당시 나의 공부는 동양고전과 서양철학을 종횡무진하고, 현대과학·고고학·종교학을 넘나들며 1주일에 읽어 내는 텍스트 분량만 700페이지 가까이 되었다. 이는 좋게 말하자면 공부에 경계를 두지 않음이요, 거칠게 말하자면 잡스러움인데, 난 이렇게 사이를 넘나들며 사선을 잇는 공부를 너무나 재미있게 하고 있었다. 그런데 장금 선생은 바로 그런 게 재성의 공부라며, 여전히 관성을 쓴다는 게 뭔지 감을 못 잡고 있는 것 같다고 말했다. 내 공부엔 관계 맺기가 빠져 있다는 것이다.

왜 세미나만 하고 대중지성은 하지 않았던 것일까? 가장 큰 그 이유는 답답함 때문이었다. 세미나를 4개나 할 정도로 연구실에 자주 나오던 나에게, 세미나를 대중지성으로 바꾼다 해도 크게 문제될 건 없어 보였다. 헌데 막상 대중지성을 한다고 상상하니 답답함에 숨이 막혀 왔다. 장기프로그램은 지금보다 시간도 더 많이 투자해야 하고, 과제도 많은 데다, 무엇보다 같은 조원들과 1년을 함께 지내야 하는 설정이 부담이었다. 그렇다. 눈치 챘겠지만 이게 바로 무관(無官)이다. 공동체에서 관성을 쓰며 공부하고 있다고 생각했는데, 여전히 혼자만 즐거울 뿐, 관계를 이해하는 공부를 한 건 아니었던 것이다. 그런데 이게 참 이해되지 않았다. 열심히 일하고, 남은 시간에 또 열심히 공부하는데 대체 뭐가 문제란 말인가.

장금 선생은 나의 이러한 공부방식이 자칫 잘못하면 단순히 성공학에서 인문학으로 콘텐츠만 바뀐 꼴이 될 수도 있다는 점을 경계해야 한다고 조언했다. 이미지 메이킹에서 스피치로, 스피치에서 마술로, 마술에서 스토리텔링으로, 스토리텔링에서 에니어그램으로, 에니어그램에서 디스크 등으로 옮긴 것처럼, 인문학도 성공학의 대체품으로 전락해 버릴 가능성이 높다는 것이다. 그렇다면 어떻게 해야 하는가?

명리학에는 일간을 생해 주는 기운이자 어머니·공부·문서 등을 의미하는 십신이 있다. 바로 인성(印星)이다. 헌데 이 인성에서 말해 주는 공부가 흥미롭다. 그것은 스펙을 위한 공부를 넘어 본성과 욕망, 식욕과 성욕, 화폐와 성이라는 우리 몸과 분리할 수 없는, 생리적이면서도 지극히 자연에 가까운 공부, 곧 지혜를 의미하기 때문이다. 재성의 질주는 이런 지혜를 통과해야만 멈출 수 있고, 비겁은 이런 지혜의 공부를 통과

재성과다: 바보야, 문제는 능력이 아니라니까!

해야만 새로운 존재로 거듭날 수 있다. 그런데 이 지혜에는 한 가지 전제가 있다. 그것은 관성을 통과한 지혜만이 지혜로서의 가치를 부여받는다는 점이다. 공자를 보라. 공자는 자기 스스로도 많은 공부를 했지만 공자를 공자로 만든 건, 그런 개인적인 공부가 아니라 자기가 원하지 않는 상황들을 피하지 않고, 그러한 불편한 상황들을 공부의 장으로 삼았던 것이었다. 자신이 원하지 않는 상황을 받아들이고 이해하는 능력, 공자에겐 바로 이 능력이 있었던 것이다. 장금 선생이 말한 관성 용신을 제대로 훈련하라는 것도 이런 맥락에서였다. 내 공부가 잘못되었다는 게 아니라 그 공부를 지혜로 만들어 줄 현장을 확보하란 의미였던 것이다. 그런 현장과 관계가 없다면, 지금 내가 하는 공부는 그저 성공학에서 인문학으로 콘텐츠만 바뀐 것과 다르지 않기 때문이다.

감이당 5년 차, 대운이 정미(丁未)에서 무신(戊申)으로 바뀌었다. 미토(未土)의 미(未)는 '아닐 미' 자로 아직 결정되어 있는 바가 없다는 의미, 모든 방향성은 미토가 지나가야 드러난다. 해서 무신 대운이 도래했다는 건, 드디어 내 삶의 방향성이 분명해진다는 의미였다. 그리고 그 힘은 나에겐 정관 신금(申金)으로 도래했다. 그런데 그 방향성이란 대체 뭔가? 명리학에선 대운의 기운이 도래한 것에 대한 의미보다, 그런 기운과 내가 어떻게 만날 것인지를 더 귀하게 여긴다. 왜냐하면 없는 기운이 들어오게 되면 언뜻 좋을 것 같지만, 사실 겪어 보면 부침이 더 크고 깊기 때문이다. 한 번도 그런 기운에 마음을 써 보질 않았으니 시행착오가 많을 수밖에. 문제는 무관인 나의 사주에 들어오는 관성 대운이 무신(戊申) – 기유(己酉) – 경술(庚戌) – 신해(辛亥)로 무려 40년간 이어지는 대운이라는 점에 있었다. 한마디로 죽을 때까지 관성과 지지고 볶아야 한다는 의미다. 피하려야 피할 수도 없다. 돌아보면 사주에 없던 조직운이 들어왔던 을유(乙酉)년에 교대에 입학했고, 가족이라는 공동체를 꾸린 게 관성이 들어왔던 정유(丁酉)년이었다. 이렇게 따박따박 들어오는 관성이 이토록 큰 사건들을 만들어 내고 있는데 어찌 피할 수가 있겠는가.

그렇다면 어떻게 해야 하는가? 중요한 건, 관성에 대한 공부다. 어장관리의 문제에선 관계를 풀지 못했고, 성공학을 공부할 땐 관계는 고려의 대상이 아니었으니 이제야말로 정말 관성을 공부해야 하지 않을까. 관성을 잘 쓰는 훈련을 하지 않고는 이 시절을 잘 넘어갈 수 없다. 용신이 나에게 수행의 개념으로 다가온 지점이 바로 여기다. 팔자는 길흉화복의 지표가 아니라 수행의 좌표였던 것이다.

슬기로운 '관성'생활

2020년 말, 사이재 대표 길진숙 선생은 나의 공부도 이젠 다

재성과다: 바보야, 문제는 능력이 아니라니까!

른 강밀도를 만들어야 할 때가 되었다며, 공동체에 접속해 함께 공부해 보는 것이 어떻겠냐고 물었다. 이제껏 다른 사람들이 정해 놓은 공부에 참여하는 방식으로 공부했다면, 앞으로는 공부하고 싶은 주제도 스스로 찾을 줄 알아야 하고, 세미나도 꾸릴 수 있어야 한다고 했다. 그러려면 지금보다 '더 많이', '더 열심히'가 중요한 게 아니라, 나의 공부가 사람들과의 관계 속으로 흘러들어 가는 일련의 '관계 맺기'의 실험들이 필요하다고 덧붙였다. 다른 강밀도는 이런 과정 없인 만들어지지 않는다는 것이다.

그렇게 해서 공동체 생활이 시작되었다. 예상과 달리 공동체 생활은 매일 투닥거림의 연속이었다. 하긴 그럴 만도 했다. 세미나는 물론 밥 먹고, 요가하고, 산책하는 등 거의 모든 일상을 공유하는데 갈등이 없는 게 이상한 일 아닌가. 공동체 선배들은 이런 상황을 마주하면 상대와 찐하게(?!) 한판 붙기도 했는데, 그런 장면을 보고 있노라면 난 도저히 저렇게까지는 못할 것만 같았다. 갈등이 만들 온갖 마음의 불편함, 그걸 함께 풀어 나가는 여정. 이런 과정 자체가 너무나 소모적이라 여겨졌기 때문이다. 관성을 훈련해 보겠다는 초심이 무색하게, 문제만 일으키지 말고 조용히 내 공부만 잘하자는 마음이 스멀스멀 올라온 건 그 때문이었다. 여전히 난 재성의 마음 씀을 넘어서질 못했다.

그러나 공동체 생활은 나를 갤러리로 내버려 두지 않았다.

드디어(?!) 나도 사건의 중심에 서게 된 것이다. 하루는 한 선배가 나에게 불같이 화를 내며 뭐라 한 적이 있었다. 내가 별 생각 없이 한 행동이 그 선배의 기분을 언짢게 했던 모양이다. 평상시 존경했던 선배의 분노에 무척이나 당황했다. '이게 그렇게 화를 낼 만한 일인가.' 감정은 상했고, 섭섭한 마음이 밀려와 그 선배를 보고 싶지 않았다. 헌데 곰곰이 생각해 보니 이 패턴, 뭔가 낯익다. 감정이 올라오면 자기 식으로 해석하고 외면하기. 그렇다. 갈등을 회피하려는 그 무관의 마음이 다시 작동한 것이다. 정말 갈등과는 매번 이렇게 만나야 하는 걸까?

그렇게 일주일이 지난 어느 날, 회의가 소집되었다. 회의 주제는 일주일 전 나와 그 선배와의 갈등이었다. 길진숙 선생은 내게 선배가 화를 냈으면 화를 낸 이유에 대해 물어야 하는데 왜 묻지 않았는지에 대해 물었다. 솔직히 그 상황에서 묻지 않은 건 말하지 않는 게 더 이익이라는 계산 때문이었다. 따져 물었다 더 큰 갈등으로 번지기라도 하면 최악 아닌가. 내게 물었듯 길진숙 선생은 선배에게도 물었다. 왜 그 상황에서 그러한 행동을 하지 말아야 하는지에 대해 충분히 내게 설명했느냐고. 그 선배는 당시 나의 모습이 나 자신도 모르게 드러난 이기적인 마음이라는 걸 알려 주고 싶었다며 다음과 같이 말했다. "밖에선 칭찬만 해주지, 타인의 잘못엔 입 닫고 눈 감잖아요. 하지만 저는 함께 공부하는 도반은 그래선 안 된다고 생각했기 때문에 불편하지만 선배로서 쓴소리를 한 거였어요."

　　　　　　재성과다: 바보야, 문제는 능력이 아니라니까!

도반으로서, 나의 이기심을 지적하지 않으면 내가 변하지 않을 것 같아 쓴소리를 할 수밖에 없었다는 선배의 말은 충격이었다. 지금껏 누구도 그것이 잘못이라고, 그런 이기심으로 사람들과 관계 맺으면 안 된다고 지적해 준 사람은 없었기 때문이다. 하긴 그랬다. 밖에서 만난 사람들은 서로 칭찬만 해 줄 뿐, 누구도 상대의 문제에 대해선 말하지 않는다. 말해 봐야 서로 기분만 상하고 사이가 틀어질 테니까. 해서 문제가 보여도 입을 다문다. 속으론 욕하면서 겉으론 친한 척! 이런 식으로 관계 맺는 게 서로를 이롭게 할 리 없지만, 우리는 대부분 이렇게 산다. 함께 공부하는 관계라서 그 지적을 화두 삼아 공부하리라는 믿음 때문에 지적했다는 선배의 말이 가슴에 닿은 건 그 때문이었다. 단순히 텍스트만 함께 읽는 것이 아니라, 서로가 놓치고 있는 일상의 작은 습관 하나하나를 지적하기도 하고, 지적받기도 하면서 서로를 조형해 나가는 과정 자체가 함께하는 공부였던 것이다.

　　선배의 진심을 듣고 그동안의 서운했던 감정들과 망상들이 사라졌다. 놀라웠다! 갈등을 이렇게 넘어갈 수 있다는 사실이. 아무리 사소한 문제라도 문제는 사람 사이에서 발생하는 일이기에, 반드시 감정이 남게 마련이다. 당장은 아무렇지 않을 수 있지만 그 감정들이 쌓이면 공동체에서 생활할 수 없다. 핵심은 문제를 회피하는 게 아니라 문제를 드러내어 서로의 감정이 정체되지 않고 흐를 수 있게 하는 것이다. 그토록 관계의 문제를 푸는 방법을 찾아 헤맸는데 이 지혜를 헤매기 시작한 지 17년이 되어서야 배울 수 있게 되다니. 관성을 통과한 지혜만이 참된 지혜라는 건 아마도 이런 맥락에서일 것이다.

관성을 쓴다는 건, 감정과 계산을 앞세우는 능력이 아니라 상대의 입장에서 맥락을 헤아려 보려는 마음이다. '저 선배는 왜 저렇게 화를 내지?'라는 자기 감정 우위의 질문이 아니라, '왜 저 선배가 나에게 이런 이야기를 해줄 수밖에 없었을까? 저 선배가 공동체에서 어떤 입장이기에 나에게 이런 지적을 할 수밖에 없었을까?'라는 질문을 먼저 해보는 마음. 물론 그걸 다 헤아려 보아도 상대의 행동이 이해되지 않을 수 있다. 하지만 진정 상대방의 입장에서 헤아려 본다는 건, 그 지적이 나를 비난하기 위함이 아니라, '내가 보지 못하는 나의 문제를 들여다보게 하려는 마음'에서 비롯되었을 거라는 상대에 대한 믿음이다. 그래야 무조건적인 망상과 비난에서 벗어나 그 지적을 화두로 들으려는 마음가짐이 생길 수 있다.

그런데 관성 탐구에서 정말 중요한 한 가지가 남아 있다. 무엇일까? 하루는 이런 일이 있었다. 대중지성 세미나 시간 종료 5분 전. 한 학인이 튜터인 나에게 '조금 더 따뜻하게 이야기해 주었으면 좋겠어요. 우리가 애들도 아니고 따뜻하게 이야기해도 다 알아들어요'라며 컴플레인을 걸었다. 당황했다. 누구보다 진솔한 마음을 담아 코멘트를 해주고 있다고 생각했는데, 더 따뜻하게 이야기해 달라니. 이 학인은 평소에도 세미나

재성과다: 바보야. 문제는 능력이 아니라니까!

흐름을 자주 끊고, 쓴소리를 견디지 못해 표정관리가 되지 않아 '별로'라고 생각했는데, 이런 불평까지 해버리니 정말 '별로'라는 생각이 들었다. '따듯한 말'은 표현을 부드럽게 해달라는 의미처럼 보이기도 하지만, 사실 그 속내는 따듯하고 따듯하지 않고를 떠나서 자신을 불편하게 하는 말을 하지 말라는 말 아닌가. 생각할수록 어이가 없어 화가 올라왔다.

그날 저녁, 장금 선생을 찾아가 이런 사람과는 어떻게 관계 맺어야 하냐고 물었다. 무시해야 하는지 아니면 가식적으로라도 따듯한 말을 해주며 어르고 달래 가며 지내야 하는지. 그러자 장금 선생은 '그게 바로 관성'이라며 화를 가라앉히고 이 일을 화두 삼아 리더로서 관성의 마음을 낸다는 것이 뭔지에 대해 공부해 보라 했다. 관성이란 나를 제어하는 기운임과 동시에 내가 타인을 제어하는 일이기도 하기 때문이다. 사실 그동안은 무관-재성의 기운을 주로 썼기 때문인지 리더가 되어 본 일이 없었다. 학교 다닐 때는 그 흔한 반장 한번 해본 적 없었고, 군대에서는 병장을 달았을 때에도 내 위로 병장만 열두 명이어서 리더십을 고민해 볼 틈이 없었으며, 성공학에 매진할 땐 홀로 목표를 설정하여 성과 내기에 바빴지 팀을 꾸려서 무언가를 함께 도모한다든가, 어딘가에 소속되어 무언가를 함께해 보려는 마음 자체가 없었다.

관성은 우물 안에 머물러 있던 욕망과 사유를 자기 한계를 벗어나 현장과 만나게 한다. 조직이라는 장이 바로 그런 역할을 한다. 조직은 내 마음대로 되지 않는다. 조직은 늘 예측하지 못하는 방식으로 작동하며, 그것은 극하는 힘으로 나를 밀어붙이고, 거기서 나는 자기의 한계를 넘어갈 수 있는 기회를 얻게 된다.(안도균, 『운명의 해석, 사주명리』, 북드라망, 2017, 304쪽)

'내 마음에 들지 않는 사람들과는 어떤 마음으로 관계 맺어야 하는 것일까? 단순히 재수없다 하여 무시와 냉담으로 퉁치고 갈 일인가? 이 사람에게 꼭 필요한 이야기라고 생각해서 말한 것인데, 내 기대와는 다르거나 배움에 대한 의지가 없다면 그땐 어떻게 해야 하는 것일까? 그럼에도 어르고 달래서 이끌고 가야 하는 것일까, 아니면 깔끔하게 손절해야 하는 것일까? 대체 무엇이 이 사람을 진정 존중하는 태도인 걸까? 나는 어떤 선택을 해야 이들을 잘 이끌고 갈 수 있을까? 나는 어떤 마음으로 학인들과 만나고 있는 것일까? 의무감이었나? 상대에 대한 이해가 정말 있었던가?' 등 학인이었을 때는 한 번도 생각해 본 적이 없던 질문들이 튜터를 하면서 봇물처럼 쏟아져 나왔다. 헌데 답이 없었다. 머리를 쥐어뜯으며 고민해 보아도 관계의 문제는 1차 방정식이 아니었던 것이다. 하지만 한 가지는 분명했다. 관성이 존재의 변화를 이끌어 내는 자리라면, 존재는 이렇듯 자기 한계를 마주하는 질문과 접속할 때라야 비로소 변화할 수 있다는 사실을. 내가 예상하지 못한 갈등

재성과다: 바보야. 문제는 능력이 아니라니까!

과 대면하면서 그 과정에서 생기는 크고 작은 불편한 감정들과 어떻게 잘 관계 맺을지에 대한 공부 없이는 존재의 변화 또한 없기 때문이다.

나의 40년 관성 대운은 이제 막 시작했다. 앞으로 남은 삶은 전부 관성과 함께 보내야 한다. 이는 지금과는 다른 마음을 내라는 우주의 신호일 것이다. 나로부터, 내 욕망으로부터, 내게 익숙했던 관계들로부터 자유로워지라는 시절의 요청. 물론 앞으로도 좌충우돌할 것이다. 외면하고 회피하고 싶은 마음이 불쑥불쑥 올라올 것이다. 하지만 이젠 알게 되었다. 자신이 보지 못했던 것을 보는 건 누구에게나 고통스럽고 괴로운 일이나, 그 불편한 것들과 마주하는 것에서부터 배움은 시작된다는 것을. 하여 이젠 그 불편한 마음을 들여다보는 일을 공부로 삼으려 한다. 나에겐 여러 스승과 고전 그리고 함께 공부하는 도반들이 곁에 있으므로.

관성과다

얌전한 척, 착한 척, 척하는 인생 고군분투기

김희진

시	일	월	연
甲	壬	丙	乙
辰	辰	戌	卯

장하다, 신약 사주

나의 일간은 임수(壬水)다. 수(水)는 생명의 씨앗을 품고 있는 겨울의 기운이다. '물' 하면 떠오르는 것은 투명하고 졸졸 흐르는 성질이다. 그런데 이런 인상은 계곡이나 시냇물을 상징하는 계수(癸水)의 특징이며 임수는 바다와 같은 큰 물이라서 흘러들어 온 것들을 모으는 저장의 기운이 더 강하다. 음양오행을 처음 접했을 때 물을 상징하는 색깔이 검은색인 것이 가장 낯설었는데 응축된 씨앗과 겨울, 그리고 깊은 바다와 연관시키자 이해가 되었다. 수기운이 있는 사람은 지혜와 통찰의 힘이 있다고 한다. 유연하게 흐를 땐 융통성도 있고 처세에 능하다는 것이 장점이 된다. 임수는 너르고 큰 바닷물이라고 하지만, 나의 경우엔 비겁(같은 오행)이 없이 홀로 있는 물이라서 세력이 약하다고 볼 수 있다.

사주의 오행을 육친관계로 풀어 보면 목(木)이 세 개로 식상(食傷)이 매우 발달해 있다. 그래서 말도 많고 호기심도 많다. 지지에는 진토(辰土) 두 개와 술토(戌土) 하나가 나란히 있어 관성(官星)인 토기운도 세 개지만 관성은 발달이 아니라 태과로 본다. 일지와 월지의 역할이 사주 구성에서 차지하는 비중이 크기 때문이다. 관성은 자기 제어를 담당하는데 지나치면 독재자 스타일이 되기 쉽다. 재성인 병화(丙火) 하나는 발달된 목기운과 태과한 토기운 사이에서 식상과 관성의 원활한 가교 역할을 하기엔 좀 빈약해 보인다. 오히려 일간과 충(丙壬沖)을 하는 관계라 번뇌만 늘어날 가능성이 있다. 그리고 금(金)기운이 없어 인성의 자리가 빈다. 인성이란 어머니의 자리로 일간(나)을 생(生)해 주는 역할이자 공부나 부동산처럼 든든한 지원군을 상징한다.

이렇듯 나의 사주는 조력자도 없는 독불장군 스타일의 외로운 신약 사주다. 사주의 신약과 신강의 구분은 대략적으로는 인성(지원군)과 비겁(동료)의 기운을 한쪽에 놓고, 나머지 세 기운을 다른 쪽에 놓고서 그 세력을 비교하는 것이다. 내가 생하는 식상과, 내가 극하는 재성, 나를 극하는 관성은 모두 내가 기운을 쓰거나 뺏기는 관계다. 나는 여기에 일곱 글자가 다 있고, 인성과 비겁은 비었다. 우씨~ 지지 기반이 하나도 없다!

그런데 사람들은 내 사주가 '신약'하다고 하면 믿을 수 없다는 듯 웃는다. 사주의 '신약'은 신체가 '허약'하다든지 마음이 너무 여린 '심약'한 상태를 떠오르게 한다. 다들 명리를 공부했던 도반들인지라 신약한 사주가 겉으로 드러나는 심신의 상태를 뜻하는 게 아니라는 걸 알면서도 그들이 보기에 나는 '건장한' 체격을 가졌을 뿐 아니라 언제나 기운이 넘치고 말도 많고 커다란 눈에서 레이저도 나오기 때문에 왠지 강해 보인다는 것이다.

나 역시도 스스로를 돌아볼 때 신약한 사주라는 것이 조금 의외였다. 일반적으로 신약 사주는 소심하고 소극적이며 자신감이 없다고 해석한다(게다가 하는 일도 꼬인다고!). 물론 나는 사람들이 믿거나 안 믿거나 속으로는 정말 너무나 소심하고 걱정이 많은 것이 사실이다. 그래서 '신약'이라는 단어가 여태 미성숙함이라고 치부하며 억눌렀던 나의 약한 마음을 알아주는 것 같기도 했다. 하지만 속이야 어찌 됐건 나는 이상하게도 겉으로 보기엔 활발하고 패기 넘치고 심지어 줏대가 너무 강해서 문제가 될 때도 종종 있을 지경이다. 꾸며 낸 것이 아닌 이상 이것도 나 아닌가?

그런데 나를 자타공인 그토록 의지도 강하고 사람들과 잘 어울린다고 생각한 것이 다 이유가 있었다. 월지부터 시지까지의 술진진(戌辰辰)은 나란히 나란히 강력하게 스크럼을 짜고 있는 도합 60점의 편관(偏官: 관성 중에서 일간과 음양이 같은 것)이다. 사주의 육친 구성에서 관성이란 사회적 위치에 해당하는데 관성이 발달하면 리더십도 있고 인간관계도 활발하다고 본다. 자기를 사람들 속에, 공적인 자리에 세우는 걸 좋아하거나 잘한다는 뜻이다. 나는 정말 그럴 때도 있고, 그렇게 보일 때도 있다. 어쨌든 이것 역시 나의 모습이다.

하지만 집 떠나면 고생길, 이불 밖은 위험하다는 우스갯소리가 있듯 일단 사회에 나가서 사람들과 관계하려는 관성은 나를 도와주거나 편안하게 해주는 자리가 아니라 일간(나)을 극(剋)하는 육친이다. 극이란 나를 통제하고 제압하려는 기운으로, 관성은 외부의 시선으로 끊임없이 자신을 다그치고 감시하며 한 순간도 편치 않게 하는 역할을 한다. 관성 중에서도 편관은 칠살(七殺)이라 부를 정도로 일간을 직접 겨냥한다. 육친관계를 음양을 구분해서 비견(比肩)부터 따져가다 보면 일곱번째에 있는 것이 편관이기 때문에 칠살이라 한다. 그래서 편관이 있는 사람은 사회생활에 문제가 있을 정도로 돌출된 성깔을 자랑하기도 한다. 정관이 좀 순하거나 합리적인 정의감이라면 편관은 그게 '빡치는' 성질로 드러나 화를 부른달까. 게다가 내게는 편관 말고도 안정된 사회생활을 방해하는 '상관'(傷官: 식상 중에서 음양이 일간과 다른 것)이 두 개 있기 때문에 직설적인 화법으로 모난 돌이 될 때가 많다. '편관'의 깊은 빡침이 '상관'의 신랄한 말로 다 쏟아져 나오니 내 인생은 그야말로 좌충우돌하며 부딪히고 깨지는 삶이었던 것이다. 나를

관성과다: 얌전한 척 착한 척 척하는 인생 고군분투기

치는 글자(관성)가 3개, 내 기운이 빠져나가는 글자(식상)가 3개이니 무슨 기운으로 여태까지 살아왔는지, 갑자기 스스로가 장하게 느껴진다.

극신약과 극신강은 비슷한 양상을 보인다고 한다. 결코 약해 보이지 않는 것이다. 내가 느끼기에도 그렇다. 살리는 기운보다 극하는 기운이 더 큰 활력을 주고, 좌충우돌의 사건사고에서 교훈을 얻으며 단단해진다. 그럼에도 불구하고, 이제 그만 힘들고 싶다. 힘들게 버티고 있는 듯 보이는 나의 여덟 글자를 바라보며, 내 삶의 신약, 그 허약한 부분이 무엇이었는지 누드 글쓰기를 통해 더듬어 가 보기로 한다(고마해라~ 마이 묵었다 아이가!).

경계심 많은 소심한 오지라퍼

나는 낯선 곳, 낯선 사람들 앞에서 나를 드러내지 않는다. 이건 물이 땅속으로 스며들고 낮은 곳으로 흐르듯 밖으로 드러나지 않으려는 수의 특징이라 할 수 있다. 위로 솟구치고 밝게 빛나는 불(火)과 대조적이다. 게다가 수가 일간 하나뿐이다. 친구와 동료, 또는 형제자매와 기운을 왕성하게 주고받는 비겁(比劫)의 기운이 없으니 소심할 수밖에 없다. 그래서 앞에 나서는 걸 병적으로 꺼린다. 어딜 가나 처음엔 말도 한마디 하지 않고, 낯선 친구에게 다가가지 못한다.

어렸을 때, 신학기마다 반복적으로 겪었던 일이 있다. 친구들은 끼리끼리 그룹을 지어 어울리려고 바삐 서로를 탐색하는데, 나는 그런 개인적 관계의 탐색보다는 반 전체를 관찰하는 데 레이더를 높이 올린다. 책상 위엔 책을 펴 놓고 열심히 독서 삼매경에 빠진 척하면서 말이다. 그런데 이건 임수의 기질일 뿐 아니라 세력이 센 식상과 관성이 함께 작용하는 것이다. 식상은 자기표현을 하려는 욕구이자, 이것저것 다 욕심껏 시작해 보려는 욕망이다. 내 식상은 목기운이기 때문에 시작할 때 힘차게 뻗어 나가려 한다. 하지만 너무 힘찼기 때문일까? 욕심이 과했기 때문일까? 오히려 주저한다. 마음으로는 백 번도 더 뛰쳐나갔지만 자기 기운이 약하니 실제로는 계속 출발선에서 '레디'(ready)의 긴장 상태로 힘을 모으며 꼼짝 않고 기합만 넣고 있는 것이다. 또 다른 쪽에선 관성도 바삐 움직인다. 관성은 사회적 관계의 장이기 때문에 새 반과 새 친구에 관심은 너무 많은데, 토기운을 쓰다 보니 조용하고 티 안나게 주변을 관찰한다. 토는 특징이 뚜렷한 목화금수와 달리 드러나지 않게 전체를 매개하는 역할을 한다.

친구들 눈에 나는 쉬는 시간마저 열심히 공부하는 모범생처럼 보였고, 모범적인 친구를 사귀려는 아이들은 하나둘 나에게 접근했다. 내가 반 분위기에 대한 파악이 끝나고 이제좀 몸이 풀렸나 싶을 때가 되면, 친구들은 이미 친한 애들끼리 그룹을 지어 끼리끼리가 완성된 후다. 내가 모범적이지도 않고 '인싸'의 욕망이 없다는 걸 알게 된 모범생 친구들도 서서히 멀어지면, 나는 낙동강 오리알 신세처럼 외톨이가 된다. 하지만 나는 그게 편했다. 누가 단짝인 듯 팔짱을 끼면 슬그머니 풀며 거리를 둔다. 아마 내 편을 만들지 않는 성격은 비겁이 없어서일 것이다. 비겁은 단순히 친구가 있고 없고가 아니라 동질감에 대한 욕망이자 관계를 맺는 능력이기에, 비겁이 없으면 친구에 대한 욕망도 거기에 쓸 에너지도 없는 것이다. 나는 내가 속한 곳과 새로 만난 사람들을 가만히 관찰하면서 전체적인 분위기를 파악하는 게 중요하지, 나랑 맞는 친구를 찾아서 재밌게 놀 생각을 하지 못한다. 어떤 그룹에 속하는 것보다 반 친구들과 적당히 두루 친하게 지내며 항상 전체 무리에서 조금 거리를 두고 있을 때에라야 편안하다. 말은 '편안'이라고 하지만, 사실 이건 외부를 항상 주시하고 있는 '불편한' 긴장 상태라고 볼 수 있다. 이 불편함을 편하다고 생각하는 게 무비겁 관성발달의 비애다.

나는 이렇게 아웃사이더이면서도 사람들에게 관심은 무척 많다. 관성이 담당하는 사회생활은 조직생활에 가깝다. 조직은 위계가 있다. 그래서 관성이 발달된 사람은 힘의 관계를 고스란히 느낀다. 누가 분위기를 주도하는지, 누가 왕따를 당하고 있는지, 누가 질투심에 휩싸여 있는지를 알아채고는 그것들에 대해 괜히 혼자서 책임감을 느낀다. 알고 있는 자의 책임감이랄까? 내 관성은 토(土)니까 관성이 작용할 때 토의 성질의 영향을 받는데 토는 중간자이며 매개의 역할을 한다. 토가 계절과 계절 사이의 환절기를 담당하며 사계절의 뒤에서 계절의 순환을 돕는 것처럼, 드러나지는 않으면서 조용히 다른 관계들의 조정자 역할을 하려는 것이 나의 관성의 욕망이다. 그러기 위해서는 다른 사람들이 처한 위치와 특징을 알아야 한다. 나는 식상도 발달해 호기심이 많고 관찰력도 뛰어난 편이다. 게다가 '식상' 하면 '말' 아닌가. 요컨대, 참견 본능이 매우 강하다. '오지라퍼'에 딱 맞는 요건을 모두 갖추었다고 해야 할 것이다. 이런 오지랖이 리더십으로 발전했으면 좋으련만 그러지 못했다. 상관의 튀는 기운이 자꾸만 치고 나오기 때문이다. 목극토의 작용이다. 관(官)을 친다는 뜻의 상관(傷官)은 그야말로 조직생활을 해친다. 상관이 있으면 관찰력은 있지만 말을 직설적으로 하는 단점이 있다. 세력도 약한 깍두기 처지의 아웃사이더가 갑자기 편관의 센 기질과 상관의 신랄한 화법을 시전했다가는 수습도 못한 채 분위기만 냉각시키게 된다. 일이 커지거나 꼬일 때도 많다.

　나는 언제나 식상과 관성의 두 강력한 기운이 팽팽한 줄다리기를 하는 긴장 상태에 있다. 이 때문에 종종 모순적 행동을 하거나 갈팡질팡하거나, 결정 장애, 활동 정지의 상태에 처한다. 나를 드러내 봤자 손해가 더 심하니 점점 뒤로 물러나고 숨었다. 나서지는 않으면서, 다 알고 있다고 생각하며 혼자 이

관성과다 얌전한 척 착한 척 척하는 인생 고군분투기

런저런 판단을 해본다. 쟤가 이기적이야, 쟤가 속였어, 쟤 속상할 텐데… 등등. 성격은 계속 변해도 사주의 특징이 반영된 이런 기질은 바뀌지 않고 세상과 관계 맺는 틀이 되었다.

이분법에 갇힌 영웅

실제로 나서지는 못하면서 부조리를 해결하고 싶은 욕망은 영웅이 되는 걸 꿈꾸게 한다. 내게 진정한 영웅은 투쟁에서 승리하는 영웅이 아니라 희생하는 영웅, 고난을 당하면서도 저항의 의지만은 꺾지 않는 영웅이다. 나는 내 안에 실로 고귀한(!) 희생정신이 있다는 걸 발견했는데, 지금도 생생히 기억하는 장면이 있다. TV로 〈뿌리〉라는 영화를 볼 때였는데, 나는 흑인노예들의 비참한 현실에 경악하다가, 끊임없이 탈출을 기도하는 반항적인 노예에게 가해지는 고문을 보면서 목을 놓아 울었다. 좁은 방에서 같이 영화를 보던 부모님과 언니들은 내가 울음을 그치지 않자 시끄럽다고 나가서 울라고 했고, 나는 군말 없이 옆방으로 가서 벽에 기대앉아서 계속 울었다. 뒷이야기의 전개가 궁금하기보다는 내 마음속에서 일어나는 분노와 슬픔의 크기에 놀랐고 압도되었다. 그렇다. 압도되었다! 그 순간엔 자유를 억압받는 사람들, 세상의 악에 의해 괴롭힘당하는 사람들의 고통에 공감했다. 내가 뭔가 함께할 수만 있다면 목숨도 아깝지 않았다. 내 사주팔자의 관성이 가지고 있는 '정의감'이 이 순간 처음으로 강력하게 나를 '극'하면서 뒤흔든 것 같다. 나는 내 안에서 증폭되는 감정에 동요하면서 나도 그런 삶을 살아야겠다고 생각했다. 이후로도 독립운동에서 비폭력투쟁에 이르기까지 투쟁하는 영웅의 삶이 주는 감동은 종종 나를 뒤흔들었다.

그런데 문제는 이런 영웅의 출현은 반드시 세계의 악이나 부조리를 전제한다는 점이다. 난세에 영웅이 난다고 했던가. 영웅이 되고 싶어서 난세를 바라는 어린아이처럼, 정의를 구현하려면 정의롭지 못한 압제자가 먼저 있어야 한다. 전체 분위기를 파악하려는 나의 성향은 힘의 관계를 관찰하고는, 힘을 가진 쪽을 나쁜 쪽으로, 당하는 사람을 착한 쪽으로 구분하고 약자의 편에 서는 것이 선한 것이라고 여기는 세계관을 갖게 되었다. 물론 선함의 기준은 나다.

내가 첫번째로 대항한 대상은 우리 가족이었다. 죽은 참새를 들고 와서 묻어 주려는 나는 천사 같은 어린이고, 말리는 엄마와 징그럽다는 언니는 나쁜 사람들이다. 거지를 보고 적선하려는 나는 착한 사람이고, 그런 나를 쓸데없는 짓 한다며 혼내는 엄마는 인정 없는 사람이다(나는 인성이 없어서인지 엄마 말을 무척 안 들었다). 하지만, 나는 내가 하는 나쁜 짓에는 관대했다. 부모님의 가게에서 수시로 돈을 슬쩍하기도 했고, 거짓말을 하기도 했음에도 나는 여전히 착한 사람이었다. 왜? 관성이 많은 사람은 반성도 잘한다. 남을 평가하는 것보다 더 많이 자기를 평가하고 자기가 어떤 사람인지 신경 쓴다. 사실 반성 만큼 자신을 괴롭히는 것도 없을 것이다. 반성과 양심의 가책으로 괴로우니, 착한 사람이 된 것 같은 '느낌'이 든다.

이렇게 나만을 선하고 옳은 위치에 놓고, 그렇지 않은 사람을 악으로 상정하는 세계관은 독단적인 성격으로 점점 변질되어 갔다. 세계를 선과 악으로 구분하고, 나를 항상 핍박받는 위치에 놓으며 항의하고 성토한다. 약자와 강자, 착한 사람과 나쁜 사람, 정의와 부정의. 이 대립각에서 나는 항상 도덕적으로 흠결 없는 삶만이 투쟁의 명분과 근거가 될 수 있다고 생각한 것 같다. 한때, 가난이 마치 '선'(善)인 양 호도될 때는 돈을 많이 벌어서 가난을 벗어나고 싶다고 바라는 대신, 끝까지 청빈하게(=가난하게!) 꼿꼿하게 살아야 한다고 생각도 했다.

하지만 욕망은 하나가 아니다. 나는 잘 먹고 잘살고도 싶다. 또 식상의 자기표현 욕망은 식욕, 성욕에서부터 예술적 재능의 끼를 발휘하는 영역까지 광범위하다. 편관은 이런 관리안 되는 욕망들과 충돌하면서 점점 이념적으로 변해 갔고, 그이념은 교도관 같은 눈으로 자신을 감시했다. 그러나 명예를 중시하고 사회적으로 보편적인 선을 추구하기에 자신이 옳다는 명분에 집착하며 스스로를 괴롭히고 있다는 자각을 못한다.

'그분'이 알아준다 — 관성의 정신승리

자기를 희생해서 수많은 사람을 구하는 사람 중 으뜸은 예수님일 것이다. 열두 살 때부터 언니를 따라 성당에 다니기 시작했는데, 예수님의 수난의 길을 따라가는 것이 너무 거룩하고 숭고하게 느껴졌다. 예수님이야말로 투쟁하는 선한 사람의 최고봉 아닌가! 나는 두 손을 모아 가난한 사람들이나 전쟁으로 고통받는 사람들을 위해 진심을 다해 기도했다. 기도를 마칠 때는 이토록 희생정신이 강하고 착한 스스로에게 만족감을 느끼며 눈을 떴다. 기독교는 나 같은 아웃사이더 외톨이로 하여금 도덕성으로 자기의 자존심을 지키고, 그걸 자기방어의 힘으로 이용할 수 있게 했다. 이렇게 나는 혼자만의 '정신승리'의 성벽을 높이 쌓아 갔다. 니체가 말한 노예의 삶이 바로 이런 것일 게다. 양심의 가책과 죄의식으로 한없이 쪼그라들면서, 정신승리만으로 의기양양한 약자들 말이다.

대학생 때, 주일학교 교사 활동을 하던 어느 날이었다. 신부님께서 내게 수녀를 하면 어떻겠냐고 물으셨다. 당시 부모님은 성당을 다니지도 않으셨는데, 신부님은 엄마에게까지 전화해서 가브리엘라(나의 세례명)가 수녀가 되는 것에 대해 생각해 보시면 좋겠다고 말씀하셨다. 나는 그것만으로 마치 나의 '착함'이 '옳음'으로 증명된 것만 같아서 기분이 좋았다. 나는 당시에 뭘 하든 엄마와 대립각을 세우며 엄마를 무시하고 내가 엄마보다 도덕적으로 낫다고 생각했다. 봉사활동이나 학생운동 같은 걸 하고 다니면 실속 없는 짓을 한다고 꾸지람을 하셔서, 엄마를 잇속만 따지는 계산적인 사람이라고 생각했다. 나는 당시 수녀가 되는 삶을 정말로 진지하게 받아들이지도 않았으면서 왜 그렇게 그 사건을 선명히 기억하는지 이번 기회에 곰곰이 생각해 보았는데, 나를 인정해 주지 않고 매일 혼만 내는 엄마에게 신부님이 적극적으로 전화까지 해서 제안한 것이 마치 신부님이 내 편을 들어 준 것만 같았나 보다. 엄마가 안 알아주는 나의 도덕적 정당성, 우월감을 독보적으로 높은 존재가 인정해 주는 것처럼 느꼈던 것이다.

아무튼, 나는 수녀가 되지 않았고 수녀원 근처에도 안 갔다. 신부님이 소개해 주려는 수녀원은 폐쇄수녀원이었고, 한 번 들어가면 죽어서야 나오는 곳이라고 했다. 평생 기도만 하면서 사는 수녀원이라니! 관성이 발달한, 사회적 활동 욕구가 강한 사람이 상상할 수 있는 곳은 아니었다. 게다가 신부님이 나를 그런 곳에 보내려고 한 이유를 듣고서 반감이 생겼는데, 바로 내가 학교에서 이상한 서클 활동을 하면서 불온한 사상을 배우고 술을 마시고 데모를 하며 돌아다니기 때문이라는 것이다. 성당 활동과 학교 동아리 활동에 한쪽 발씩 담그고서 이도 저도 아닌 활동을 하며 방황하던 차에, 이때를 기점으로 신부님을 피해 다니고, 성당을 잘 안 나가게 되었다. 그런데 지금 돌아보니, 당시에도 나는 이 보수적인 신부님보다 내 안에 더 고귀한 신앙심이 있다고 생각했고, 내가 옳다고 생각했던 것 같다. 사회의 악에 눈 감고 귀 막은 신부님의 성당이 아니라 '낮은 곳으로 임하려는' 활동에 주님이 계신다고 말이다. 관성의 정신승리는 무적이다. 신부님의 권위에 기대 엄마를 이기더니, 이젠 상상 속 예수님의 권위에 기대 신부님도 이긴다. 아마도 이런 우스운 도덕적 우월감이 내 인생을 병들게 한 가장 큰 단점이었을 것이다.

분노했지만 공부하지 않았던 이십대

나는 그렇게 성당을 떠났으나 꼭 수녀가 안 돼서, 신부님을 피해 다니느라 그런 건 아니다. 그저 당시 친구들과 술 마시고 어울리느라 바빴고, 학교에서 새로 만나게 된 활동이 내 편관의 정의감을 훨씬 더 많이 자극했기 때문이었다. 현실에는 추상적인 악이 아닌, 실제의 압제자가 있었다. 제국주의가 쌀 수입을 강요하고, 친미정권이 통일운동을 억압했다. 당시의 이슈를 떠올려 보면 '우루과이 라운드'밖에는 기억나지 않지만, 아무튼 이런저런 쟁점들마다 고통받는 사람들 편에서 열심히 뛰어다녔다. 쌀개방의 위협에 농민들이 극단적 선택을 하거나, 누군가 데모하다 끌려갔다는 소식을 들으면 어릴 때 압도되었던 내 안의 커다란 분노와 슬픔에 불이 붙었다.

이 정도로 사회의 부조리에 눈을 떴다면 세상이 어떻게 움직이는지 궁금했을 법도 하다. 부조리하다고 느낀다면 '왜 부조리한가?', 부정의하다고 느낀다면 '정의란 무엇인가?' 등등. 하지만 응당 탐구하여야 할 역사와 사회과학, 철학 분야의 공부는 진지하게 임해 본 적이 없다. 다른 운동권 학생들은 철학서, 역사서를 읽고 토론했지만 내겐 그런 게 다 부차적으로 느껴졌다. 왠지 사상 주입이 될 것도 같고, 나는 이미 충분히 분노할 준비가 되어 있으니 굳이 안 해도 된다는 게으름이었다. 다른 공부는 몰라도 이때 공부를 안 한 건 지금도 후회가 된다.

사주 평계를 대자면, 내겐 공부에 해당하는 인성(印星)이 없어서라고 변명을 해본다. 관성의 힘은 자연스럽게 인성을 낳는다. 이건 참 당연한 이치다. 책임감이나 정의감, 사회적 관계를 잘 맺으려는 노력은 나를 극하는 동시에 지성의 필요성을 절감케 한다. 관성이 인성을 거쳐 일간으로 돌아온다면 정의감과 책임감이 한 사람을 지혜롭게 성숙시키는 힘으로 작동한다는 거다. 그렇게 지성으로 수렴되었을 때 비로소 자신을 새롭게 바꾸어 낼 수 있는 것이다. 공부야말로 존재를 변신시키는 힘이다. 그 과정이 없다면 관성은 글자 그대로 살(殺)이 되어서 분노와 좌절의 무한반복이라는 형벌로 일간을 가둬 버린다. 불행히도 내가 그렇다는 말이다.

19세부터 28세까지의 이십대 청춘을 무자(戊子) 대운으로 보냈다. 무토는 양간(陽干)으로 나한테는 또 편관이다. 엎친 데 덮친 격이니 말해 무엇하랴. 인성으로 설기(泄氣)되지 않은 강력한 편관의 힘은 직통으로 나를 때리면서 나에게 두 주먹 불끈 쥐고 뛰쳐나가야 한다는 신호를 주었고, 나는 그런 울끈불끈한 정의감에서 힘을 얻었다. 졸업 후 사회에 나가서는 다시 가톨릭으로 돌아가 청년회에서 평화운동을 했다. 하지만 이제는 어떤 성당에 나가는 게 아니라 거리의 시국미사를 쫓아다녔다. 부안으로, 평택으로, 광화문으로…. 그러나 나이가 들어서도 여전히 빈 머리 뜨거운 가슴이었으니, 누군가의 뒤꽁무니만 쫓아다닐 뿐이었다.

편관 여성이 선택한 강한 남자

명리 책에 소개된 일간 분석, 격국 분석, 대운 분석 등등을 읽을 때마다 무릎을 치며 '정말 맞네, 귀신이네!'라고 감탄했는데, 육친 분석의 관성 부분을 읽으면서는 왠지 가슴이 서늘해졌다. 그 불길한 단어들이 너무 딱 들어맞았기 때문이다. 바로 연애와 결혼에 관한 분석이었다. 소싯적에 어떤 분이 내 손금을 봐 주었는데, 내가 두 번 결혼할 운명이라고 했다. 내심 불쾌했지만, 어쩌랴? 웃고 넘어갔었다. 십수 년 후 명리를 배웠더니 여기서 또 그 소리가 나왔다. 관성이 일간과 맺는 육친관계는 남녀의 경우가 다른데, 여자에게 관성은 남자관계를, 남자에게는 관성이 자식과의 관계를 나타낸다. 관성은 음양을 나누어 편관과 정관으로 구별하고, 전통적으로 해석하면 여자에게 정관은 남편을 뜻하고, 편관은 남편 외에 다른 남자를 뜻한다. 그래서 편관격인 여자는 남자관계가 복잡하기 때문에 결혼상대로 꺼린다고 한다. 별로 반가운 소리는 아니었다. 현대에는 그렇게 부정적으로만 보지는 않는다고 하는데, 여성에게도 사회생활이 열려 있어서 관성이 반드시 남자만 뜻하는 건 아니기 때문이고, 또 남자관계가 복잡한 것이 생계나 평판에 미치는 영향이 옛날보다 적기 때문이다.

아! 편관의 스크럼이여, 편관 여성의 이혼 가능성은 손금에서도 이미 들은 적 있었던바, 사주에서 다시 들었을 땐 확인 사살과도 같은 것이었고, 왠지 불만족스럽던 남편에 대한 감정을 부추기는 것이었다. 하지만 이번엔 옛날에 손금 봐 준 사람에게 얘기를 들었을 때와는 사뭇 다른 마음이 들었다. 젊어서 그 얘기를 들었을 땐 '세상에! 내가 결혼을 실패한다니! 지금 남자친구도 없는데 그럼 장차 헤어질 사람이랑 만나게 된다는 건가?'라며 마음 한구석이 불안했었더랬다. 헌데, 마흔 줄에 그런 얘기를 들으니 '어쩐지 안 맞더라니…'라는 생각이 올라오며 이혼을 해야 할 것만 같고 운명대로 살 수밖에 없을 것 같았다.

사실, 운명에 관한 많은 신화와 이야기들은 인간은 결코 운명을 피할 수 없다는 메시지를 시사하곤 한다. 마치 누군가를 그림자처럼 뒤쫓아다니는 운명이란 놈이 어떻게든 달아나는 그를 그물에 걸어 버리는 것처럼 말이다. 하지만, 이혼수라는 '신탁'을 받은 두 시기의 마음을 비교해 보면서 웃음이 픽 났다. 운명이 따로 있는 것이 아니라, 내가 원하는 일이 일어나는 것 아닌가? 운명은 바로 내 욕망에 다름 아니지 않은가? 내가 그러고 싶어서, 또는 상황이 그럴 수밖에 없어서 어떤 선택을 하는 거라면 운명을 두려워할 이유는 없지 않은가. 나는 편관 여자가 남자를 선택하는 경향성에 관해 읽으며 운명학 공부의 묘미를 깨달았다. 내가 선택해 온 삶인 줄 알았지만, 결국 우리는 운명의 손바닥 안에서 놀고 있다는 것, 그러나 두 관점을 합쳐 다시 말하면 우리는 운명이라는 배치 안에서 항상 본성에 따른 최선의 선택을 하면서 살고 있다는 것이다. 과거를 후회하거나 미래를 불안해할 필요가 없다. 그 상황에서 가장 나다운 선택을 할 뿐이니까.

관성이 강하면 남성과 강렬하게 접속하길 욕망한다. 그리고 강한 남자를 좋아하게 된다. 강한 남자란 여성의 기준에 따라 다 다를 것이다. 지적인 강인함일 수도 있고, 근육질의 힘이 센 남자일 수도 있다. 어쨌든 자신의 기준에 맞는 '강한' 남자를 만나야 관성의 강렬한 기운을 쓸 수가 있다.(안도균, 『운명의 해석, 사주명리』, 북드라망, 2017, 298쪽)

그렇다, 바로 이런 경우다. 남편이야말로 내가 로망하던 강한 남자였다. 서른 즈음이었다. 나는 전남친에게 계속 질척거리면서도 회사 상사가 주선하는 맞선을 보는 등, 결혼을 못 할까 봐 불안해하며 하루하루 인생의 흑역사를 써 나가고 있었다. 보다 못한 친구가 소개팅을 시켜 주었는데, 과거 학생 때 무려 사수대 '대장'을 했었고, 당시 직장을 다니며 지역 청년회 활동을 열심히 하고 있던 사람이었다. 부연하자면, 대학생 시절, 학교마다 사수대라는 집단이 있었다. 가두집회를 나갔을 때, 전경과 대치하게 될 경우를 대비한 자위대 같은 것인데, 보통 손수건으로 얼굴을 가리고, 쇠파이프를 휘두른다. 지금은 대학생이 깡패처럼 이러고 있는 걸 상상도 못 할 테지만, 당시엔 이런 애들이 흔하게 있었다. 가두집회를 나가면 다른 학교 사수대의 모습도 볼 수 있는데, 그들이 줄지어 뛰어가면 우레 같은 함성소리가 들렸다. 왠지 다른 학교 사수대들은 더 멋있어 보였다.

소개를 받았던 당시, 남편은 나와 마찬가지로 회사생활과 청년회 활동 등을 의욕적으로 하고 있던 평범한 청년이었다. 하지만 마치 수수해 보이는 사람이라도 재벌집 자식이라는 배경을 갖고 있다는 걸 알면 항상 부자로 보이듯, 나는 이 사람이 길도 잘 알고, 뜀박질만 잘해도 무슨 전사처럼 보였다. 아스팔트 위를 뛰어다니고 대오를 호령하는 아우라를 상상했던 것이다. 게다가 아는 것도 많아 이런저런 정세분석을 하며 우리가 뭘 해야 할지 뚜렷한 방향을 설정해 주었다. 여전히 빈 머리 뜨거운 가슴이었던 내 기준에 최고로 강한 남자는 바로 이 남자였다!

도덕이라는 이미지의 덫

물론 이런 콩깍지는 금세 벗겨지게 마련이어서 계속 그런 환상을 갖고 있었던 건 아니다. 남편은 성격이 좀 싸늘하기도 했고, 공감능력은 제로였으며, 나서는 걸 극도로 싫어하는 나와는 정반대로 튀는 걸 좋아해서 당황스러운 적이 많았다. 어쨌든, 남편이나 나나 결혼적령기를 넘기고 싶지 않아서 그냥저냥 결혼을 하나 싶었다. 그러다 결혼을 준비하는 과정에서 남편은 자신의 경제사정을 고백했는데 월세 보증금마저 까먹고 있을 정도로 모아 둔 돈이 한 푼도 없을 뿐 아니라 주식으로 인한 빚만 있다는 것이다. 직장마저 문제가 있었다. 여태까지 경제사범(국가보안법이 아니고!)으로 감방에 들어간 선배의 회사에서 폐업 뒤치다꺼리를 (아마도 무보수로) 해왔었고 거의 마무리가 돼서 이제 막 다른 직장으로 이직을 했던 것이다. 놀랍고 난처했다. 하지만 오히려 나를 고민하게 한 건 차갑고 퉁명스럽기까지 해서 소통이 안 되기 시작한 남편의 성격이었다. 성격도 안 좋은데 경제관념도 꽝에다 결혼을 할 수 없는 경제 상황이라 그냥 헤어져도 이상할 것도 없었다.

그런데 정말 이상하게도 나는 여러 가지 고민을 하면서도 결혼을 기정사실화하고서 하나씩 준비를 해나갔고, 결혼을 했다. 당시 나는 이런 생각을 했다. '돈이 없다고 남자를 버리는 짓은 돈만 밝히는 심순애와 같은 짓이다. 어떻게 돈 따위에 사랑을 사고 팔 수 있으랴!' 그때 나는 남편이 조금 불쌍하기도 했고, 힘이 되어 주고 싶었다. 사실, 성격이 안 맞는 이유만으로도 충분히 헤어질 수 있는 일이건만, 남편의 경제 형편을 함께 떠메고 가기로 결심한 이상 결혼은 내게 '해야만 하는' 사명감처럼 느껴졌다. 물질보다는 정신이 고귀하고, 정신(사랑)이 승리한다는 걸 증명해 보이고 싶었던 걸까? 아무리 그런 순진한 생각을 한다 한들 남편과의 성격차로 사랑에 의구심을 품고 있던 차에 뭘 증명한다는 건지? 하지만 위기를 함께 헤쳐 나가야 한다는 절박함은 그런 문제들을 사소한 것으로 치부하게 만들었다. 돈 때문에 헤어지는 것처럼 보이고 싶지 않았다.

어쨌든, 나는 양쪽 부모님께 인사도 드렸고, 잠까지 잔 마당에 그냥 결혼하자 싶었다. 지금에 와서 나의 결혼 과정을 천천히 돌아보면, 내가 얼마나 도덕적 이념의 노예였던가를 알 수 있는데, 그 와중에 순결 강박도 있었던 듯하다. 그땐 그냥 사랑해서 결혼하는 거라고 생각했지만, 나는 사실 평판과 체면이라는 사회적 시선을 의식했다. 웃기는 건 아무도 그런 잣대를 들이대지도 않았고, 나도 그 사실을 안다는 거다. 하지만 나는 이미 그런 시선들을 내면화한 지 오래였다. 돈 때문이건, 성격이 안 맞건, 구닥다리 순결의식이건 아무도 따지지 않는데도, 나는 '그런 사소한(!) 문제 때문에 하기로 한 결혼을 깰 필요는 없지 않나?'라며 그런 그물들에 걸려 드러난 여러 문제들을 모른 척했다. 그러나 지금 돌아보니 내가 걸려 있던 가장 큰 그물은 착한 사람, 의리 있는 사람이 되어야 한다는 도덕적 이미지의 덫이었다. 당시에는 그런 현실적인 문제들만 보였기 때문에, 그 현실적 장애들을 무시하고 열심히 살아왔다고 생각했지만, 허황된 이미지를 붙잡고서 다른 걸 다 무시하는 내가 바로 가장 큰 구멍이었던 것이다.

내 편관 중 두 글자가 진토(辰土)다. 용은 12지지를 나타내는 동물 중에서 현실의 동물이 아닌 유일한 동물이다. 진토의 상징은 이상(理想), 비현실, 동기 부여, 승천, 과감한 결정, 체면치레, 인내심 등이다.(안도균, 『운명의 해석 사주명리』, 220쪽) 이것들이 나를 힘들게 하는 '살'(殺)들의 내용이다. 나는 아직도 이상주의자이며, 예전만큼의 치기는 아니지만 그것을 중요하게 여기며 산다. 욕망의 배치가 그러하니까. 그러나 이제 그 이상이 정말 현실의 나와 얼마큼 연관이 있는지, 체면치레 때문에 사소하게 치부하거나 그냥 참고 있는 현실적인 문제들은 없는지 살펴야 한다. 그것들은 지금도 내게 끝나지 않는 과제이며, 죽을 때까지 노력해야 할 것이다. 진토의 이상주의가 허황된 껍데기가 되어 삶을 뒷전으로 밀려나게 하지 않으려면 말이다.

나는 남편이 나의 감정에 무감각하다는 사실 때문에 맨날 싸웠지만, 그런 사람인 걸 알고도 선택해서 산 내가 바로 내 감정에 무감각했다. 편관과다의 여성은 남편이 그녀를 힘들게 하는 것이 아니라, 자기를 힘들게 하는 남자를 선택하고야 만다. 그것도 다 자기의 욕심이다. 결국 운명은 바깥에서 나를 덮치는 것이 아니라, 내가 그렇게 사는 것이다. 나는 이런 결혼생활을 원하지 않았다고 주구장창 외쳐 왔는데, 사주명리를 배우고서야 알았다. 모두 내가 원했고 나의 선택이었다는 것을.

괴강의 흉폭함이 폭발하다

강렬함이 사라진 남자에 대해, 편관이 강한 여성은 미련이 없다고 한다. "그 힘이 허세로 느껴질 때는 좋아하는 마음도 반감될 것이다. 그러면 그 남자와 관계를 유지하는 것을 견딜 수가 없다."(안도균, 앞의 책, 299쪽) 쇠파이프를 휘두를 때의 용맹함은 후배들에겐 믿음직한 모습이 되지만, 결혼생활엔 전혀 도움이 되지 않는다. 남편은 선후배를 만나면 활발했지만 집에선 게을렀고, 남들은 박장대소하는 유머에도 나는 모욕감을 느낄 때가 많았다. 남편은 다른 사람에게 자기 것을 줘 버리거나 양보하는, 좋게 말하면 배포가 큰 사람이었기 때문에 가족들이나 다른 사람들 앞에서 부인을 제쳐 두거나 무시하는 게 남자답다고 느끼는 듯했다. 나는 자존심에 상처 입을 때가 많았다.

관성이 발달한 사람은 관계 속에서 자기 정체성을 확인한다. 나는 사람들 앞에 나서는 걸 싫어하고 소극적이면서도 언제나 사람들의 시선을 의식했다. 그렇다고 남들 앞에서 잉꼬부부 연극을 할 생각은 없었지만, 남편은 유독 나와 둘이 있을 때보다 다른 사람 앞에서 나를 무시했고, 내겐 그게 더 허세의 연극처럼 느껴졌다. 친구나 동네의 선배 엄마들은 남자들은 다 그렇다면서 잘 받아 주라고 했다. 하지만 나는 그런 말들에 공감이 되긴커녕 화가 났다. 남자들은 그럴 때 보면 어린애 같다는 둥, 큰 아들 하나 더 키운다고 생각하라는 둥, 그런 말들이 역겹고 징그러웠다. 강한 남자에게 끌려 선택했건만, 어린애나 아들처럼 달래 가며 잘 살아 보라니!! 편관여성에겐 불가능하다. 물론, 이 말은 너른 마음으로 포용하라는 의미라는 건 알지만, 그 비유적 표현에 공감되지 않았고, 포용하고 굽히는 것은 내 좁은 소견머리로는 쉽게 할 수 있는 것도 아니었다.

임(壬) 일간 밑의 일지 진(辰)은 편관이기도 하지만 임수와의 관계는 괴강이라는 신살을 이루기도 한다. 괴강은 제압하는 힘이 강하고 흉폭한 기질을 쓰기도 한다. 그러니까 임진 일주는 돌발적이고 극단적인 편관의 기질 위에 괴강의 기운이 살벌하게 서렸다고 할 수 있다. 역시나 그랬다. 나는 화가 나면

관성과다: 얌전한 척 착한 척 척하는 인생 고군분투기

눈빛과 입으로 엄청난 에너지(독기)가 쏟아져 나오고 흥분하면 물불을 안 가린다. 나는 남편에게 내가 자존심 상했던 만큼 되갚아 주려 했고, 단 한마디도 지지 않으려 했다. 말로만이 아니라, 마음 깊은 곳에서 남편을 얕잡아보며 그의 허세와 위선을 철저히 깔아뭉갰다. 아… 누가 이런 여자와 살고 싶겠는가. 이런 경우엔 남편 쪽에서도 이 여자와는 못 살겠다고 두 손 두 발 들고 나오기 마련. 팔자가 세질 수밖에 없다.

하지만, 남편은 인내심(!)이 강한 사람이었고 우리는 아직까지도 같이 살고 있다. 따져 보면 남편이 잘못한 건 없다. 원래 좀 뻣뻣한 사람이었고, 결혼 후에도 뻣뻣했는데, 내가 그게 싫어진 거다. 쉽게 생각했던 가난도 싫었고, 남편과 싸울 때마다 내가 희생했다는 생각에 억울해했다. 중간에 다시 한번 몰래 한 주식으로 인한 부채가 늘어났을 때, 나는 남편에게 증오에 가까운 감정을 느꼈다. 소설 『안나 카레니나』에는 이런 장면이 나온다.

'그렇다면, 나도 내가 해야 할 일을 알고 있다.' 그녀는 생각했다. 가슴속에 치밀어 오르는 막연한 분노와 복수의 욕구를 느끼면서 그녀는 이층으로 뛰어올라갔다. '내가 먼저 그이를 찾아가야겠다. 영원히 갈라지기 전에 깨끗이 그이에게 말을 하리라. 아아, 나는 여태까지 한 번도 누군가를 이토록 미워해 본 적이 없다!' 그녀는 생각했다. 모자걸이에 걸린 그의 모자를 보고서도 그녀는

혐오로 몸을 떨었다.(레프 톨스토이, 『안나 카레니나』 3, 박형규 옮김, 문학동네, 2010, 413쪽)

　안나는 많은 것들을 버리고서 선택했던 남자를 너무나 미워하게 된다. 왜 사랑은 금세 미움으로 변하는 걸까? 그건 본래 사랑이 아니라 기대였기 때문이다. 안나는 상대를 열렬히 사랑했다고 생각했지만 사실 그녀가 사랑한 건, 사랑받고 있는 자신이었기 때문이다. 자신을 숭배하고 영원히 변치 않는 사랑을 끊임없이 퍼부어 줄 남자를 원했으나, 그 욕구가 채워지지 않자 열정이 혐오로 바뀐다. 이 남자를 선택함으로써 잃어버린 사회적 명예와 아들을 생각하며 자기 연민에 사로잡혔다. 결국 원망이 깊어지자 복수를 위해 자기를 처참히 던져 버리는 파국으로 치달았다. 그러나 처음부터 안나에게 사랑이라는 말은 전혀 어울리지 않았다.

　나 역시도 남편을 사랑했다거나, 남편을 위해 희생한 것이 아니었다. 그저 내 편관의 기질대로 강해 보이고 근사해 보이는 사람에게 꽂혔고, 또 운동권이었다는 과거의 스펙(?)을 이어 주는 결혼생활로 남편이 나를 이끌어 주길 바라며 나의 빈 머리를 의지했고, 궁핍한 경제생활을 개선시키고 있는 나의 노력과 희생을 알아주기를 바랐다. 나 역시 안나처럼 온통 나만을 중심에 두고, 남편이 내 커다란 욕심과 인정욕망을 채워 주기만을 기대했던 것이다. 그리고 나의 허황된 야망이 현실

　관성과다: 얌전한 척 착한 척 척하는 인생 고군분투기

의 생활에서 실현되지 않자, 그 좌절은 남편에 대한 분노가 되었다. 싸움도 미움도 습관이 되었다. 불화가 지속되자 처음의 폭발력은 사라지고, 우리 부부는 서로에 대해 고도의 인내심을 발휘하며 그냥저냥 살아갔다. 바로 인생을 갉아먹는 권태 부부로 말이다.

운의 변용 : 다르게 살아 보자

편관이 강한 여성은 한 남자에게 만족하지 않는 성향이 있다. 혹은 배우자에 대한 권태를 장사나 조직생활로 보상하려 한다.(안도균, 『운명의 해석 사주명리』, 299쪽)

배우자에 대한 불만족이 장사나 조직생활로 보상된다고? 명리를 몰랐다면 이런 연결은 굉장히 엉뚱해 보였겠지만, 사실 이 내용은 내가 남편과의 불화와 권태에도 불구하고 이 성격으로 지금까지 살고 있는 이유를 설명할 수 있는 가장 정확한 분석이다. 관성이 대체 뭐길래?

관성은 사회적 욕망의 자리다. 옛날엔 여자의 사회적 욕망은 남편을 통해서 실현되었다. 여성은 관직뿐 아니라 다른 사회적 지위를 얻을 수 있는 통로가 거의 없었고, 결혼 전에 자기 집에서 아무리 사랑을 받을지라도 그 집을 떠날 존재기 때문에 친정 집안 문제에도 개입할 여지는 없었다. 여성은 결혼을 하면 시댁이나 남편의 명망에 따라 자신의 사회적 운명이 결정됐고, 그 집안의 서열과 위계에 편입된다. 오랜 기간, 전근대 시대까지도 사주명리를 발달시켜 온 동양의 문화는 이러한 분위기였다. 남자는 양의 기운으로 밖으로 나가 세상을 경륜하고, 여성은 음의 기운으로 집안일을 관장한다. 그래서 여성의 관성 자리는 남편이자 사회, 조직, 위계, 관계, 인정욕망 등이 차지한다. 중국의 고전소설 『홍루몽』을 보면, 어마어마한 규모의 거대 가문을 이끌어 가는 여성들의 활약과 욕망을 엿볼 수 있다. 현대적 의미의 사회생활보다도 더 박진감 넘치는 관계와 승부, 성취의 세계가 집 안에서 펼쳐진다.

하지만 지금은 세상이 싹 달라졌으니, 핵가족의 등장과 여성 지위의 변화에 따른 영향을 가장 많이 받은 명리 해석이 바로 여성의 관성에 관한 해석일 것이다. 대가족은 조각조각 흩어져 여성들은 이제 경영할 가문이 없다. 대신 여자는 남자와 똑같이 교육을 받고 사회에 나가 일도 하고, 경쟁도 하고, 이름도 날린다. '여자 팔자 뒤웅박 팔자'라는 말이 이제는 구시대적 언표가 되었단 거다. 그래서 관성이 센 여자를 두고 팔자가 세다고 하거나 드센 기질로 한 남자로 만족하지 못한다는 해석을 함부로 하지 않는다.

나는 결혼하고 얼마 후 회사를 그만두고 육아와 살림을 하며 경력단절 여성이 되었는데, 운동권 경력(?) 또한 거기서 끝이었다. 결혼 전에 남편과 함께 동네에서 진보정당 활동을 시작했었는데, 아이를 키우면서는 정당 활동이 여의치가 않았다. 일단 내가 갖고 있던 이상이 현실생활과 너무 괴리되었기 때문에 그런 활동들이 공허하게 여겨졌다. 노동자·농민이 잘 사는 사회가 좋은 사회라고 외쳐 왔는데, 정작 나는 졸업 후에 농부가 되지 않았고, 회사생활을 하면서도 나를 내 관념 속의 '노동자'와 일치시키지 않았었다. 환경을 생각하는 먹거리가 중요하지만, 한 푼이 아쉬운 형편에는 생협 먹거리도 부담되었다. 하루하루가 내 두 손에 달려 있었다. 나를 움직였던 구호들은 이제 현실과 멀게 느껴졌다. 일상적 삶을 어떻게 살아야 하는지 배운 적도 없고 고민해 본 적 없이 그냥 맞닥뜨린 현실은 아수라장이었다.

활동이 점점 잦아든 건 예전에 편하게 같이 활동하고 술도 마셨던 사람들을 보는 시선이 달라진 이유도 있었다. 저토록 사회의 진보를 목청껏 주장하는 그들은 과연 돈에 대해서, 자신의 일상적 약속에 대해서 얼마만큼 철저할까? 직장도 다니고 애들도 케어하며 남편의 운동을 지원하는 부인들의 하루하루는 어떨까? 저 활동가는 저런 헌신과 지원을 받아 마땅한 활동을 하고 있는 건가? 일상을 다 깔아뭉개고서 무슨 중요한 사안들을 논의하고 회의하는 건지…, 이제는 다 시시해졌다.

하지만 그럼에도 불구하고 나는 계속 사람들을 만나고 싶었고, 뭔가 조직적인 활동을 하고 싶었다. 아이 때문에 활동은 제약적이었지만, 그 조건에서 시작하고 싶었다. 그것이 내 현실이니까. 그래서 종종 육아정보를 얻던 인터넷 맘카페를 통해 가까운 지역의 아기엄마들을 모아서 품앗이 육아를 시작했다. 모임의 취지에 공감하면서 아기를 안고 온 사람들이 첫 모임에 10명이 넘었다. 그냥 동네 아기엄마들의 마실 같은 모임이었지만, 육아로 인해 여러 관계에서 단절된 고충을 우리끼리의 연대로 풀 수 있었다. 함께 책도 읽었고, 아이들의 먹거리에 대해 세미나도 하고, 당시 최대 먹거리 이슈였던 광우병소고기 집회에 나가기도 했다. 이 모임은 몇 년 후 서울시의 마을공동체 사업으로 발전했다. 이것은 줄곧 누군가의 뒤꽁무니를 따라만 다녔던 관성의 욕망이 처음으로 스스로의 현실조건에서, 스스로의 힘으로 실현되었던 경험이다. 남편과의 문제, 육아의 어려움이 있던 신혼의 터널을 나는 이렇게 관성의 힘으로 지나갔다.

명리는 운명이라는 틀과 내 선택이 둘이 아님을 보여 준다. 외부에 운명과 팔자가 따로 있는 게 아니라 다 내 선택이고 욕망이라는 것을 깨달았는가 했더니, 이번에는 금세 인생의 행로를 선택하는 게 '내'가 아니었다는 발견을 하게 되는 것이다. 모순인 것 같지만 그게 사주명리의 과학이다. 그저 기운들의 부딪힘일 뿐, 거기에 '나'는 없다. 여덟 글자의 오행의 기운은 한 사람의 치우친 성향을 만들었고, 매년, 매달, 매일 새로운 우주의 기운이 그 타고난 기운과 접속하여 새로운 욕망을 만들어 낸다. 내가 선택한 게 아니라 천지만물의 기운들이 서로 부딪쳐 어떤 사건들을 펼쳐놓는데, 그 현장이 바로 내 몸인 것이다.

그중 가장 힘이 센 것이 10년마다 오는 대운의 변화다. 내가 왠지 결혼할 때가 된 것 같다는 압박감을 느꼈던 29세 무렵이 바로 기축(己丑) 대운이 들어왔던 때다. 기축 두 글자 모두 내게 정관이다. 또, 또 그놈의 관성이지만, 편관이 아닌 게 어디냐. 그 관성의 기운에 힘입어 결혼을 했고, 또 같은 관성의 욕망인 공동체로 옮겨 갔다. 같은 관성의 자리지만 조금만 시선을 돌리면 다르게 쓸 수 있다. 내가 어찌 할 수 없는 운명은 없다. 변용의 가능성이 활짝 열려 있다.

인성 대운의 행운—다른 사람 되기

10년이 지나갈 무렵에 다시 변화가 있었다. 동네 모임에서 그림책을 공부하면서 생전 처음 철학을 접했다. 감동이었다. 그림책을 보고 질문을 찾아내는 사유 훈련이었는데 육아를 하면서 애들과 똑같은 수준의 말, 매일 똑같은 말만 하다가 뭔가 생각이란 걸 하자, 처음 걸음마를 배우거나 글자를 배우는 것처럼 기쁨이 올라왔다. 당연해 보였던 것을 당연하지 않게 봐야 질문이 생긴다. 신기하게도 억지로라도 다른 시선으로 보려고 노력하는 그 시간은, 삶을 갑자기 너무나 품위 있게 만드는 것이었다. 비슷한 시기에 공부 공동체 감이당을 알게 되었는데, 이때부터 맹렬히 공부하고 싶다는 생각이 들었다. 어딘가에 꽉 붙잡혀 있는 것처럼 답답한 내 삶도 품위 있어질 수 있다! 세상엔 분노할 일만 만연한 듯했는데 이제야 내가 보였다. 나 왜 이러고 살고 있지? 당연해 보였던 삶을 다르게 보고 싶었고 다르게 살고 싶었다. 내 안엔 알맹이가 너무 없었다. 이제는 나를 채우고 싶었다.

동네 모임은 둘째를 낳거나 이사 가는 사람이 늘어나면서 점점 작아져 가던 차였고, 나도 좁은 동네를 벗어나서 다른 곳에서 다른 사람처럼 살고 싶어졌다. 그때가 바로 인성(공부와 어머니와 문서의 육친) 대운이 시작된 때였다. 삶의 배치가 확 달라진 것이다. 팔자에 없는 공부를 하게 되었다는 것이 바로 이 경우다. 원국에 인성이 없는 내게 인성 대운은 굉장히 세게 다가왔다.

서른아홉 살에 접속한 공부공동체 감이당. 사회와 공동체에 대한 관성의 관심이 드디어 경인(庚寅)의 인성 대운과 만나면서 공부공동체에 철커덕 발을 들여놓았다(내가 들여놓았다고 할 수 있을까?). 경금은 양의 기운으로 임수에겐 편인(偏印)인데, 편인은 "고도의 사유를 요구하는 철학 같은 분과학에 빠지기도 하고 잡기에 능할 때도 있으며, 의학 등의 전문 분야에도 관심이 많다"(안도균,『운명의 해석 사주명리』, 309쪽)고 한다. 감이당이 바로 편인에 해당하는 공부를 할 수 있는 곳이었다. 딱 1년만 공부해 보자고 육아나 경제활동에 대한 현실 문제를 뒤로 하고 접속했는데, 그 1년간 명리, 『동의보감』, 문학, 인류학 등의 다양한 책들을 두루 접하면서 행복한 비명을 질렀다. 공부를 하면서 즐거워하는 인생이 있다니! 공부가 즐거울 수 있었던 건 아마 다른 데 가서 스펙으로 써먹을 수 없는 공부였기 때문일 것이다. 누가 알아주길 바라는 게 아니라 내가 기쁜 공부다.

아무도 안 알아주는데도 애들이 자는 동안 졸린 눈을 비벼 가며 책을 읽고, 걸어다니면서 낭송 분량을 죽어라고 외웠다. 사람들은 글쓰기가 힘들다고 했지만, 나는 크게 스트레스 받지 않았다. 다들 무섭다는 선생님의 코멘트도 컬처쇼크처럼 새롭게 경험하는 즐거운 공부의 일부였다. 마치 전문영역에 취미로 접근하는 입문자처럼, 심각할 것도 없고 스트레스 받을 것도 없이 마냥 신나게 1년을 보냈다.

그런데 1년만 하려던 공부를 해를 바꿔 가며 이어 오게 된 계기가 있었다(이 계기가 아니었어도 다른 계기가 출현했을 것이다. 대운은 10년이니까). 공부를 시작한 첫해, 마지막 4학기 에세이 발표 때다. 선생님께서 조목조목 차분히 코멘트해 주셨는데(부드러운 이미지가 있던 선생님이셨다) 왠지 떨떠름하면서 혼난 기분이 들었다. 재미있던 공부가 급 심각해졌다. 무거운 발걸음으로 집에 돌아와서도 코멘트로 들은 말이 계속 귓가에 맴돌

왔다. 마음에 걸린 그 한마디는 "샘은 욕심이 참 많으시네요"였다.

욕심이라니! 나는 욕심이 많기는커녕, 욕심이 있다는 말도 처음 들어 봤다. 나에 대해 너무 모르시는 거 아닌가? 아니, 내 글 어디에 욕심이 있단 말인가? 다른 건 몰라도 그건 정말 납득할 수 없었다. 그런데 그날 밤 녹초가 돼서 샤워를 하는데, 샤워기의 물줄기가 나를 둘러싼 위선의 껍데기를 벗겨 버리는 것만 같았다. 내가 물에 씻겨 없어지는 듯했다. 머리는 복잡했지만 몸은 뭔가에 정확히 명중당한 듯, 힘이 스르르 빠졌다. 그 단어가 그토록 귀에 걸려서 안 들어가던 이유는 내가 언제나 도덕성에 집착하면서 남들을, 그리고 스스로를 힘들게 속여 왔기 때문이었다. 착한 척, 정의로운 척, 얌전한 척, 고상한 척, 욕심 없는 척… 눈물이 났고 홀가분함을 느꼈다.

글쓰기가 그제서야 두려워졌다. 글이 가진 진정한 힘이 무엇인지 정말 컬처쇼크로 다가왔던 것이다. 나도 몰랐던 나의 모습이 글에 모두 투영된다고 생각하니 이제 정말로 진지하게 글을 써 봐야겠다고 생각했고, 조금 더 공부를 해보자고 마음먹었다. 이후의 글쓰기는 힘들었다. 글에 내가 그대로 드러난다고 생각하니 자의식이 올라왔고, 또 글로 내 문제를 뚫어 보고자 시도할 때는 내 꼬라지를 돌아보는 것이 힘들기도 했다. 하지만 내가 쓰지 않아도 선생님과 도반들은 내가 어떤 사람인지를 간파한다. 신기하게도 이후에 공부를 이어 오면서 선생님이나 도반들에게 가장 많이 듣는 말들이 욕심이 많다는 것이다. 글은 내가 갖고 있는 욕심들이 구체적으로 어떤 것이었는지를 보여 주었다. '좋은 사람'이라는 상에 갇혀 주변과 나를 옥죄고 있었고, 너무 경직된 도덕적 이념 때문에 텍스트를 편협하게 해석했으며, 도덕적 이상주의가 나를 변명하고 꾸미는 데 쓰이고 있었다. 관성과다의 긴장한 몸에 힘이 들어가 있듯, 경직된 글에도 힘이 들어가 있었다. 나의 공부는 몸에서도 글에서도 힘 빼기가 주요한 과제였다.

인성 대운은 공부하는 행운을 만나게 해주었을 뿐 아니라 너무 강했던 관성을 순행시켜 준다. '빡치는' 기운으로 나를 치던 관살(官殺)이 인성으로 설기되자 나를 힘들게 하는 게 아니라, 힘든 것을 버티는 힘을 준다. 또, 공동체에서 사람들 관계에 관심이 많고 오지라퍼 역할을 하기 좋아하는 것도 나의 관성 덕분이리라. 관성이 인성을 거쳐 비겁으로 오니 다르게 느껴진다. 오! 이 맛, 날것만 먹다(맞다가) 숙성된 것을 먹는 기쁨이 이런 것인가.^^

관성과다의 용신―공부와 친구

공부운을 대운으로 만났으니 공부가 무르익으면 일간을 강화하고 비겁(친구)을 낳을 것이다. 아, 넘치도록 무르익으면 말이다. 비겁은 자신감으로 표현되기도 하고 고집스러운 면모로 보이기도 한다. 하지만 인성의 공부를 통과했다면, 그 자신감과 고집이 뚝심과 같은 내적 중심이 될 것이고, 일신우일신(日新又日新)으로 매일 변화하는 모습을 보일 것이다. 이런 사람 옆에는 사람이 많이 모여들 수밖에 없다. 친구가 많아진다. 아…! 나한테 없는 거라서 환상을 갖고 있는 걸까?

　나는 사람들과 활발히 잘 어울리는 것 같으면서도 내심으론 종종 외롭다고 느낀다. 하지만 또 사람들이 곁에 북적거리면, 잠시라도 혼자 있고 싶다는 생각을 한다. 그래서 비겁발달인 사람들의 친구관계가 궁금해진다. 예전에 주말 텃밭에서 행사가 있어서 아이들 데리고 하루종일 재밌게 놀고 온 적이 있다. 하지만 아무리 즐거워도 사람들을 만나고 돌아오면 어김없이 기진맥진했는데, 거기에 함께 있었던 비겁발달의 친구와 전화통화를 했더니 "왜? 나는 오늘 사람들 만나고 오니까 신나고 힘이 나는데?"라고 하는 게 아닌가! 나는 "어쩐기 기빨리더라니, 내 기 언니가 다 가져갔구료~ 내놔!"라며 억울해했다. 사실 그냥 체력 문제일 수 있지만, 난 당시에 비겁이 많은 사람들은 정말 다른 사람한테서 기를 받는 것만 같아서 신기했다.

　친구를 사귀는 데 있어 관성의 힘과 비겁의 힘은 분명히 다르다. 관성발달의 사람은 사람들과 모여 있으면 전체를 유기적 관계로 파악하고, 자기 자신을 그 집단과 동일시하면서 자기를 딱히 내세우지 않는다. 그 안에서 자기 역할을 하려 한다. 이런 행동이 리더십 있게 느껴지면, 주변 사람들은 그의 책임감에 신뢰를 보내고 끈끈한 인간관계를 맺는다. 누군가는 이끌고 누군가는 따르는 수직적 관계가 형성된다. 반면 비겁의 인간관계는 모임이나 조직 없이도 자기의 힘이나 매력으로 끌어당긴다. 서로 돕거나 경쟁하는 수평적 관계가 기본이다. 자기를 잘 드러내서 존재감도 있고 사적인 관계를 잘 맺는다. 비겁에서 관계의 기본적인 정서적 베이스는 수평적 연대감, 곧 공감이다. 내가 만난 비겁발달의 사람들은 다 마음이 따뜻했다.

나는 내가 공감을 잘한다고 생각했다. 하지만 여태까지 글을 쓰면서 살펴본바, 나는 사람들에게 일방적 관찰자일 뿐이었다. 관찰자는 외부에 있거나 위에 있는 존재다. 수평적 상호관계에서 마음을 나누는 공감과는 거리가 멀다. 사람에 대한 나의 관심은 관계 속에서 힘(욕망)의 흐름에 집중되어 있기에 알력이나 갈등, 분위기, 반응에 조금 민감할 뿐이다. 관성은 비겁을 극한다. 이 말은 자꾸만 관성적으로 인간관계를 맺으려고 하면 비겁적인 인간관계를 못 맺는다는 뜻도 될 것이다. 수직적 위계의 마음은 수평적인 인간관계를 깨 버린다. 나는 사계절의 운행을 매개하는 토의 작용처럼, 전체의 원활한 순환에 내가 개입해야 한다고 여기며 내 역할에 대한 책임감으로 사람들을 대했던 것이다. 나는 친구들에게 넘겨짚지 말라는 말을 종종 듣는다. 도반들과의 관계에서 문제가 생겼을 땐 '뇌 피셜 금지' 같은 수행과제를 받기도 했다. 그도 그럴 것이, 다른 사람이 자기의 마음을 들여다보며 넘겨짚고 판단하려 든다면, 누구든 마음을 닫고 뒤로 물러나지 않겠는가.

내겐 인성과 비겁이 용신이다. 그중 편관으로부터 직접 타격을 받는 일간이 잘 버티도록 같이 스크럼 짜 줄 비겁이 특히 더 소중하다. 인성은 감사하게도 지난 10년의 대운으로, 그리고 앞으로도 또 10년간 내게 배움과 연마의 길을 열어 줄 것이다. 그러니, 내가 당장 스스로의 힘으로 갈고 닦아야 하는 것이 바로 비겁의 친구관계다. 수평적 관계에서 이심전심의 마음을 주고받는 그런 동지가 절실하다. 하지만 비겁이 없는 내가 공감의 마음을 실천할 수 있을까?

나는 신약한 자신을 북돋워 주고 인정해 주며 있는 그대로 사랑해 주는 기운이 아니라, 가르치고 인도하고 질타하는 관성의 기운으로 무장하며 살아왔다. 내가 무엇을 원하고 느끼는지보다는 그것을 통제하고 억제하는 것이 익숙하다. 내 안의 목소리를 무시하고, 역할로서 사람들을 대할 때, 상대에게도 같은 것을 요구할 수밖에 없을 것이다. 그래서 상대의 내면의 목소리에 귀를 기울일 줄 모른다. 누군가가 자기의 감정에 대해, 또는 취미에 대해 심취해서 얘기를 하면, 나의 관심은 이야기 화제로서의 호기심이나 재미 이상을 넘어가지를 못하는 것이다. 내 안에 상대와 연결될 만한 알맹이가 없다.

관성과다: 얌전한 척 착한 척 척하는 인생 고군분투기

그렇다면 이제 용신으로 비겁을 연마하는 일에 두 가지 노력이 동시에 필요하다는 걸 알 수 있다. 첫째는 어떤 역할로서의 책임감으로, 상대를 다 아는 듯 구는 편관의 독단을 내려놓는 것. 그리고 둘째는 자기를 배려하고 내면의 느낌과 감정에 조금 너그러워지는 것이다. 스스로에게 먼저 공감할 줄 알아야 친구에게도 공감을 할 수 있으니 말이다. 그렇게 됐을 때 나도 하나뿐인 물이 불어나 정말 '큰' 물이, 신약의 소심함을 떨쳐 낸 임수다운 임수가 될 수 있을 것 같다. 바다는 온갖 지류와 연결되어 있고, 각기 다른 곳에서 온 물들을 모두 받아들이는 넓고 깊은 품이 특징이 아니던가.

　　명리를 알게 되면 사람들은 처음엔 대부분 자기가 가지고 있지 않은 것을 굉장히 아쉬워한다. 나도 인성과 비겁이 없는 것이 너무 아쉬웠다. 비단 신약이라서가 아니라 배움과 친구의 인연이 약하다는 건 인생이 너무 빈약해지는 것이기에 내 사주는 너무 '빵꾸'가 커 보였다. 하지만 모든 오행은 시간의 흐름과 함께 이미 내 삶에 시절인연으로 들어와 있다. 대운, 세운, 월운, 일운, 시운이 그렇다. 마찬가지로 배움과 친구가 없는 인생이 어디 있겠는가. 숱한 공부인연과 친구인연이 스쳐 지나갔을 것이다. 중요한 것인 줄 몰라서, 내 삶에 받아들일 능력이 없어서 그냥 흘려보냈던 많은 인연들이 있었다는 걸 이 글을 쓰면서 새삼 알게 되었다. 부족한 것은 부족한 대로, 놓친 것은 너무 아쉬워하지 않으면서 지금의 내 삶을 긍정하려면 있는 것이건, 없는 것이건 그게 뭔지를 알면 된다. 그리고 연마하면 된다. 그래야 그 운이 왔을 때 그 운과 제대로 접속할 수 있다. 우리는 주어진 글자에서 탈출할 수는 없지만 그 글자들이 만들어 낸 반복된 패턴을 파악할 수 있다. 알면 다르게 쓸 수 있다. 다르게 쓰려고 노력할 수 있다. 그게 사주명리의 재미이자 지혜이고, 인생을 깊고 넓게 살아가는 방법이다.

* * *

앗, 중간에 남편 얘기를 한참 써 놓고 마무리가 안 된 것 같다. 마지막으로 편관과다 여성들에게 연대의 마음으로 한마디!—사람들은 묻는다. 가정도 챙겨 가면서 어떻게 나가서 공부를 하냐고. 나는 가정을 챙기지 않는다고 답한다. 그럼 사람들은 그 많은 가사일과 남편과의 관계가 우려되지 않느냐고 묻는다. 나는 가정불화는 이미 있었고, 애들이 커 가면서는 다양한 불화와 긴장이 더해져서 집안이 조용할 틈이 없다고 답한다. 사람들은 그럼 어떻게 공부하냐고 한다. 그러면 나는 그 덕분에 공부한다고 한다. 가정이 스윗하지 않아서.^^ 진심이다. 편관과다 여성의 야망을 채워 줄 남자가 집에 있었으면 다른 욕망이 들어설 자리가 없었을 터, 인생이 술술 잘 풀리면 공부는 안 할 것 같다. 집에 있으면 괴로운 관성형 여성들에게,

마음대로 굴러가지 않는 집안일과 남편은 내버려 두고 모두
모두 공부하러 나오라고 말하고 싶다.

고생은 내 운명:
돌봄과 사주팔자

이희경

시	일	월	연
辛	丁	辛	辛
丑	卯	卯	丑

팔자공부가 필요해

사주명리학을 십여 년 전에 처음 접했다.『동의보감』을 공부하던 고미숙 선생님이 어느 날 "동양의학은 의역학이야"라면서함께 공부하던 우리에게 사주명리학을 소개했기 때문이다. 처음 접한 명리학의 세계는 신기했다. '사주'라거나 '팔자' 같은게 미아리 점집에서나 하는 이야기가 아니라 (우리 때는 점집이미아리에 몰려 있었다^^) 세계를 인식하는 하나의 패러다임이고인식론적 범주라는 것을 알게 된 것은 소득이었다. 그리고 요즘 유행하는 MBTI처럼 공동체 사람들을 사주명리에 입각해파악하는 것도 재미있었다. 아, 아무개는 '식상'(食傷)이 발달해서 저렇게 말과 글이 화려하구나, 혹은 저 친구는 '경금'(庚

金)이어서 저렇게 완고하구나… 식의. 하지만 그뿐이었다. 새로운 세계를 알게 되었으나 나는 그 문을 활짝 열고 들어가지는 않았다. 사주명리로 나를 탐구할 생각 같은 것은 하지 았았다는 뜻이다. 나는 내 운명이 그렇게까지 궁금하진 않았던 모양이다.

그러다가 진짜 운명 같은 일이 벌어졌다. '어떤 멋진 남성과의 조우' 같은 일은, 결코 아니었고^^ 혼자 살던 어머니를 느닷없이 모시게 되었던 것이다. 그리고 그때만 해도 나는 어머니를 돌본다는 일이 어떤 것인지 잘 몰랐던 것 같다. 아마도 난, 늙어 가는 중년의 내가 늙어 버린 노년의 어머니를 돌보며 함께 잘 늙어 가는, 그런 아름다운 미래를 꿈꾸고 있었던 모양이다. 그러나 현실은 전혀 그렇지 않았다

돌봄이란 정말로 "살과 뼈를 갈아 넣어도 결코 완결되지 않는 고통"(김영옥 외, 『세벽 세 시의 몸들에게』, 봄날의책, 2020, 16쪽)이었다. 나날이 늘어 가는 가사노동과 어머니의 우울증을 감당해야 하는 감정노동에 지쳐 가면서 나는 한숨, 짜증, 피로의 나날을 보내게 되었다. 어머니를 돌보다가 내가 먼저 망가질 판이었다. 난 내가 너무 불쌍해지기 시작했는데 그럼에도 불구하고 주변의 친지들은 나의 돌봄 생활에 대해 "얼마나 힘드니?"—"하지만 대단하다!"로 요약되는 위로와 칭송을 보내고 있었다. 하지만 그런 말은 나에게는 전혀 도움이 되지 않았다. 심지어 '동천동 효녀'라거나 '엄마의 믿음직한 큰딸' 같은

호명들은 발화자의 진심과 상관없이 반동적일 수 있다. 돌봄에 대한 새로운 언어를 봉쇄하는 효과를 낳기 때문이다.

나한테 필요한 것은 자기연민이나 사회적 인정이 아니라 이 시간들이 왜 나에게 도래했는지, 이 시간들을 어떻게 견뎌 내야 하는지 등을 이해하고 해석할 수 있는 새로운 언어 그리고 엄마를 돌보는 만큼 나를 돌볼 수 있는 실제적 기술이었다. 나는 '간병 블루스'라는 돌봄일지를 내가 속한 인문학공동체 문탁네트워크 홈페이지에 연재하기 시작했다. 그리고 무조건 걷기 시작했다. 오래 걸으면 발바닥과 다리에 묵직한 통증이 오기 시작한다. 그러면 모든 상념이 사라지면서 그저 발걸음, 숨만 의식하게 된다. 걷기가 명상이 되는 순간이었다. 그리고 우연히 내가 공부하던 '양생 프로젝트'라는 프로그램에서 다시 사주명리학을 만나게 되었다.

확실히 공부에도 시절인연이 있다. 20대 때는 사회과학(만)이 공부라고 생각했었다. '나 때'의 대학생이라 함은 리영희 선생님의 『전환시대의 논리』와 강만길 선생님의 『분단시대의 역사인식』을 읽으면서 사회의 구조적 모순과 한국근대사의 질곡에 대해 눈을 뜬 사람을 일컬었다. 여기에 반드시 추가되어야 할 것이 이이효재 선생님의 『여성해방의 이론과 실제』이다. 역사와 사회, 그리고 젠더. 이 세 가지 키워드가 20대 공부의 알파요 오메가였다. 그때 나는 혁명가가 되고 싶었다.

하지만 1990년대에 들어서 여러 가지 국내외 정세도 달라지고 지식인사회의 문제의식도 달라지고 결혼과 출산 등으로 내 상황도 달라졌을 때, 내가 우연히 만나게 된 것은 프랑스 철학이었고 나를 다시 구원해 준 공부도 들뢰즈나 푸코 같은 소위 '포스트' 담론이었다. 그리고 나는 그 공부가 너무나 재미있어 지식인으로 살아야겠다고 마음먹었었다.

그러다가 지식인 공동체 안에서조차 앎과 삶이 일치하기가 정말 어렵구나, 라는 것을 새삼 깨닫게 되면서 그동안 전혀 접해 보지 않았던 동양고전의 세계로 떠나 그곳에서 한동안 노닐었다. 나는 다시 전향했고 이제 군자가 되는 꿈을 꾸기 시작했다.

하지만 그렇게 오랫동안 이런저런 공부를 했다면 이제 쯤 혁명가+지식인+군자의 혁혁한 인물이 되어 있어야 할 텐데 꼬락서니가 그게 뭐냐고 나를 너무 나무라지는 말길 바란다. 돌이켜보니 공부는 늘 방편이라 우연히 마주친 어떤 공부가 어떤 한 시기를 살아 내게 하고, 또다시 벼락처럼 꽂힌 다른 공부가 생의 어떤 문턱을 넘어가게 할 뿐이다. 그리고 돌봄 지옥을 통과하고 있는 지금, 나는 10년 만에 다시 사주명리학을 만났고 다시 만난 사주명리학은 나에게 다른 감응으로 다가오고 있었다. 나는 사주명리를 통해 "아이고 내 팔자야…"라는 정념을 "오호, 이게 내 팔자구나!"라는 해석으로 바꿀 수 있게 되었다!

정화(丁火), 예의와 배려의 아이콘!!

팔자(八字)는 사주팔자(四柱八字)를 줄인 말이다. 사주팔자란 한 인간의 존재적 특이성을 음양오행이라는 앎의 체계 속에서 포착하여 그 사람이 출생한 연월일시(年月日時)의 간지(干支) 여덟 글자로 변환시킨 것을 말한다. 다시 말해 사주팔자란 사주(四柱), 즉 네 개의 기둥(연월일시)에 천간(天干) 네 칸, 지지(地支) 네 칸, 이렇게 여덟 칸 안에 팔자(八字)를 적어 넣은 존재의 매트릭스이다. 그리고 이런 사주팔자를 탐구하는 학문을 명리학(命理學)이라고 한다. 서양에서는 소포클레스의 『오이디푸스 왕』 같은 비극 서사를 통해 운명을 탐구했다면 동양에서는 『주역』이나 명리학 같은 담론을 통해 우주의 이치나 인간의 운명을 탐색해 왔다.

어쨌든 나의 운명탐구를 위해 사주팔자 여덟 글자의 배치를 살펴보면 250쪽의 표와 같다. 요즘엔 각종 무료 만세력 앱이 보급되어 있어 적당한 곳을 찾아 자신의 생년월일시와 태어난 곳을 입력하면 아예 오행의 색깔까지 표시된 여덟 글자가 '짠' 하고 나타난다.

자, 첫번째 찾아야 할 것은 존재의 축, '본캐'(본래의 캐릭터)다. 사주팔자 여덟 글자 중에서도 어떤 사람의 '본캐'를 결정하는 것은 태어난 날(日)의 하늘의 기운(天干)을 나타내는 일간(日干)의 자리이다. 나는 그 일간이 정(丁)이고 정은 병

(丙)과 더불어 오행 중 화(火)에 배속된다. 하여 나는 목, 화, 토, 금, 수 오행 중 불의 인간, 되시겠다. 물론 불도 두 가지 종류가 있는데 양의 기운을 잔뜩 머금은 태양 혹은 횃불같이 이글거리는 불도 있고 음의 기운을 머금은 달 혹은 촛불처럼 살랑거리는 불도 있다. 나의 일간인 정화(丁火)는 이 중 횃불이 아니라 촛불에 해당하는 불이고 이 불의 기호는 "예와 배려의 아이콘"(안도균, 『운명의 해석, 사주명리』, 북드라망, 2017, 154쪽)이라고 한다.

'병정'(丙丁)은 화(火)다. 역시 병이 양이고, 정이 음이다. 병화는 태양의 이글거림을, 정화는 촛불의 그윽함을 떠올리면 된다. 자신을 태워 주변을 밝혀 주니까 예의와 배려의 기술이 뛰어나기도 하지만 자칫하면 형식과 외부(폼)를 밝히다 정작 자기 내부는 탁해질 수도 있다. 병화는 엄청나게 센 불이라 열정이 지나쳐 못 말리는 수준이 되기 십상이다. (……) 그에 비하면 정화는 아주 착하다. 조용히 타오르면서 꼭 필요한 열기와 빛을 전파하는 불이기 때문이다. 열 개의 기운 가운데 정화가 가장 타인에 대한 봉사와 배려의 기술이 뛰어나다고 평가한다. 그래서인가. 우리 연구실에는 정화들이 많다. 감이당의 주술사 장금이가 그렇고, '문탁 네트워크'를 이끌고 있는 문탁여사가 그런 경우다.(고미숙, 『나의 운명 사용설명서』[개정판], 북드라망, 2022, 95~96쪽)

고생은 내 운명: 돌봄과 사주팔자

그다음 봐야 할 것이 여덟 개의 글자의 오행적 특징이다. 목·화 같은 시작/발산하는 기운이 강한가? 수·금 같은 갈무리/수렴하는 기운이 강한가? 고로 양의 기운이 강한가? 음의 기운이 강한가를 따져 봐야 한다. 이것은 단순하게는 오행의 개수로 따질 수도 있지만 각각이 놓여 있는 자리의 가중치 값이 있어서 점수로 표현되기도 한다. 나는 오행 중 목(木)이 2개, 화(火)가 1개, 토(土)가 2개, 금(金)이 3개이고 수(水)는 없다. 기계적으로 보면 목·화 합쳐서 3개, 수·금 합쳐서 3개이기 때문에 시작하는 기운과 마무리하는 기운이 비교적 균형 있게 분포되어 있는 편이다(가중치까지 고려해서 점수로 환산해도 비슷하다). 그럼에도 불구하고 나의 여덟 글자는 간지(干支) 자체의 음양 구분에 따르면[*], 모두 양이 아니라 음의 성질을 가지고 있다. 그러니까 정화가 음화(陰火)인 것처럼, 내가 가지고 있는 묘목(卯木)도 신금(辛金)도 축토(丑土)도 모두 음목(陰木), 음금(陰金), 음토(陰土)이다. 한마디로 보기 드문 음팔사주(陰八四柱)이다! 그래서 사실 나의 본캐는 '쎈언니'와는 전혀 거리가 먼, "아주 착하"고 누군가를 배려하고 포용하고 돌봐주는

---

[*] 간지를 음양으로 구분하는 방법은 두 가지인데 하나는 간지 자체를 음양으로 구분하는 방법이다. "예컨대 양목이 있으면 음목이 있다. 양목은 갑(甲)과 인(寅)이고, 음목은 을(乙)과 묘(卯)이다. 이런 식으로 음양을 구분했을 때, 양의 천간은 갑(甲)·병(丙)·무(戊)·경(庚)·임(壬)이고, 인(寅)·진(辰)·사(巳)·신(申)·술(戌)·해(亥)는 양의 지지이다. 을(乙)·정(丁)·기(己)·신(辛)·계(癸)는 음의 천간, 자(子)·축(丑)·묘(卯)·오(午)·미(未)·유(酉)는 음의 지지다." 그리고 간지를 음양으로 구분하는 두번째 방법은 간지를 오행으로 환원하는 것이다. 이렇게 되면 목,화는 양으로, 금,수는 음으로 치게 된다.(안도균, 『운명의 해석, 사주명리』, 92쪽)

게 더 어울리는, 한마디로 본투비 무수리인 것이다.

　　이런 나의 본캐를 가장 잘 간파하고 있는 사람은 고미숙 샘이다. 그녀는 종종 나에게 "제발, 그 마더 테레사같이 좀 굴지 마"라고 구박을 하니까 말이다. 하지만 내 주변의 대부분은 이 말에 동의하지 않는다. 심지어 비웃는다.^^ 많은 사람들에게 나는 '쎈언니'에 가깝지 '츤데레'에 가까운 사람이 아니기 때문이다. 왜 이런 일이 발생할까? 그것은 나의 '부캐'('본캐' 이외의 부 캐릭터)가 신금(辛金)이기 때문이다. 다시 말해서 나의 팔자 중 가장 많은 게(8개 중 3개) 신금인데, 그것은 십간(十干) 중에서 가장 음기가 강한 기운으로 날카로운 칼에 해당한다. 단번에 무엇이든 자를 수 있는 칼, 단칼! 내가 가장 자주 사용하는 단칼!! 바로 나의 '부캐'인 것이다.

고생은 내 운명!!

내가 매우 신약(身弱)한 사주라는 것은 십 년 전 사주명리를 처음 공부할 때부터 알고 있었다. 그리고 나는 그런 신약함이 싫지 않았다. 자의식이 필수적으로 요청되고(너 자신을 찾아!) 욕망이 무한 긍정되는 세상(네가 원하는 삶을 살아!)에서 자의식도 별로 없고 욕망도 거의 없는 팔자로 태어났다는 게 오히려 엄청난 행운처럼 느껴졌다. '의필고아'(意必固我: 의도, 기필함,

고집, 아집)를 끊는 것은 공자 정도의 성인이나 할 수 있는 것이어서* 남들은 평생 죽을힘을 다해 공부해야 겨우 도달할까 말까 하는 경지인데 나는 타고나길 그게(의필고아) 별로 없다니 이 정도면 전생에 엄청난 공덕을 쌓은 게 분명하다고 생각했다. 그런데 이번에 다시 보니 그 신약함이 나에게 꼭 길(吉)한 것만은 아니라는 '삘'이 확~(!) 왔다. 내가 처해 있는 상황이 달라졌고 내 운명에 대한 질문도 달라졌기 때문일 텐데, 지금 나에게 새롭게 보이는 것은 신약한 사주를 더 신약하게 만드는 운명의 '변수', 즉 합충(合沖)이다.

아시다시피 동양의 음양오행론은 관계론이기 때문에 (음과 양은 이분법적인 관계가 아니라 대대적[對待的]인 관계이다) 사주에서도 오행의 개수가 아니라 일간의 오행을 중심으로 이웃 자리의 오행들과 맺는 관계의 성질을 잘 따져 봐야 한다. 다시 말해 오행의 상생·상극 관계를 봐야 하고 합충의 관계를 봐야 한다는 것이다. 그중에서 우선, 상생·상극의 흐름을 보자. 오행의 상생 관계는 물(水)이 나무(木)를 살리고, 나무(木)가 불(火)을 살리고, 불(火)이 흙(土)을 살리고, 흙(土)은 쇠(金)를 살리고, 쇠(金)는 물(水)을 살리는, 그런 관계를 말한다. 반대로 오행의 상극관계란 물(水)은 불(火)을 극하고(물이 불을 끈다고

---

* "子絶四, 毋意, 毋必, 毋固, 毋我"("공자께서는 네 가지, 즉 의도, 기필함, 고집, 아집이 없으셨다"『논어』,「자한편」 4)

생각하면 훨씬 이해하기 쉽다), 불(火)은 쇠(金)를 극하고(금속은 불 속에서 녹지 않는가), 쇠(金)는 나무(木)를 극하고, 나무(木)는 흙(土)을 극하고, 흙(土)은 물(水)을 극하는 관계를 말한다.

다행인지 불행인지 모르겠지만 내 팔자에는 신약한 촛불인 나를 극하는(=억누르는) 자리(水)가 비어 있다. 전문용어로 무관 사주(無官四柱)! 오히려 나는 내가 극해야 하는(=다스려야 하는) 성질인 금들이 우글우글하다. 그런데 이렇게 되면 상극 관계에 역전이 일어나(이걸 중급 사주명리 전문용어로 역극이라고 한다) 내가 그것들을 다스리는 게 아니라 그것들이 나를 들쑤신다. 한마디로 불이 쇠를 녹이는 게 아니라 칼들이 촛불을 끄는 형국이랄까.

게다가 합충(合沖)을 따져 보니 나의 천간에서는 그나마 외로이 버티고 있는 일간인 정화가 바로 옆의 신금(시주의 천간)을 만나 충(沖)을 일으킨다(丁辛沖). 그리고 연주의 천간과 월주의 천간에 나란히 놓여 있는 두 개의 신금이 쉴 틈도 없이 서로 쨍, 쨍 부딪히면서 충돌한다. 그러니까 나는 천간의 배치로만 보면 모든 것이 충돌하고 있는 것이다. 즉 타고나길 삶의 변수가 많은, 크고 작은 사건/사고를 만나고 그만큼 감정의 소용돌이를 많이 겪게 되는 팔자가 바로 내 팔자이다.

그런데 지지의 배치도 만만치 않다. 토끼(卯木) 두 마리, 소(丑土) 두 마리가 떡하니 버티고 있다. 토끼의 기호는 분주함, 탈중심, 유연함 등이다. 하지만 움직임에 비해 "생각보다

고생은 내 운명: 돌봄과 사주팔자

그렇게 실속이 크지 않은 편"(안도균, 『운명의 해석, 사주명리』, 216쪽)이다. 소는 아시다시피, 노동의 아이콘이다. 성실함과 우직함, 대의명분, 그게 축토의 성질이다.

토끼도 쥐처럼 번식력이 왕성하다. (……) 묘목은 (……) 창조적인 생각을 일에 반영하며, 그 재능을 적극적으로 사용한다. (……) 인정이 많고 온순해서 사회적으로 더 활발하다. (……) 묘목은 모든 일을 분주하게 시작하고 풍성하게 여기는데, 그것을 혼자 하기보다는 사람들과 함께 나누고 싶어 한다.(안도균, 앞의 책, 216쪽)

소는 우직하고 성실하다. (……) 오죽하면 소띠(연지의 축토)들은 평생 일복이 넘쳐서 고생한다는 말이 있을까. 그야말로 소는 노동의 상징이라 할 수 있다. (……) 축토에게는 대의명분이 중요하다. 물론 그것은 누가 강요한 것이 아니라 몸으로 겪고 스스로 인정한 명분이다. (……) 공공의 이익과 평등을 매우 중요한 가치로 생각한다. 축토는 이 가치가 삶의 영역 안에서 실현되기를 바라며 실제로 그것을 실천하기 위해 크고 작은 활동들을 하는 경우가 많다.(같은 책, 208쪽)

난 최근 지인들에게 "이제야, 난 나의 정체성을 파악한 것 같아"라는 소리를 자주 하곤 했다. 그러면서 "나의 정체성은 노동자(勞動者)야! 노동해방의 그 '노동자', 프롤레타리아 혁명을 담지하는 그 노동자 말고 진짜 죽도록 일만 하는 노동자, 그 노동자가 나인 것 같아"라고 말을 건넸다. 듣는 사람들은 농담 반 진담 반 치부했지만, 나의 속내는 진심이었다. 아무리 몸부림을 쳐 봐도 공동체에서 해야 할 일이 줄지 않고, 어머니 돌봄이 시작되면서 "이러다간 앞치마와 한 몸이 될지도 몰라"라고 느낄 정도로 가사노동이 증가하고, 어머니가 또다시 다치면서 간병과 관련된 관리노동(간병인 관리, 병원 스케줄 조절, 각종 간병용품 주문, 형제들 간의 소통)도 늘어나기만 하는데 어떻게 내가 나를 노동자라는 키워드 말고 다른 것으로 생각할 수 있겠는가?

그런데 이번에 사주명리를 공부하면서 그것의 우주적 근거^^를 알게 되었다. 나는 원래 신약한 작은 촛불인데 날카로운 칼들로 둘러싸여 그 살바람으로 늘 꺼질 듯 말 듯 하는 위태위태한 상황에 놓여 있다. 그렇게 천간에는 자기 한 몸 돌보기도 힘들어 지지를 주관할 역량이 없는데도 지지(현장)에서는 끊임없이 해야 할 일이 생기니 이거야말로 '쌩고생'의 사주 아닌가? 육친으로 보더라도 식상(食傷)의 축토와 재성(財星)의 신금은 너무나 죽이 맞는 관계여서 밀어 주고 끌어 주고 아주 일복이 우글거리고 있다.

그래 맞다, 내 운명은 '쌩고생'이고, '쌩고생'은 나의 운명이다!

고생은 내 운명: 돌봄과 사주팔자

새로운 시절인연이 온다

그래서일까? 겪어야 할 모든 것은 겪을 수밖에 없다지만 돌이켜보면 나는 그 모든 것을 두 배로 겪어 낸 것 같다. 비명횡사한 아버지의 죽음도 그랬고, 학생운동으로 투옥된 징역살이도 남들과 다르게 곱징역을 살았고(나중에 자세하게 이야기할 기회가 있을 것이다), 육아도 곱육아를 해내야 했다(큰아이가 많이 아팠다). 게다가 대운상 나는 묘유충(卯酉沖)의 시절을 통과하는 중인지라 더 고달파졌다. 어머니와 함께 살게 된 것도 쉽지 않은 돌봄과 간병생활을 이어 가게 된 것도 이 시절인연 듯하다. 다행히 나의 본캐와 같은 정화(丁火) 한 개가 유금(酉金)과 함께 시절인연으로 들어와 있어 그나마 몸이 크게 상하지 않고 버텨 내고 있는지도 모른다.

다행히 2021년부터 대운이 바뀌었다. 나를 도와주는 목기운을 흔들었던 유금이 사라졌다. 목들이 나를 온전히 도와주면서, 다가오는 것들을 피할 수는 없더라도 더 잘 감당하게 될 가능성이 커진 것이다. 다시 말해 인성(印星)의 힘을 제대로 쓰면서 상생의 순환을 타게 된다. 그런데 알다시피 인성이란 "나를 낳는 기운으로 존재의 근원이자 에너지의 원천이다". 그러니 생물학적으로는 어머니가 인성이다. 하지만 오행의 상생적인 흐름으로 말하자면 "인성은 계속해서 새로운 존재를 낳는 모태의 자리"이지만 "어머니는 더 이상 나를 낳을 수 없으니, 이제 다른 무엇인가가 나를 재탄생시켜야 한다. 그 모태가 인식론적 전환이고, 방법론은 공부가 된다. 그래서 인성은 공부의 자리이기도 하다".(안도균, 『운명의 해석, 사주명리』, 308쪽)

그렇다면 어머니이기도 하고 공부이기도 한 인성의 에너지를 쓴다는 것은 나에게 어머니를 공부로 삼게 된다는 의미가 아닐까? 그것은 "'아프고 늙고 의존하는 몸으로 사는 것'이 가능할 뿐 아니라 의미 있는 사회"를 만들기 위해 "경험을 모으고, 그 경험을 지식으로 만들어 유통시키고, 상상력도 최대한 펼쳐야" 하는 일(김영옥 외, 『새벽 세 시의 몸들에게』, 24쪽), 즉 늙음과 죽음에 대한 담론을 생산하는 일일 것이다. 그러나 비록 그럴듯한 담론생산을 하지 못해도 나에게 어머니(=공부)는 삶과 죽음에 대한 통절한 깨달음으로 가는 길일 수도 있다. 기꺼이 그렇게 되길 바란다.

더구나 나는 몇 년 전부터 내가 속한 공동체의 구조조정을 통해 나에게 부족한 관성(官星)을 보충하는 중이다. 다시 말해 조직에 책임을 떠넘기고 친구들에게 더 많은 일을 부탁하면서 나의 일복을 분배하고 있다. 전문용어로 용신(用神)을 쓰는 중이랄까.^^ 게다가 새롭게 시작된 무술(戊戌) 대운으로 나는 또 다른 국면을 맞았다. 10년간 황무지 같은 대지가 펼쳐지는데 황무지라고 함은 아직은 아무것도 없다는 뜻이니 무엇인가 새로운 것이 기다린다는 뜻이고 씨 뿌리는 심정으로 아주 작은 뭔가를 새롭게 시작할 수 있다는 뜻이기도 하다.

고생은 내 운명: 돌봄과 사주팔자

세상의 모든 것은 변한다. 이번에 다시 공부하게 된 사주명리는 나에게 나의 운명 중 그동안 보지 못했던/않았던 것에 주목하게 만들었고 나의 삶을 다시 해석하도록 했다. 아마 10년 후에 사주명리학을 다시 공부하면 그때는 전혀 다르게 내 삶을 보게 될지도 모른다. 그런 점에서 사주명리는 단순히 결과론적인 담론도 아니고(사주명리를 깔때기로 만들면 안 된다) 게으른 자의 손쉬운 대응책도 아니다(수가 부족하면 검은색 옷을 입는다, 따위가 아니다). 사주명리는 다른 공부가 그러하듯 자기 삶을 돌보는 유용한 기술 중 하나이다. 나는 이번에 그 기술을 써 봤고 효과는 좋은 편이었다. 다른 분들도 이 기술 한번 써 보시길!

부록

_사주명리학 용어 풀이

천간天干의 종류와 특징

갑목甲木

크고 곧게 뻗은 나무. 쭉 뻗는 나무의 성질처럼 직진하려는 기상, 용출력, 새로운 힘의 집중, 리더십 등을 의미한다. 초봄의 활동력과 따스함을 타고난 까닭에 갑목은 경쟁심과 배려심을 동시에 가지고 있다. 성장 속도가 빠르나 그만큼 크게 넘어질 수 있다는 것도 특징이다.

을목乙木

작은 나무 혹은 덩굴식물. 벽이나 큰 나무를 타고 오르는 담쟁이의 유연함과 적응력, 그리고 겸손함을 닮았다. 타인에게 부드럽고 배려심이 강하나 자신의 실리를 찾는 데에도 탁월한 능력이 있다. 외적으로는 활달해 보이지만 내면엔 예민함이 숨겨져 있다.

병화丙火

태양이나 용광로 같은 큰 불. 강하게 타오르는 불의 성질처럼 활동적이고 추진력이 있다. 넓고 원만한 대인관계를 유지하며 부드러운 리더십을 발휘하지만 때론 방만한 관계와 강한 소유욕으로 마음이 헛헛해지기도 한다. 화려한 것을 좋아하는 편이다.

정화丁火

촛불이나 모닥불과 같은 작은 불. 조용하고 은근히 오래 타는 초처럼 침착하고 끈기가 있다. 그러나 섬세한 만큼 자의식에 민감하며, 배려심이 강하지만 그 이면에는 드러나지 않는 자기중심적 기질이 있기도 하다. 조용하지만 불의 속성을 가지고 있기 때문에 어느 순간에 폭발하기도 한다.

무토戊土

넓은 땅이나 큰 산을 상징하는데, 그 스케일만큼 포용력이 크다. 큰 포용력에서 나온 신용과 리더십으로 목표를 향해 성실히 밀고 나가나, 융통성이 부족하고 자기 주관이 지나치게 강한 면도 있다. 이 고집스러움은 변화를 갈망하지만 실제로는 잘 변하지 않는 무거움을 뜻하기도 한다.

기토己土

텃밭, 정원 등 좁은 범위의 땅이다. 기름진 땅에서 곡식이 잘 자라듯이 무언가를 잘 길러 내는 능력이 있고, 꾸준하고 치밀한 자기관리를 통해 실리를 추구한다. 대인관계가 부드럽고 원만하지만 텃밭의 영역적 한계만큼 마음의 수용 범위가 좁다. 또한 닥친 상황을 순응적으로 수용하는 한편 순발력과 대응력이 약해 결국 잘 적응하지 못하는 경우도 많다.

경금庚金

무쇠, 큰 바위를 상징한다. 차갑고 단단한 금속의 굳센 속성을 가지고 있어서 의지가 강하고 결단력과 추진력이 있다. 원리 원칙을 가지고 냉철한 논리로 밀어붙여 실리를 얻는 힘이 있으나 독선적이고 비타협적인 면으로 인해 크고 작은 갈등이 많다.

신금辛金

날카롭고 예리한 금속이나 보석을 상징한다. 침착하고 예리한 판단력과 논리적인 언어능력을 가지고 있으며 일을 깔끔하고 명확하게 마무리한다. 그러나 그런 만큼 예민하고 자기중심적이며 냉소적인 면이 있다. 타인은 물론 자기 자신에 대해서도 실수를 용납 못할 정도로 엄격한 내면의 잣대가 있다.

임수壬水

바다나 강 같은 큰 물을 상징한다. 큰 강물처럼 유연하지만 강한 돌파력을 가지고 있다. 아이디어가 많고 총명하며 기획력과 예지력이 뛰어나다. 물의 흐름처럼 유연하고 폭넓은 대인관계를 유지하며 성실하고 활동적이다. 그러나 물의 음적인 기운을 타고나서 지나치게 생각이 많으며 권모술수에 능하다. 인내심이 부족한 편이고 변덕이 심하며 마무리가 약한 것도 임수의 특징이다.

계수癸水

시냇물, 가랑비 등의 작은 물줄기같이 세밀하면서 유연한 속성을 지녔다. 그래서 융통성과 적응력이 뛰어나고 재주가 많으며 합리적이다. 총명하고 구조화된 일에 능력을 드러내지만 음흉한 속내를 지니고 계산적이기도 하다. 한편으로는 감성적이고 정이 많아 실속이 없고 우울한 감정이 쉽게 찾아오기도 한다.

지지地支의 종류와 특징

자수子水

맑고 깨끗한 물, 찬 이슬, 계곡물 / 음력 11월 / 23:30~01:30 / 쥐

쥐의 은밀함과 명석함, 그리고 생존력을 가지고 있다. 겉으로 드러나지 않는 감정과 숨은 끼가 있고 비세속적인 것에 관심이 많다.

축토丑土

한겨울 땅, 혹은 물기 많은 습한 땅 / 음력 12월 / 01:30~03:30 / 소

소의 우직함과 성실함을 닮았다. 그만큼 고집과 끈기의 노력형. 적극성이 부족하고 보수적인 점도 같이 가지고 있다.

인목寅木

큰 나무, 계절적으로론 겨울 나무 / 음력 1월 / 03:30~05:30 / 호랑이

범의 활발하고 진취적인 기상을 닮아 모든 일에 강한 의욕을 보이며 그만큼 유능한 면모를 드러낸다. 자존심이 세고 구속받지 않으려 한다.

묘목卯木

작은 나무, 화초, 덩굴식물 / 음력 2월 / 05:30~ 07:30 / 토끼

토끼의 유순함과 분주함의 속성을 가지고 있어서 변화수가 많다. 또한 목(木)의 창조적인 면은 디자인이나 출판·예술 계통으로 드러나기도 한다.

진토辰土

봄 기운 가득한 땅, 촉촉한 땅, 평야 / 음력 3월 / 07:30~09:30 / 용

명예를 중히 여기며 이상적인 꿈을 꾼다. 기운이 음적으로 잠복되어 있어 표면적으로 발현되지는 않지만 시절을 잘 만나면 크게 발할 수 있다.

사화巳火

뜨거운 열, 화산, 용광로 / 음력 4월 / 09:30~11:30 / 뱀

열정과 뛰어난 감각으로 모든 일에 유능함을 보이는 반면, 변덕이 심하고 독한 성질을 지니고 있기도 하다.

오화午火

밝고 온화한 불, 월지에 있으면 큰 불 / 음력 5월 / 11:30~13:30 / 말

말처럼 활동적이고 열정적이다. 어둠을 밝히는 불의 속성을 닮아 교육 및 언론 등에 두각을 드러낸다. 한편, 조심스럽지 못한 행동을 보이기도 한다.

미토未土

푸석푸석하고 메마른 땅 / 음력 6월 / 13:30~15:30 / 양

온순하고 부드러운 속성, 고집스러울 정도의 집념을 동시에 가지고 있다. 틈새의 기회를 잘 이용한다.

신금申金

가공되지 않은 무쇳덩어리 / 음력 7월 / 15:30~17:30 / 원숭이

재주가 많고 총명하다. 겉으로는 활동적이나 혼자 있을 땐 쉽게 우울할 때가 많다. 명랑하고 사교적이지만 냉정한 부분도 있다.

유금酉金

보석, 칼, 시계 등 가공된 금속 / 음력 8월 / 17:30~19:30 / 닭

원칙적이고 성실하며 청렴하다. 성격이 예민하고 날카롭고 직선적이기 때문에 스스로 상처를 받기도 하지만, 일처리에 있어서는 그만큼 밀도 있고 깔끔하다.

술토 戌土

메마른 땅 / 음력 9월 / 19:30~21:30 / 개

활동적이지만 범위를 한정시켜 안정감을 추구한다. 총명하고 계획적이며 명예지향적이다. 임기응변이나 처세에 능하며, 정직하고 책임감이 강하다. 외적 확장보다 내면의 강밀함을 더 중요하게 여긴다.

해수 亥水

차가운 물 / 음력 10월 / 21:30~23:30 / 돼지

지혜롭고 창조적이다. 어떤 것이든 잘 길러 내는 능력이 있고 의리와 협동심이 강한 편이다. 저장하기만 하고 잘 풀어 내지는 못하는 것도 특징이다. 근심 걱정이 많다.

합合과 충沖

합은 서로 합쳐져서 다른 것이 되는 관계를 말하고, 충은 서로 부딪혀서 변화를 이끄는 관계를 의미한다. 합과 충은 천간은 천간끼리, 지지는 지지끼리 이루어진다.

'甲己土'는 갑(甲)과 기(己)가 만나면 토(土)가 된다는 뜻이다. '갑'은 목(木)이고, '기'는 토(土)이다. 이 둘이 만나면, 갑

은 목의 성질을 잃고 기 역시 토의 성질을 잃어 완전히 다른 기운인 '토'(土)로 거듭나는 것이다. 물론 기(己)는 같은 성격의 토로 변하기 때문에 세력을 잃는다고 볼 수는 없지만 엄밀하게 말해서 같은 토(土)인 것은 아니다. '丙辛水'의 경우는 병(丙)과 신(辛)이 모두 자신의 오행, 즉 화(火)와 금(金)의 성질을 잃고 수(水)가 되었다. 결국, 합을 한다는 것은 기존의 무엇을 잃는다는 것과 새로운 어떤 것을 얻는다는 동시적 가능성을 가지고 있는 셈이다. '甲庚沖'은 갑(甲)과 경(庚)이 만나서 충(沖)을 한다는 뜻이다. 충 역시 변화를 통해 오는 불안한 요소와 그로 인한 발전적 의미를 함께 담고 있다. 그리고 삼합(三合)과 방합(方合)은 지지에서 세 글자가 만나서 합을 하는 경우를 말한다.

천간合	甲己土, 乙庚金, 丙辛水, 丁壬木, 戊癸火
천간沖	甲庚沖, 甲戊沖, 乙辛沖, 乙己沖, 丙壬沖, 丙庚沖, 丁癸沖, 丁辛沖, 戊壬沖, 己癸沖
지지合	子丑土, 寅亥木, 卯戌火, 辰酉金, 巳申水, 午未火
지지沖	子午沖, 丑未沖, 寅申沖, 卯酉沖, 辰戌沖, 巳亥沖
지지三合	寅午戌火, 申子辰水, 巳酉丑金, 亥卯未木
지지方合	寅卯辰木, 申酉戌金, 巳午未火, 亥子丑水

십신十神

각각의 육친(六親)은 음양에 따라 분화된다. 일간과 오행이 같은 비겁의 경우 일간과 오행이 같고 음양도 같을 경우엔 비견(比肩)이 되고, 오행은 같지만 음양이 다를 경우엔 겁재(劫財)가 된다. 만일 일간이 정(丁)이라면, 같은 화(火)이면서 음양도 같은 정(丁), 오(午)는 비견이 되고, 오행은 같은데 음양이 다른 병(丙), 사(巳)는 겁재가 된다.

비겁	比肩(비견)	나(일간)와 오행이 같고 음양이 같은 것	친구, 선후배, 동업자, 형제자매, 부하 직원
	劫財(겁재)	나(일간)와 오행이 같고 음양이 다른 것	주체적인 힘, 자존심, 자신감, 내면의 확장, 고집
식상	食神(식신)	내가(일간이) 생하고 음양이 같은 것	여자: 자식 / 남자: 처가 식구 의식주, 언어, 시작, 변화, 계획, 표현, 예술
	傷官(상관)	내가(일간이) 생하고 음양이 다른 것	
재성	偏財(편재)	내가(일간이) 극하고 음양이 같은 것	여자: 아버지 / 남자: 여자, 아버지 재물, 결과물, 마무리, 일(욕심)
	正財(정재)	내가(일간이) 극하고 음양이 다른 것	
관성	偏官(편관)	나(일간)를 극하고 음양이 같은 것	여자: 남자 / 남자: 자식 명예, 직장, 자유, 조직, 사회적 관계, 시련, 불편함
	正官(정관)	나(일간)를 극하고 음양이 다른 것	
인성	偏印(편인)	나(일간)를 생하고 음양이 같은 것	여자: 어머니 / 남자: 어머니 공부, 문서, 부동산, 도와주는 세력, 의존성, (편인의 경우)예술
	正印(정인)	나(일간)를 생하고 음양이 다른 것	

일간이 생하는 오행인 식상의 경우, 일간과 음양이 같으면 식신(食神), 다르면 상관(傷官)이다. 예컨대, 일간이 정(丁)이라면, 정화(丁火)가 생하는 오행인 토(土) 중에서 음화(陰火)인 정화와 음양이 같은 기(己), 축(丑), 미(未)가 식상이 되고, 음양이 다른 양토(陽土), 즉 무(戊), 진(辰), 술(戌)이 상관이 된다. 이런 식으로 재성과 관성, 그리고 인성도 옆의 표와 같이 각각의 십신으로 분화된다.

분화된 십신은 세밀한 차이를 보인다. 하지만 그 차이가 현저하지 않고, 본문을 이해하는 데 있어서 비겁, 식상, 재성, 관성, 인성만으로도 충분하기 때문에 여기서는 이 정도 소개하는 것으로 매듭을 짓는다.

지장간 支藏干

지장간이란 지지(地支) 속에 숨겨져 있는 천간(天干)을 뜻한다. 지지는 땅이고, 천간은 하늘이다. 땅은 하늘을 따른다. 따라서 각 지지마다 들어 있는 천간의 기운은 지지의 방향성에 중요한 영향을 끼친다.

예를 들어, 진(辰)의 지장간은 '무, 을, 계'이다. 이 각각의 지장간, 즉 무토(戊土)의 묵직함, 을목(乙木)의 산발성, 계수

(癸水)의 차고 음적인 성질 등은 진의 방향성을 결정한다. 이것들은 한꺼번에 작용할 수도 있고 때에 따라 한 개씩 작용할 수도 있다.

지장간의 글자 중 천간과 일치하는 것이 있으면, 천간의 글자가 뿌리를 내렸다고 말한다. 예를 들어, 간지가 임신(壬申)이라면, 신(申) 속에는 지장간 임(壬)이 있기 때문에 천간 임(壬)은 뿌리를 내린 것이다. 이것을 표로 보면 아래와 같다.

지지	子	丑	寅	卯	辰	巳	午	未	申	酉	戌	亥
지장간	癸	己	甲	乙	戊	丙	丁	己	庚	辛	戊	壬
	壬	癸	戊	甲	乙	戊	丙	丁	戊	庚	辛	戊
		辛	丙		癸	庚	己	乙	壬		丁	甲

대운大運과 세운歲運

사주원국의 여덟 글자는 평생의 운을 보여 주지만 그것만으로는 시간 변화의 흐름을 자세히 설명할 수 없다. 그래서 사주명리학에서는 여러 시간 단위로 주어지는 간지(干支)와 팔자의 관계를 통해 그 사람이 겪게 될 운명의 변화를 해석해 낸다.

우선 연월일시 각각의 운이 있다. 연운(年運), 월운(月運), 일운(日運), 시운(時運) 등이 그것이다. 예를 들어 연운이 신묘년(辛卯年)이라면, 사주와 신묘와의 관계를 살펴 그해의 운을 해석할 수 있는 것이다. 그런데 연월일시의 시간적 변화 외에 운의 변화를 가져올 또 다른 시간 단위의 운이 있다. 이를 '대운'(大運)이라 한다. 대운은 10년 단위로 바뀐다. 그리고 이 운은 연월일시와는 달리 사주에 따라 각기 다른 운이 정해진다. 요컨대, 10년 단위로 찾아오는 개별적 시절인연인 것이다. 이 대운은 10년 동안 원국사주와 함께할 운명이기 때문에 매우 중요하게 여겨지며, 10년 동안 원국의 여덟 글자와 거의 동등한 자격을 가지고 영향력을 행사한다. 대개 사주를 볼 때는 원국 여덟 글자와 대운 두 글자 그리고 연운 두 글자를 동시에 놓고 해석하는 것이 일반적이다.

세운(歲運)은 연운과 같은 말이다. 즉, 1년을 지배하는 운이다. 사주에 부족한 오행이 들어오거나 너무 많은 오행을 극하는 오행이 들어올 경우엔 그해의 운이 전체적으로 순조로울 것이고 그 반대의 경우, 그러니까 너무 많은데 또 들어오게 되면 기운이 한쪽으로 치우치기 때문에 운이 원활하게 흐르지 않을 것이다.